Irene Scharenberg

Hinter
strahlender Fassade

Kriminalroman aus dem Ruhrgebiet

Prolibris Verlag

Handlung und Figuren dieses Romans entspringen der Phantasie der Autorin. Darum sind eventuelle Übereinstimmungen mit lebenden oder verstorbenen Personen zufällig und nicht beabsichtigt. Nicht erfunden sind Veranstaltungen, Institutionen, Straßen und Schauplätze im Ruhrgebiet.

Originalausgabe November 2023

Alle Rechte vorbehalten,
auch die des auszugsweisen Nachdrucks
und der fotomechanischen Wiedergabe
sowie der Einspeicherung und Verarbeitung
in elektronischen Systemen.
© Prolibris Verlag Rolf Wagner, Kassel
Tel.: 0561/766 449 0, Fax: 0561/766 449 29

Titelbild © PantherMedia, Olaf Schulz
Schriften: Linux Libertine

ISBN: 978-3-95475-259-1
www.prolibris-verlag.de

Für meinen Vater

Die Autorin

Irene Scharenberg ist in Duisburg aufgewachsen und hat hier Chemie und Theologie für das Lehramt studiert.

Seit 2004 sind zahlreiche ihrer Kurzgeschichten in Anthologien und Zeitschriften erschienen und in Wettbewerben ausgezeichnet worden. 2009 gehörte die Autorin zu den Gewinnern des Buchjournal-Schreibwettbewerbs, zu dem mehr als 750 Geschichten eingereicht wurden.

Irene Scharenberg ist verheiratet und hat zwei erwachsene Töchter. Auch wenn sie heute am Rande des Ruhrgebiets in Moers lebt, so ist sie doch nach wie vor ihrer alten Heimat Duisburg und dem gesamten Pott sehr verbunden. »Hinter strahlender Fassade« ist ihr zwölfter Kriminalroman.

Prolog

Verstohlen und doch wachsam schaute der Mann sich um, bereit, jeden Moment seine Pläne zu ändern. Das Waldstück gegenüber wirkte friedlich, dennoch ließ er sich nicht täuschen. Besonders nicht von der Person, die er insgeheim die *Schlange* nannte. Wie passend, dass sie sich im Zoo begegnen würden. Sie hatte vorgeschlagen, sich in dem Wandergebiet am Kaiserberg zu treffen, aber er hatte abgelehnt. Der Treffpunkt war nicht seiner zweifellos ausgeprägten Tierliebe geschuldet, eher dem regen Publikumsverkehr. Den Austausch an einem einsamen Ort stattfinden zu lassen, kam für ihn nicht infrage. Bereits einmal hatte die Schlange ihm gezeigt, dass sie cleverer war als er, und er hatte winselnd den Schwanz eingezogen. Das durfte sich nicht wiederholen. Diesmal war er auf alles vorbereitet. Er hatte sich abgesichert. Ein Brief, der sie in Bedrängnis bringen würde, lag in seiner Wohnung und darüber würde er sie noch vor der Begrüßung in Kenntnis setzen.

Der Mann schielte auf seine Armbanduhr, dann zum Eingang des Zoos. Ihm blieb noch eine gute Stunde bis zur ausgemachten Zeit. Als Treffpunkt im Zoo hatte er nach langem Hin und Her die Autobahnbrücke akzeptiert, die den westlichen und den östlichen Teil des Tierparks miteinander verband. Die Brücke mit der Bepflanzung, aus der man das Wort »ZOO« herausgeschnitten hatte, war ihm schon bei der Fahrt nach Duisburg aufgefallen. In einer anderen Situation hätte er die Werbung sicher originell gefunden, aber nicht vor seiner Mission. Er besuchte die Stadt nicht als Tourist, sondern um Geld einzutreiben.

Seit man ihm wegen Diebstahls gekündigt hatte, stand ihm das Wasser förmlich bis zum Hals, sonst hätte er sich kaum an die Schlange herangewagt. Er musste nur wachsam sein, damit sie ihn nicht noch einmal linkte. Automatisch glitt seine Rechte in die Hosentasche, seine Finger umschlossen das Messer, das er zur Sicherheit eingesteckt hatte. Mit Schaudern dachte er an die Methoden, mit denen ihn die Schlange damals ausgetrickst hatte.

Er schüttelte den Kopf mit dem immer noch vollen dunklen Haar, als wollte er die Erinnerung dadurch verscheuchen, und lief in Richtung Tierpark. An der Kasse des Haupteingangs, die bald schließen würde, brauchte er nicht lange zu warten. Der Zoo war zu groß, um das Terrain mit den vielen Tierarten in der kurzen Zeit bis zum Ende der Öffnungszeit ausreichend zu erkunden. Der Mann stöhnte leise. Hatte er einen Fehler gemacht? Warum hatte er nicht darauf bestanden, sich früher zu treffen? Hatte die Schlange die wichtigen Termine etwa nur vorgetäuscht? Mit einem Grummeln im Magen beobachtete er, dass schon etliche Besucher dem Ausgang zuströmten. Wahrscheinlich hatten sie seit dem frühen Morgen im Tierpark zugebracht und wollten ihn mit vielen schönen Eindrücken verlassen, ehe die Dämmerung einsetzte.

Die Trümpfe liegen diesmal in deiner Hand, versuchte der Mann sich zu beruhigen. Einige Tierfreunde harren sicher bis zur letzten Minute aus und du hast dich mit dem Brief auf dem Küchentisch abgesichert. Er bemühte sich um ein Lächeln, aber das misslang. Die Schlange machte ihm Angst, auch wenn er sich das ungern eingestand. Schließlich nannte er die Person nicht umsonst so. Sie war äußerst listig und in der Lage, sich aus kritischen Situationen herauszuwinden.

Der Mann lief auf eine Tafel zu, um sich über das Gelände zu informieren. Nach einem kurzen Blick auf seine billige Armbanduhr beschloss er, noch eine Weile in dem westlichen Teil des Tierparks zu bleiben. Er betrachtete die Lemuren mit ihren schwarz-weiß-gestreiften Schwänzen, die man auf einer Insel angesiedelt hatte. Viele kletterten herum, ihm hatte es jedoch eine Gruppe angetan, die friedlich auf dem Boden hockte. Ihr Anblick beruhigte ihn. Er genoss die Idylle für eine Weile, dann zog es ihn zu einem Gehege mit Pelikanen und Flamingos. Mit zittrigen Händen hielt er das Geländer des Geheges umklammert. Seine innere Anspannung entlud sich in einem grundlosen Lachen. »Du hast dich gut abgesichert«, sprach er immer wieder leise vor sich hin. Es klang, als müsse er sich davon erst überzeugen. Die Schlange durfte sich ihm nur mit erkennbar leeren Händen nähern. Ohne Handschuhe. Das hatte er zur Bedingung gemacht. Mit mulmigem Gefühl sah er sich um.

Regen setzte ein. Eine Familie mit zwei Kindern hetzte an ihm vorbei in Richtung Haupteingang. Ein älteres Ehepaar folgte ihnen. Sein Magen krampfte sich bei dem Gedanken zusammen, dass sie wahrscheinlich zu den letzten Gästen im Zoo gehörten und sich kaum noch Menschen auf dem Gelände befanden. Trotzdem kann die Schlange dir nichts tun, solange du ihre Hände im Blick hast, versuchte er sich erneut zu beruhigen. Er passierte einige Elefanten, ohne ihnen Beachtung zu schenken, und erreichte bald darauf die Brücke.

Wo die Schlange nur blieb? Die verabredete Uhrzeit war längst überschritten. Der Mann kratzte mit dem rechten Zeigefinger an seinem Kinn herum, als gelte es, angetrocknete Speisereste abzurubbeln. War sie inzwischen nicht mehr gewillt, auf seine Forderung einzugehen? Oder hatte etwas Unvorhergesehenes sie aufgehalten? Der Grund war ihm plötzlich egal, er hatte beschlossen, schleunigst von hier zu verschwinden. Er saß am Drücker, nicht sie. Deshalb konnte er eine neue Übergabe an einem anderen Ort vereinbaren, einem Ort mit mehr Menschen. Zufrieden mit dieser Entscheidung setzte er sich in Bewegung.

Er hatte das Ende der Brücke noch nicht erreicht, da bemerkte er sie. In einem weiten Regenmantel, den Kopf in die Kapuze gehüllt, war sie nur als schemenhafte Gestalt zu erkennen, aber er spürte förmlich ihre Anwesenheit. Seine Nackenhaare richteten sich auf. Alle Sinne schalteten in den Modus akuter Alarmbereitschaft. Warum diese Wetterkutte, die ihren Körper vollständig verbarg? Im nächsten Moment fiel ihm ein, dass er ihr aus Sicherheitsgründen verboten hatte, einen Schirm zu benutzen. Die Aufmachung durfte er ihr also kaum verübeln. Dass nur sie es sein konnte, bewiesen nun auch ihre Hände, die sie beim Herannahen bewusst weit nach vorn gestreckt hatte. Zwar lag ihr Gesicht weiterhin im Schatten der Kapuze, doch er war sicher, dass sie es zu einem diabolischen Lächeln verzogen hatte. Während sie auf ihn zulief, ließ er sie nicht aus den Augen. Er war jeden Moment auf eine gefährliche Aktion gefasst. Je mehr sich der Abstand zwischen ihnen verringerte, desto heftiger klopfte sein Herz.

»Stau auf der Autobahn«, schleuderte ihm die Schlange entgegen. Es klang nicht nach einer Entschuldigung. Das hatte er auch nicht erwartet, nicht von einer Person, der er sich immer haushoch unterlegen gefühlt hatte. Zumindest, bis er die entsprechenden Informationen über sie eingeholt hatte.

»Ich wäre jetzt aufgebrochen«, erwiderte er, bemüht um eine möglichst fest klingende Stimme.

»Ohne das Geld?« Die Schlange verzog spöttisch den Mund, den er nun gut erkennen konnte. »Ich nehme es gerne wieder mit.«

»Mach schon!«, presste er hervor. »Und keine Spielchen. Ich habe mich abgesichert, habe ...«

»Okay, ich ziehe die Scheinchen jetzt aus dem Regenmantel.«

»Nein! Die Hände bleiben, wo sie sind. Ich hole sie selbst heraus.«

»Ganz, wie du meinst.«

Er sah ihr direkt ins Gesicht. Zunächst glaubte er, dieses diabolische Grinsen zu erkennen, das er sich vorhin vorgestellt hatte, dann war es zugunsten einer neutralen Miene verschwunden. Hatte er sich getäuscht? »Hände ganz weit vorstrecken und umdrehen«, befahl er. Sein Herz begann erneut zu rasen.

Die Schlange gehorchte. Während er in die Taschen des Mantels fasste und zwei dicke Bündel herauszog, rannen Schweißperlen seinen Rücken hinunter.

»Los, zähl nach!«, fauchte die Schlange, als er wieder vor ihr stand.

»Worauf du dich verlassen kannst.« Er entfernte die Banderole und zählte. Dabei ließ er sie nicht aus den Augen. Die Scheine klebten aneinander und er kam mit seiner Arbeit nur langsam voran. Er befeuchtete seine Finger mit Speichel, auch wenn er sich ekelte, immer wieder seine Zunge abzulecken. Zum Glück hatte es inzwischen aufgehört zu regnen. »Genau fünfundzwanzigtausend«, erklärte er, nachdem er mit dem ersten Bündel fertig war. Er steckte es in den Beutel, den er extra dafür mitgebracht hatte. »Soll ich davon ausgehen, dass auch der Restbetrag stimmt?«, fragte er mehr oder weniger scherzhaft. Zumindest sollte es so klingen.

»Nein!« Sie machte einen Schritt auf ihn zu und er wich automatisch zurück. Dabei betrug der Abstand zwischen ihren Händen und seinem Körper immer noch gut einen halben Meter. »Fünfzigtausend waren vereinbart, nicht mehr, nicht weniger. Ich bin korrekt und möchte, dass du das bestätigst und nicht hinterher mit neuen Forderungen ankommst.«

Wenn du dich da mal nicht täuschst, dachte er im Stillen. Die Garantie würde er ihr leider nicht geben können und er hatte die Schlange eigentlich für intelligenter gehalten. Zum ersten Mal seit der Begegnung atmete er auf und fühlte sich überlegen. Trotzdem musste er wachsam bleiben. Er nahm sich das zweite Päckchen vor und begann erneut zu zählen. Auch bei diesem Bündel klebten die Scheine aneinander. Obendrein behinderte ihn ein taubes Gefühl in seinen Händen. Er hatte nicht einmal bis vierzigtausend gezählt, da schienen Ameisen über sein Gesicht und seinen Oberkörper zu laufen. Krampfhaft versuchte er, die Störung zu ignorieren und seine Arbeit fortzusetzen. Zwischendurch wischte er sich mehrmals mit der Hand über die feuchte Stirn. Plötzlich wurde ihm schwindelig. Und übel. Wie in Trance registrierte er, dass er nach unten sank und nichts dagegen tun konnte. Die Schlange fasste ihn unter die Schultern und zog ihn über den Boden. Sie hat gewonnen, war sein letzter Gedanke.

Kapitel 1

»Brigitte? Hallo? Bist du noch dran?«, fragte Vanessa Halbach
irritiert. Das Display zeigte, dass ihre Gesprächspartnerin
nicht aufgelegt hatte. Beunruhigt fuhr sich Vanessa durch die
braunen, halblangen Haare. »Brigitte!«, schrie sie in einem
Anflug von Verzweiflung. Am anderen Ende der Leitung blieb
es weiterhin seltsam still.

»So müde«, antwortete ihre Tante nach einer gefühlten
Ewigkeit, wenig später brach der Kontakt endgültig ab.

Für einige Sekunden starrte Vanessa den Hörer an,
schließlich legte sie auf. Leider war das nicht der erste Anruf,
bei dem Brigitte sich so seltsam benahm. Was war nur mit
ihrer sonst quirligen, wortgewandten Lieblingstante los? Vanessa erkannte sie kaum wieder.

Aufgewühlt wanderte sie in dem kleinen Apartment in
Harlem auf und ab. Was ging in ihrer alten Heimat vor? Vanessa dachte an die Verwandten, die sie dort zurückgelassen
hatte, an Tante Brigitte, mit der sie besonders eng verbunden war, und Onkel Christian, Brigittes Bruder, mit seiner
Frau Gabriele und Sohn Carsten. Seit Vanessa vor einem
halben Jahr für einen deutschen Konzern aus der Elektro-
nikbranche als sogenannte *Expat* nach New York gegangen
war, jagte eine Hiobsbotschaft aus dem Ruhrgebiet die
nächste. Angefangen hatte es mit Onkel Christians Tod, danach hatte Brigitte ein neues Hüftgelenk bekommen und
schließlich waren sowohl Gabriele als auch Cornelia Erickson, die beste Freundin ihrer beiden Tanten, erkrankt. Am

meisten sorgte sie sich darum, dass sich Brigitte so seltsam benahm, obwohl sie die Operation angeblich gut überstanden hatte.

Abrupt blieb Vanessa stehen und starrte auf das Telefon, das auf einem runden Beistelltisch unter einem Fenster mit üppig gemusterten Übergardinen stand. War die geballte Ladung an dramatischen Veränderungen innerhalb weniger Monate purer Zufall? Die drei Damen waren schließlich erst Ende sechzig und Onkel Christian zweiundsiebzig. Vanessas ausdrucksvolle blaugrüne Augen verengten sich und verrieten eine gehörige Portion Skepsis. Trauer drückt sich oft in Krankheiten aus, überlegte sie. Zumindest hatte sie das in irgendeinem Journal gelesen. Waren also Gabriele und Brigitte wegen des Tods von Onkel Christian erkrankt? Aber wie passte Cornelia Erickson in dieses Bild? Sie hatte zu ihm keine enge Beziehung gehabt.

Grübelnd lief sie an einem schmalen, hohen Esstisch vorbei, der die kleine Küchenzeile von dem Wohnschlafbereich trennte. Das Apartment hatte sie von ihrem Vorgänger übernommen, der inzwischen nach Deutschland zurückgekehrt war. Wie er arbeitete sie daran, einen weiteren Standort ihrer Firma in den Vereinigten Staaten aufzubauen. Vanessa öffnete den Kühlschrank, holte eine angebrochene Flasche kalifornischen Weißwein heraus und füllte ein Glas fast bis zum Rand. Dabei dachte sie an Onkel Christian, der nun schon einige Monate auf dem Duisburger Waldfriedhof lag. Sie hatte ihm leider nicht die letzte Ehre erwiesen. Wegen einer wichtigen Präsentation, die sie nicht hatte absagen wollen, war sie nicht zu seiner Beerdigung nach Hause geflogen. Inzwischen bereute sie, dem Beruflichen eine höhere Priorität eingeräumt zu haben als der Familie. Schlimmer noch als die latenten Schuldgefühle empfand sie, Brigitte nicht persönlich treffen zu können, seit sie sich so seltsam benahm. Sie hatte sich bei ihrer Haushälterin erkundigt, aber Frau Grubenhauer konnte sich das Verhalten auch nicht recht erklären oder wollte es nicht. Und Cousin Carsten hatte die Veränderung ihrer gemeinsamen Tante einfach heruntergespielt.

Vanessa ließ einen großen Schluck trockenen Wein durch die Kehle rinnen, dann sank sie mit dem halb leeren Glas auf ein scheußlich in Schwarz und Pink gemustertes Sofa. Das hätte sie niemals freiwillig in ihr Heim gestellt, aber es gehörte nun mal zu dem möblierten Apartment und sie musste froh über die für diesen Stadtteil akzeptable Miete sein. Dafür hatte sie das Landschaftsbild in erdigen Farben an der gegenüberliegenden Wand selbst aufgehängt. Es erinnerte sie an den Urlaub, den sie in zwei Wochen antreten wollte. Sie freute sich riesig darauf, die Nationalparks im Westen der USA zu besichtigen, und hatte mit viel Eifer eine schöne Route ausgearbeitet. Aber konnte sie wirklich ruhigen Gewissens in den Grand Canyon hinabsteigen, anstatt in der Heimat nach ihrer Familie zu sehen?

Vanessa trank einen weiteren Schluck Wein und stellte das Glas etwas zu heftig auf den Couchtisch zurück. Warum fühlte sie sich schon wieder verantwortlich? Sie durfte den ersehnten Urlaub nicht einfach abblasen, nur weil ihre Tanten unter gesundheitlichen Problemen litten. Nach der Trauerphase würde es Tante Gabriele sicher besser gehen und Brigittes seltsame Symptome würden wahrscheinlich von allein wieder verschwinden. Es war absurd, sich deshalb übertriebene Sorgen zu machen, vor allem eine Änderung ihrer Urlaubspläne in Betracht zu ziehen. Zum Glück musste sie heute keine Entscheidung fällen und konnte erst einmal eine Nacht darüber schlafen. Vanessa gönnte sich noch einen Schlummertrunk und bald sah sie keinen Grund mehr, sich den Spaß an der Rundreise verderben zu lassen. Als sie immer müder wurde, wankte sie halbwegs beruhigt ins Bett. Kurz darauf übermannte sie der süße Schlaf. Gegen Morgen wurde er von einem düsteren Traum gestört.

Vanessa lief einen engen, unheimlichen Gang entlang, in dem es nach Verwesung roch, als hätten sich alle Tiere der Umgebung hier zum Sterben versammelt. In dem dunklen Gemäuer gab es kein Fenster, durch eine halb geöffnete Tür am Ende des Gangs drang ein wenig Licht. Plötzlich vernahm sie ein dumpfes Geräusch aus dieser Richtung, danach leise Schritte. Sie drehte sich um, wollte fliehen und stand vor einer Wand. Es gab keinen Fluchtweg, nicht einmal ein Versteck. Sie harrte in dem moderigen Gang aus, allein mit der bohrenden Angst und lauschte, aber inzwischen war alles still. Gebannt starrte sie auf die Tür. Was verbarg sich dahinter? Trotz ihrer Angst zog das Licht sie magisch an. Vorsichtig setzte sie einen Fuß vor den anderen. An der Schwelle blieb sie stehen und spähte durch den kleinen Spalt. Mitten im Raum stand ein dunkler Sarg aus Holz. In seinem Deckel steckte ein Schlüssel. Wie in Trance steuerte sie darauf zu. Noch einen Schritt, dann hatte sie ihn erreicht. Ehrfurchtsvoll strich sie über das Holz, schließlich erfasste sie mit zitternder Hand den Schlüssel und drehte ihn herum. Schweißperlen rannen ihren Nacken hinunter. Als sie den Sargdeckel vorsichtig anhob, kam ein knallroter Stoff an seinen Rändern zum Vorschein. Sie zögerte, tiefer hineinzuschauen. Für einen kurzen Moment hätte sie den

Deckel am liebsten zugeworfen, aber die Neugier zwang sie, genau hinzusehen. Der Anblick ließ sie erschauern. In dem Sarg lag eine tote Frau mit blutgetränktem Hemd. Ihr verzerrtes Gesicht trug eindeutig Tante Brigittes Züge.

Vanessa erwachte von ihrem Schrei. Sie strich sich eine Haarsträhne aus der feuchten Stirn und stöhnte laut. Was hatte der Traum zu bedeuten? Sorgte sie sich mehr um den Zustand der Lieblingstante, als sie wahrhaben mochte? Brigitte war ihr nach dem frühen Unfalltod ihrer Eltern eine Art Mutterersatz geworden und sie hatte ihr sehr viel zu verdanken. Vanessa wankte aus dem Bett, um sich ein Glas Wasser zu holen. Bevor sie die Küchenzeile erreichte, fällte sie eine wichtige Entscheidung. Sie wollte so schnell wie möglich in der alten Heimat nach dem Rechten sehen.

Kapitel 2

Die Beschleunigung der Boeing presste Vanessa gegen die Rückenlehne. Unwillkürlich seufzte sie auf, als läge eine ungeheure Last auf ihren Schultern. Sie starrte gedankenverloren eine Weile vor sich hin. Schließlich beugte sie sich etwas vor, um an ihrem Sitznachbarn vorbei aus dem Fenster zu schauen. New York war inzwischen zu einem winzigen Flecken in der Ferne geschrumpft, fast so wie die unbeschwerte Urlaubsvorfreude.

Als eine Stewardess mit zusammengebundenen roten Haaren den Getränkewagen an ihr vorbeischob, bestellte Vanessa Orangensaft. Sie klappte das Tischchen herunter und stellte ihn darauf ab. Ihre Gedanken kehrten zu ihrer Familie zurück, die sie nun schneller wiedersehen würde als geplant, nicht erst nach dem Auslaufen ihres New Yorker Vertrages. Ungeschickt griff sie nach dem Becher und stieß ihn um. Die Flüssigkeit breitete sich auf dem Klapptisch aus. Obwohl ihr Nachbar gelassen durch seine kreisrunden Brillengläser blickte und seine helle Jeanshose offensichtlich keinen Spritzer abbekommen hatte, ärgerte sie sich über ihr Missgeschick. Nachdem sie den Saft mit einigen Papiertaschentüchern aufgesaugt hatte, schaute sie missmutig aus dem Fenster. Die Farbe des wolkenlosen Himmels hatte bereits das satte Blau verloren und ging in leuchtende Rottöne über. Leider würde der Flug nach Osten gegen die Zeit das farbenfrohe Schauspiel verkürzen.

»Der Herbst ist genau die richtige Jahreszeit für einen Trip nach New York«, unterbrach ihr Sitznachbar die trüben Gedanken.

Verwundert fragte sie sich, woher er wusste, dass sie Deutsch sprach. Mit der Stewardess hatte sie Englisch gesprochen. Hatte sie diesen grässlichen Akzent etwa immer noch nicht abgelegt? »Ja, da haben Sie Recht. Allerdings habe ich die Stadt nicht als Tourist besucht«, erwiderte sie. »Ich arbeite dort für eine deutsche Firma.«

»Dann sind Sie zu beneiden.« Während er Vanessa anlächelte, zeigte er eine Reihe makelloser Zähne, die er entweder einer überaus guten Laune der Natur zu verdanken hatte oder einem reichlich gefüllten Bankkonto. Er war etwas älter als sie und strahlte Lebensfreude aus. Weil sie nichts erwiderte, schien sein Blick zu fragen, warum sie angesichts des Glücks, in New York leben und arbeiten zu können, nicht in einer besseren Stimmung sei. Vanessa verspürte allerdings nicht die geringste Lust, ihn darüber aufzuklären oder Small Talk zu führen. Demonstrativ nahm sie ein Buch aus ihrer Handtasche und vertiefte sich darin, bis sie zu frösteln begann. Sie erhob sich, um ihre Jacke aus dem Gepäckfach zu holen.

Auf dem Gang stieß sie mit einem smarten Steward zusammen. Sein gekonnter Augenaufschlag, gepaart mit einem leicht spöttischen Grinsen brachte sie ein wenig aus der Fassung, und sie beeilte sich, aus seinem Dunstkreis zu kommen. Warum tat die Erinnerung an René immer noch weh? Drei Jahre lang war sie dahingeschmolzen, wenn er sie so angeschaut hatte. Drei Jahre hatte sie sich glücklich geschätzt, seine Partnerin zu sein, bis ein herrlicher Frühlingstag vor zehn Monaten alles zerstört hatte.

Die Ereignisse an jenem denkwürdigen Tag spulten wie ein Film vor ihrem inneren Auge ab: Der geplatzte Geschäftstermin, das Taxi zu Renés Wohnung, die Vorfreude, bald in seine

Arme zu sinken. Wenig später hatte sie an der Tür zu seinem Schlafzimmer gestanden, nicht ahnend, welch schreckliches Bild sich ihr präsentieren würde. Renés Rechte hatte lässig über die nackte Brust einer fremden Frau gestrichen. Wie gebannt hatte Vanessa auf den zweifellos attraktiven Körper seiner blondierten Bettgenossin gestarrt. Niemals würde sie diese Szene vergessen, auch nicht, in welch lockerem Plauderton er sich später zu entschuldigen versucht hatte. Seine selbstgefällige Art hatte dazu geführt, dass sie mit dieser Beziehung nur noch negative Gefühle verband. Daher war ihr das Angebot, im Auftrag ihrer Firma für ein Jahr nach New York zu gehen, wie ein Rettungsanker erschienen. Aber hatte sie dadurch wirklich genügend Abstand gewonnen? Mit einem Mal wurde ihr schmerzlich bewusst, dass sie die Verletzung nur verdrängt, aber nicht vergessen hatte.

Vanessa landete spät, jedoch pünktlich am Flughafen Düsseldorf. Kurz überlegte sie, ein Taxi zu nehmen, entschied jedoch, zumindest die erste Strecke mit öffentlichen Verkehrsmitteln zurückzulegen. Sie machte sich eilig auf den Weg zum Skytrain, der den Flughafen mit der nächsten Bahnstation verband. Als der Regionalexpress in Richtung Dortmund nach einer gefühlten Ewigkeit heranrauschte, stieg sie ein und nahm gegenüber einem jungen Pärchen Platz. Der etwa zwanzigjährige Mann hatte einen Arm um eine Frau gleichen Alters gelegt.

»Boh glaubse, ich kriech sonne Krawatte, wenn ich bloß dran denk, dat der mich schon wieder für diese fiese Maloche eingeteilt hat.« Er sprach recht lautstark auf seine Freundin ein. »Dat macht der doch extra, weil, der kann mich absolut nich ab. Aber wenn ich ers ma wat anderes inne Tasche hab, dann wird der Malocher-Schinder Kevin Krewitz von seine unangenehme Seite kennenlernen. Dat sach ich dich.« Der junge Mann schnaufte, als wollte er schon einmal für die Konfrontation üben. »Wenn ich da Knall auf Fall im Sack haun tu, dann fällt dem der Draht aus sein Hörgerät. Da freu ich mich gez schon drauf.«

Während die Angesprochene ihn eher mitfühlend als überzeugt anschaute, musste Vanessa lächeln. Nach etlichen Monaten Konversation auf Englisch wirkte der Ruhrpottslang irgendwie wohltuend. Sie hätte der Unterhaltung stundenlang lauschen können, aber Kevin Krewitz kramte sein iPhone hervor, steckte sich zwei Stöpsel in die Ohren und vollführte zuckende Bewegungen. »Du, hömma, echt geil«, ließ er dann doch noch einmal unerwartet verlauten, während er seiner Freundin einen der Stöpsel reichte. Ehe die junge Frau das bestätigen konnte, kündigte eine Stimme die Haltestelle Duisburg Hauptbahnhof an.

Vanessa sah aus dem Fenster und auf den weit in den Himmel ragenden, ehemals grünlich leuchtenden Stadtwerketurm. Nun präsentierte er sich gleich in mehreren warmen Farben, Rosa, Gelb und Hellrot. Der Regionalexpress verlangsamte sein Tempo und Vanessa erhob sich. Während sie an dem Paar vorbei in Richtung Tür lief, warf die junge Frau ihr einen kurzen Blick aus lachenden Augen zu, dann verschwand sie aus ihrem Sichtfeld. Warum konnte sie nicht auch so unbeschwert durchs Leben gehen? Oder interpretierte sie nur eine Leichtigkeit in das Leben dieser Jugendlichen hinein, die es in Wirklichkeit gar nicht gab? Zumindest wusste sie eines ganz sicher: Seit dem Unfalltod ihrer Eltern hatte sich die jugendliche Sorglosigkeit von ihr verabschiedet.

Vanessa verzog den Mund zu einem gequälten Lächeln. In ihrem bisherigen Leben war vielleicht mehr zu Bruch gegangen als in der oft fotografierten und mit Panzerband notdürftig zusammengehaltenen Fensterwand am Duisburger Hauptbahnhof. Inzwischen hatte man mit der Sanierung der Gleishalle begonnen. Viel zu lange hatte der Regen durch die Löcher im Dach auf die Bahnsteige getropft. Auch die Fangnetze hatten das nicht verhindert. Ein DB-Mitarbeiter soll den desolaten Zustand bei der Anfahrt auf den Bahnhof sogar in seiner Durchsage angekündigt und die Fahrgäste aufgefordert haben, sich nicht zu wundern. Sie würden in Kürze keinen *Lost Place* erreichen, sondern wirklich den Hauptbahnhof. Die überfällige Renovierung hatte nun begonnen und bis zur Internationalen Gartenschau 2027 sollte die Neugestaltung fast fertig sein. Splitterndes Glas, Klebeband an der brüchigen Fassade, ein beliebtes Fotomotiv, war Geschichte. Mit einer architektonisch auffälligen, wellenförmigen Stahl- und Glaskonstruktion sollte Duisburg den schönsten Bahnhof Deutschlands bekommen.

Nachdem Vanessa mit dem Aufzug vom Gleis ins Erdgeschoss hinuntergefahren war, stieg der Geruch von Pizza in ihre Nase. Er erinnerte sie daran, etwas fürs Abendessen zu besorgen. Umgehend steuerte sie eines der kleinen Ladenlokale mit Backwaren an und kaufte zwei monströse Brezel mit Sonnenblumenkernen. Vanessa eilte an weiteren Verkaufsständen vorbei zur Bahnhofshalle, die bereits hell und freundlich wirkte. Nachdenklich trat sie ins Freie. Der Portsmouthplatz vor dem Haupteingang und seine Umgebung hatten sich durch neue Hotelgebäude ziemlich verändert, nicht zuletzt durch das Duisburger Flaggschiff Mercator One, ein Gebäude mit Büros und Gastronomie vom renommierten Architekten-büro Hadi Teherani. Die Fassaden bestanden vorwiegend aus Glas, eingefasst von dunklem recyceltem Aluminium, an denen farbige Lichtlinien in der Dunkelheit leuchteten. Tief in ihre Gedanken versunken würdigte Vanessa sie nur eines schnellen Blickes.

Zu ihrem dritten Jahrestag hatte sie René zu einem Candle-Light-Dinner in einem ähnlichen Gebäude in Hamburg eingeladen. René hatte dieses besondere Datum vergessen, und anstatt seine Unachtsamkeit wiedergutzumachen, hatte er darüber nur gelacht. Damals hatte sie sein Verhalten entschuldigt, vielleicht auch einfach ignoriert. Erst im Nachhinein hatten die vielen Lieblosigkeiten sein wahres Ich enthüllt, das sie lange nicht hatte wahrhaben wollen.

Einen Empfang bei der Rückkehr von einem mehrmonatigen Auslandsaufenthalt hatte sie sich wirklich anders vorgestellt. Vanessa versuchte, ihre wehmütige Stimmung mit einer fahrigen Handbewegung zu verscheuchen, und winkte ein Taxi heran. Sie nannte dem schon etwas älteren Fahrer ihre Adresse in der sogenannten Planetensiedlung in Walsum und ließ sich auf der Rückbank nieder.

»Se waren wohl länger fort«, sagte er, nachdem er ihr Gepäck verstaut und die Auffahrt der Nord-Süd-Achse bereits passiert hatte. »Koschinski hat dafür nen Peil.«

»Genau«, murmelte Vanessa abwesend, während sie aus dem Fenster schaute. Um diese Zeit herrschte auf der A 59 nicht mehr viel Verkehr und sie rauschten wie im Flug an dem Hafengebiet mit all den Schiffen, Kränen und Containern vorbei. Bald hatte das Taxi das vierstöckige Mietshaus erreicht, in dem Vanessa in der zweiten Etage eine kleine Wohnung besaß. In ihr hatte sie sich immer sehr wohl gefühlt. Auch das Viertel mit etlichen Geschäften und einem eigenen Stadtteilmarkt gefiel ihr. Deshalb hatte sie ihr Reich nicht aufgegeben und natürlich, weil sie sich nach ihrem einjährigen Auslandsaufenthalt keine neue Bleibe suchen wollte.

»Ich kann Ihnen die Koffer hochbringen«, bot der Fahrer mit einem derart breiten Lächeln an, dass sich Vanessa drei Zahnlücken im hinteren Bereich seines Gebisses offenbarten.

»Danke, das ist nicht nötig. Stellen Sie das Gepäck einfach vor die Haustür.« Vanessa kramte seufzend in ihrer Geldbörse herum. Im Gegensatz zu anderen Ländern war Deutschland noch immer nicht genügend auf den Einsatz von Kreditkarten eingestellt und das galt leider auch fürs Revier.

»Na dann, gute Nacht«, wünschte Koschinski freundlich, nachdem sie gezahlt und ihm ein großzügiges Trinkgeld zugesteckt hatte.

In trüber Stimmung betrat sie das gelblich getünchte Treppenhaus. Der nahende Lift knarrte entsetzlich, aber wenigstens war es ein vertrautes Geräusch. Während sie in der engen grauen Kabine in die zweite Etage holperte, fühlte sie sich wie in ödem Niemandsland zwischen zwei Welten. Oben stellte sie die Koffer ab und sperrte die Tür auf. Vanessa blähte die Nasenflügel. Sie sog den fruchtigen Geruch des Duftspenders ein, der auf der Kommode in der Diele stand und anscheinend immer noch funktionierte. Es roch, als sei sie niemals fort gewesen. Mit dem Anflug eines Lächelns trug sie die Koffer rein, hängte den Mantel auf und startete einen Rundgang.

Die winzige Küche war ihr schon immer wie eine Telefonzelle vorgekommen. Ihr stark übergewichtiger Kollege Bill aus New York hätte kaum eine Chance, sie zu betreten. Neugierig öffnete sie den Kühlschrank. Sie entdeckte unzählige Lebensmittel, genug, um eine Großfamilie längere Zeit vor Hunger zu bewahren. Der Gedanke an ihre besorgte Freundin ließ sie kurz schmunzeln. Sabine glaubte wohl, sie hätte tagelang nichts zu essen bekommen. Nachdenklich nahm Vanessa den Chardonnay heraus und trug die Flasche ins Wohnzimmer. Der hübsche Strauß zartrosa Nelken auf dem Esstisch gefiel ihr, aber weitaus mehr hätte sie sich gewünscht, von einem vertrauten Menschen begrüßt zu werden. Warum musste Sabine ausgerechnet heute zu einem wichtigen Geschäftsessen eingeladen sein? Seufzend schenkte Vanessa sich Wein ein und trank den ersten Schluck im Stehen.

Mit dem Glas in der Hand trat sie auf den Balkon. Die nicht bepflanzten Blumenkästen wirkten trostlos und der plötzlich einsetzende Wind ließ sie frösteln. Vanessa beugte sich kurz über die Brüstung, dann kehrte sie in die warme Wohnung zurück und plumpste auf das schwarze Ledersofa hinter dem Tisch. »Grand Canyon, ade«, stöhnte sie. Am liebsten hätte sie ihr Selbstmitleid in der Flasche Chardonnay ertränkt, aber sie rief sich zur Räson. »Du hast dich nun einmal entschieden, hier nach dem Rechten zu sehen, also meckere jetzt nicht«, sagte sie laut zu sich selbst. Mit der Sorge um Brigitte im Hinterkopf hätte sie den Urlaub ohnehin nicht genießen können.

Vanessa schielte zur Flasche. Ein halbes Gläschen wollte sie sich noch gönnen, auch wenn ihr bewusst war, dass sie seit Brigittes seltsamen Anrufen zu viel trank. Bald setzte die Wirkung ein und machte sie schläfrig. Vanessa hatte den Koffer bisher nicht angerührt, geschweige denn ausgepackt. Wenigstens die nötigsten Utensilien für die Nacht musste sie heraussuchen. Trotz der Müdigkeit schlief sie lange nicht ein. Das lag nicht nur am Jetlag. Die Sorge um ihre Tante wollte partout nicht aus ihrem Kopf verschwinden.

Irritiert schaute sich Vanessa am nächsten Morgen im Zimmer um. Ihre Kleidung hing unordentlich über dem taubenblauen Korbstuhl, dessen Farbe in der Dunkelheit nicht zu erkennen war. Sie brauchte einige Sekunden, um sich in dem vertrauten, dennoch fremden Zimmer zurechtzufinden. Der Albtraum der letzten Nacht hielt sie immer noch gefangen. Erst als sie unter der Dusche stand und die Wassertropfen über ihren Körper perlten, schien der überaus reale Eindruck, den die nächtlichen Bilder hinterlassen hatten, langsam zu verblassen. Sie hatte wieder von Brigitte in einem Sarg geträumt. Plötzlich war eine rothaarige Stewardess aufgetaucht und hatte ihr eine Zeitung gereicht. Die erste Seite bestand nur aus einer monströsen Überschrift: *Seltsame Häufung von Krankheits- und Todesfällen in Duisburg*. Unwillig schüttelte Vanessa den Kopf, als wollte sie jede weitere Erinnerung an dieses Nachtgespinst verscheuchen.

Kapitel 3

Mit gemischten Gefühlen setzte sich Vanessa in ihr Auto, um Brigitte in Duisburg-Baerl zu besuchen. Ihren Opel Astra in Nautikblau Metallic hatte sie trotz des Auslandsaufenthalts bei der Versicherung nicht abgemeldet. Auf der Rheinbrücke gönnte sie sich einen kurzen Blick über den Fluss und die angrenzenden Wiesen, die zum Teil noch vom Hochwasser überflutet waren. Sie erinnerte sich an einen Spaziergang mit Renés Vorgänger Michael auf dem Leinpfad. Am Ende des Rückwegs hatten sie nasse Füße bekommen, weil das Wasser unerwartet schnell angestiegen war.

Vanessa schaute kurz zu dem monströsen Kühlturm des Walsumer Kraftwerks im Hintergrund, dann konzentrierte sie sich wieder auf den Verkehr und verließ direkt hinter dem Rhein die Autobahn. Kaum zu glauben, dass dieser Stadtteil mit eher dörflichem Charakter genauso zu Duisburg gehörte wie die Hochöfen in Beeckerwerth. Aber gerade diese Gegensätze machten wohl die Stadt aus. Industrie und Natur auf engstem Raum. Nicht zu vergessen ein umfangreiches kulturelles Angebot, von dem sie hoffte, in ihrem Urlaub das ein oder andere wahrnehmen zu können.

Tante Brigitte wohnte in einer Villa am Rande des Baerler Buschs. Als Vanessa die Sackgasse erreichte, atmete sie mehrmals kräftig ein und aus. Das dezente Grün der hölzernen Fensterläden passte ausgezeichnet zu den rotbraunen Klinkersteinen, aber dafür hatte Vanessa heute keinen Blick. Während sie aus dem Wagen stieg, verspürte sie ihre Angst wie einen Faustschlag in der Magengegend. Ihr rechtes Augenlid zuckte. Würden die Sorgen um ihre Lieblingstante wie die Bilder des schrecklichen Traums verblassen, sobald sie ihr persönlich gegenüberstand? Vanessa versuchte, sich auf das herbstlich gefärbte Laub der Bäume zu konzentrieren. Schließlich gab sie sich einen Ruck, lief auf die dunkle Eichentür zu und drückte die Klingel. Wenige Sekunden später erschien der grau melierte Lockenkopf von Gerlinde Grubenhauer. Sie stammte aus Gelsenkirchen, arbeitete aber seit einer kleinen Ewigkeit für ihre Tante, die dringend eine Hilfe im Haushalt benötigte, da sie sich schon immer mehr um das Familienunternehmen Halbach & Erickson gekümmert hatte als um ihr Heim.

»Ich kann et kaum glauben«, empfing die Haushälterin Vanessa freudig. »Endlich sind Se wieder im Lande. Wurde auch Zeit, wenn ich dat ma so frei vonne Leber wech bemerken darf. Jedenfalls werden Se schon sehnsüchtig erwartet.«

Vanessa lächelte kurz. Die seltsame Mischung aus Hochdeutsch und Ruhrpott-Slang erheiterte sie, dann wurde sie sofort wieder ernst. Während sie Frau Grubenhauer mit einem leisen Seufzen durch die großzügig mit Gemälden ausgestattete Diele folgte, fühlte sich ihr Mund an wie ausgedörrt. So weit sie zurückdenken konnte, hatte sie die Villa bisher nicht in dieser seltsamen Stimmung betreten. In wenigen Sekunden würde sie Brigitte gegenüberstehen. Die Nähe zu ihrer kinderlosen Lieblingstante war ihr vielleicht niemals so bewusst gewesen wie in diesem Moment, allenfalls direkt nach dem Tod ihrer Eltern. Vanessa schluckte. Ihre Handflächen wurden feucht. Unwillkürlich tauchten die lang verdrängten quälenden Bilder wieder auf. Die winkenden Eltern vor dem Antritt ihrer Urlaubsreise. Das maskenhafte Gesicht ihrer Mutter in der Leichenhalle, die kühle Haut ihres Vaters, als sie seine Wange zum letzten Mal gestreichelt hatte. Der Abschied von ihm war ihr ungeheuer schwergefallen. Vanessas Herz begann laut zu pochen. Nein, sie war einfach noch nicht dazu bereit, nun ihre Lieblingstante auf irgendeine Weise zu verlieren.

Gerlinde Grubenhauer öffnete die Tür zum Wohnraum und lud sie durch eine Handbewegung ein, ihr zu folgen. Vanessa zögerte einen Augenblick, dann lief sie auf Brigitte zu. Ihre Tante saß mit geschlossenen Augen in einem Sessel in der Nähe des Kamins. Doch war diese Frau mit der fahlen Gesichtsfarbe und den eingefallenen Wangen tatsächlich ihre Tante? Vanessa hätte sich gerne abgewendet, um ihren Emotionen ungestört freien Lauf zu lassen, aber sie hatte den ersehnten Urlaub nicht abgesagt, um sich vor der Wahrheit zu verstecken. Die Haushälterin schien ihren Konflikt zu bemerken und nickte ihr aufmunternd zu. Entschlossen näherte sie sich der Tante. Kurz bevor Vanessa sie erreichte, schlug Brigitte plötzlich die Augen auf.

»Endlich bist du zurück«, flüsterte sie und lächelte schwach. Ein abgemagerter Arm mit knochiger Hand streckte sich Vanessa entgegen. »Ich habe so auf dich gewartet, weil ... weil ich unbedingt mit dir reden muss.« Sie schnappte nach Luft. Offensichtlich fiel ihr das Sprechen schwer. »Ich möchte dich nicht einfach vor vollendete Tatsachen stellen.« Obwohl Vanessa ihre Neugierde kaum zügeln konnte, wartete sie ab, bis Frau Grubenhauer den Raum verlassen hatte. »Bei meinem Anblick hast du dich erschreckt«, fuhr Brigitte nun mit ernster Miene fort. »Du hast deine Gefühle noch nie gut vor mir verbergen können.« Vanessa stimmte ihr schweigend zu. »Meine

Zeit ist knapp. Vergeuden wir sie also nicht mit höflichen Floskeln. Um meine Gesundheit ist es nicht gut bestellt. Deshalb rät Doktor Mertens mir, in das Haus Herbstfrieden zu ziehen.«

»Wo ... wohin?«, stotterte Vanessa und zog die Brauen hoch.

»Du kennst doch diese ehemalige Klosteranlage im Süden von Essen. Dort hat man eine Seniorenresidenz mit luxuriösen Apartments eingerichtet.« Vanessas Gedanken rotierten. In keiner Weise fühlte sie sich auf diese Nachricht vorbereitet, dass Brigitte beabsichtigte, aus ihrer Villa auszuziehen, in der sie mehr als die Hälfte ihres Lebens verbracht hatte. »Eine engagierte Ärztin leitet das Haus«, führte Brigitte weiter aus. »Doktor Mertens hält sie für sehr kompetent. Sie hat sich fortgebildet in Psychiatrie und Geriatrie.«

»So, so«, entgegnete Vanessa. Die unerwartete Ankündigung machte sie einen Moment lang sprachlos, aber etwas in ihrem Inneren drängte sie, Brigitte nachdrücklich von dem Umzug abzuraten. »In der vertrauten Umgebung sind deine Heilungschancen doch bestimmt besser«, wandte sie schließlich ein, weil ihr auf die Schnelle kein gescheiteres Argument einfiel.

»Heilungschancen«, echote ihre Tante mit einer gewissen Resignation in der Stimme. »Genau die gibt es eben nicht. Das hat Doktor Mertens mir unmissverständlich erklärt.« Sie seufzte. »Zudem wäre ich im Haus Herbstfrieden nicht so einsam. Gabriele und Cornelia sind ja ebenfalls krank. Deshalb haben wir uns lange nicht gesehen. Cornelia wohnt übrigens schon in der Seniorenresidenz. Selbst Gabriele würde sich uns anschließen, wenn Carsten ...« Sie brach mitten im Satz ab.

Vanessa glaubte zunächst an eine kleine Verschnaufpause, aber dann sah sie in Brigittes ausdruckslose Augen, die seltsam ins Leere starrten. Die Pupillen schienen wie fixiert. Geradezu unheimlich, dachte Vanessa und berührte die bläulichen Fingerspitzen, die krampfhaft die Sessellehne umklammerten. Noch vor einem halben Jahr hatten diese jetzt so kraftlosen Hände voller Elan zugepackt. Vanessa streichelte über den Handrücken, als könnte sie die Tante dadurch aus einer fernen Wirklichkeit zurückholen.

»Wo war ich stehen geblieben?«, fragte sie nach einigen Minuten, als hätte das seltsame Zwischenspiel niemals stattgefunden. Verwirrt starrte Vanessa ihre Tante an. »Manchmal glaube ich fast, mein Bruder Christian will uns alle mit ins Grab nehmen.«

»Das ist doch blanker Unsinn«, versuchte Vanessa vor allem ihre eigenen Ängste zu beruhigen.

»Trotzdem sollte ich mit dem Umzug nicht mehr lange warten«, fuhr Brigitte fort. »Laut Doktor Mertens sind die Apartments im Haus Herbstfrieden äußerst begehrt.«

Ehe Vanessa etwas erwidern konnte, rauschte Gerlinde Grubenhauer ins Zimmer. »Darf ich den Damen wat anbieten?«, fragte sie beflissen. »Kaffee, Tee oder nen Stücksken selbst gebackenen Kuchen? Mit Äpfeln und Nüssen. Den ham Sie doch immer so gerne gemocht.«

»Danke, für mich im Moment nicht«, lehnte Vanessa ab. Der Appetit war ihr gehörig vergangen. Auch Brigitte schüttelte den Kopf, worauf die Haushälterin mit sichtlich gekränkter Miene den Raum verließ. »Cornelia Erickson wohnt tatsächlich schon in dieser Seniorenresidenz?«, nahm Vanessa das Gespräch wieder auf. »Was ist denn mit ihr passiert?

Bei meiner Abreise hat sie auf mich noch gesund und rüstig gewirkt.«

»Sie hat einen Tumor. Ich wollte dich damit in New York nicht belasten.« Brigitte seufzte. »Inzwischen muss es ihr sehr schlecht gehen. Zumindest habe ich seit Wochen nichts mehr von ihr gehört. Wenn sie telefonieren könnte, hätte sie ganz bestimmt angerufen.«

»Hast du denn nicht versucht, Kontakt aufzunehmen?«

»Natürlich!«, erwiderte Brigitte. »Aber ich bin zu schwach, um sie zu besuchen. Deshalb habe ich nur zum Hörer gegriffen. Das Gespräch wurde leider nie durchgestellt. Immer hieß es, die Patientin brauche Ruhe. Cornelia selbst habe ich nie gesprochen. Dabei wartet sie bestimmt auf ein Lebenszeichen von mir. Wir kennen uns seit fast vierzig Jahren. Außer Gabriele und mir steht ihr doch niemand richtig nah.« Brigitte wirkte in diesem Moment so verzweifelt, wie Vanessa sie noch niemals erlebt hatte.

»Ich könnte Frau Erickson für dich besuchen«, schlug sie vor. Eigentlich war es Vanessa darum gegangen, die Tante damit zu trösten, doch dann gefiel ihr mehr und mehr der Gedanke, die Seniorenresidenz bei ihrem Besuch unter die Lupe zu nehmen. Während sie sich die Mission genauer vorstellte, wippte sie mit dem rechten Fuß hektisch auf und ab, bis er gegen das Tischbein stieß. Nur mühsam konnte sie einen Schmerzlaut unterdrücken.

Kapitel 4

Vanessa lag auf dem bequemen mintfarbenen Sofa unter dem Fenster und blickte gelegentlich zu ihrem zweiten, immer noch nicht ausgepackten Koffer, der wie eine stumme Aufforderung mitten im Zimmer stand. Widerwillig trug sie ihn ins Schlafzimmer und räumte seinen Inhalt in die Schränke. »Nun zur Aufgabe ganz unten auf der Beliebtheitsskala«, seufzte sie und griff zum Telefon.

»Carsten Halbach«, meldete sich ihr Cousin nach einer kleinen Ewigkeit.

»Hier Vanessa, bin seit gestern wieder im Lande.«

»So, so, du bist also zurück.« Er klang nicht gerade begeistert.

Während er eine Weile schwieg, zeichnete ihr Zeigefinger das Muster eines Kissens nach. »Ich möchte euch mein Beileid aussprechen. Diesmal persönlich.«

»Brauchst dich nicht verpflichtet zu fühlen«, presste er plötzlich mit eisiger Stimme hervor. »Außerdem passt das jetzt denkbar schlecht. Und nach so langer Zeit kommt es jetzt wohl auch nicht auf ein paar Tage an, oder?«

Seine brüske Art traf sie völlig unvorbereitet. Anscheinend verübelte er ihr immer noch, bei der Beerdigung seines Vaters gefehlt zu haben. »Was heißt verpflichtet? Abgesehen von Tante Brigitte seid ihr meine einzigen Verwandten. Wenn es dir lieber ist, kann ich gerne ein paar Tage abwarten.«

»Kapiere es doch!«, brüllte er unerwartet los. »Ich will einfach nicht, dass du meine Mutter belastest. Nur, nur weil du dich schuldig fühlst. Hier geht es nicht um dich, sondern um meine Mutter, kriegst du das in deinen Schädel rein?«

»Aber Carsten, ich will sie doch nicht belasten«, erwiderte Vanessa fassungslos. »Ich möchte sie einfach nur sehen.« Das folgende Schweigen zerrte an ihren Nerven. Sie war schon geneigt, einfach aufzulegen, da räusperte er sich.

»Nun gut«, lenkte er plötzlich ein. »Wenn dir der Besuch so wichtig ist, rufe ich dich an, sobald Mutter in der Lage ist, dich zu empfangen. Aber du musst mir versprechen, in ihrer Gegenwart auf keinen Fall über Christians Tod zu reden.«

»Wie du meinst«, stimmte sie widerwillig zu. Dabei wunderte sie sich über seine Bitte. Und wieso hatte er von *Christian* und nicht von seinem Vater gesprochen?

Nachdem sie aufgelegt hatte, sprang sie auf und lief ziellos in ihrem Apartment umher. In der Küche entdeckte sie eine angebrochene Schokoladentafel und schob sich einen Riegel in den Mund. Glückshormone gibt es für mich nur noch durch Kalorienbomben, dachte sie in einem Anfall von Sarkasmus. So weit war es nun schon mit ihr gekommen.

Kapitel 5

Nachdenklich stand Vanessa vor der gläsernen Drehtür in dem Gebäude ihres Arbeitgebers. Sie passte den richtigen Moment ab, um zwischen die sich ständig drehenden Flügel zu schlüpfen. Einiges hatte sich in ihrem Leben unerwartet geändert, seit sie hier vor ihrem Aufbruch eine kleine Abschiedsfeier gegeben hatte.

Als sie den ersten Büroraum betrat, begrüßte man sie mit großem Hallo. Obwohl sie unzählige Hände schütteln musste, bemerkte sie sofort, dass ihre Freundin Sabine fehlte. An der Wand hing eine riesige Collage, die sie bisher nicht gesehen hatte. Es zeigte Fotografien von den einzelnen Standorten ihrer Firma.

»Die hat Klaus erstellt«, erklärte Oliver Porschmann. »Quasi als Abschiedsgeschenk. Jetzt arbeitet er im Geschäft seiner zukünftigen Frau.«

»Wieso Geschäft?«, schaltete sich ihr Kollege Bertram Reinders in verächtlichem Tonfall ein. »Wieso Arbeit? Oder soll man das wirklich so nennen, was der zwischen ihren welken Schenkeln veranstaltet?«

Das hätte Reinders nun wirklich nicht von sich geben müssen, um bei Vanessa den Rang des unbeliebtesten Kollegen einzunehmen. Er war nicht nur extrem in seiner Ausdrucksweise, sondern auch in seiner negativen Sicht auf seine Mitmenschen. Vanessa hätte nicht eine Person nennen können, die vor seinen Augen Gnade gefunden hätte. Anscheinend lebte er davon, andere niederzumachen, brauchte die Kritik an seinen Zeitgenossen wie die Luft zum Atmen. Allerdings musste sie anerkennen, dass er in seinem Beruf einer der Besten war.

Plötzlich öffnete sich die Tür und weitere Kollegen strömten herein. Einige umarmten sie, als wären sie immer die engsten Freunde gewesen. Selbst jene, die auch gerne mal in New York gearbeitet hätten, schienen ihren Neid für diesen Moment zu vergessen. Tausend Fragen prasselten auf sie ein. Zum ersten Mal war sie hier eindeutig der Mittelpunkt, was ihr jedoch äußerst unangenehm war. Das Interesse an ihrer Person hatte sich noch nicht gelegt, als Herr Wolter, der Chef, direkt auf sie zusteuerte.

»Welch nette Überraschung«, tönte er. »Die Damen und Herren nehmen es mir sicher nicht übel, wenn ich Frau Halbach in mein Büro entführe.«

Unter den neugierigen Blicken der Kollegen folgte sie ihm in sein durch ein Vorzimmer streng abgeschirmtes Reich. Galant öffnete Herr Wolter ihr die Tür und ließ sie zuerst eintreten. Sie sah sich in dem Raum um. An der originellen Einrichtung hatte sich seit dem Tag ihrer Einstellung nichts verändert. Der nierenförmige Schreibtisch aus Glas, das knallrote Designer-Telefon mit dem schwarzen Hörer, der monströse Schreibtischstuhl in derselben Farbe wie das Telefon.

»Nehmen Sie Platz«, bat er sie auf eine kleine Sitzgruppe vor dem riesigen Fenster deutend. »Vielleicht darf ich Ihnen etwas anbieten?«

»Nein danke!« Vanessa war diese Art von Aufmerksamkeit unangenehm. Normalerweise verhielt sich ihr Chef auch nicht so, zumindest nicht gegenüber seinen Mitarbeitern.

»Es trifft sich gut, dass ich sie heute persönlich sehe«, leitete er das Gespräch ein, nachdem sie Platz genommen hatte.

»Ansonsten hätte ich in den nächsten Tagen Kontakt mit Ihnen aufgenommen.« Er räusperte sich. »Um es kurz zu machen: New York möchte Ihren Vertrag um weitere zwei Jahre verlängern. Ich entbehre sie ungern, aber das ist natürlich eine Chance. Zudem würden Sie mit reichlich neuer Erfahrung und hoffentlich bahnbrechenden Ideen zurückkehren.« Er lachte kurz, dann wurde er wieder ernst und sah ihr direkt in die Augen.

»Ein verlockendes Angebot«, erwiderte sie zögernd. Unter seinem gespannten Blick fühlte sie sich unwohl. »Leider muss ich Sie um etwas Bedenkzeit bitten. Ein akuter Krankheitsfall in meiner Familie.«

Wolter seufzte. Die Falte auf seiner Stirn zog sich bis zum Haaransatz hoch. Ansonsten spiegelte seine Miene keinerlei Reaktion wider. Während sie vergeblich auf ein zustimmendes Zeichen wartete, zupfte sie unsichtbare Flusen von ihrem grünen Leinenkleid. »Maximal zwei Wochen, sofern New York nicht auf einer kürzeren Frist besteht«, gestand er ihr endlich zu. »Ich hoffe, das reicht, um Ihre privaten Probleme zu klären.«

»Danke, Herr Wolter.« Erleichtert stieß sie die Luft aus, die sie unwillkürlich angehalten hatte. »Ich weiß Ihr Entgegenkommen zu schätzen.«

»Das war es dann«, erklärte er und erhob sich.

Sie gab ihm zum Abschied die Hand und verließ eilig das Büro. Im Vorzimmer nickte sie der Sekretärin Frau Kauder zu, dann eilte sie aus dem Reich des Chefs.

Auf dem Gang lief ihr Sabine mit ausgestreckten Armen entgegen und drückte sie fest an sich. »Endlich hat der Großmeister dich freigegeben. Ich dachte schon, wir sehen uns überhaupt nicht mehr.«

Vanessa versuchte zu lächeln. Zunächst hatte sie Wolters Angebot positiv aufgenommen, aber würden zwei Wochen wirklich ausreichen?

Sabine sah sie skeptisch an. »Was machst du für ein Gesicht? Hoffentlich nicht meinetwegen. Ich hätte dich wirklich gern vom Flughafen abgeholt, wenn nur dieser dumme Termin nicht dazwischengekommen wäre.«

»Nach deiner stürmischen Begrüßung zu urteilen bist du ganz die Alte«, seufzte Vanessa. »Von meinen Verwandten kann ich das leider nicht behaupten.«

Sabine lachte. »Da hilft nur eine kompetente Kummertante. Am besten bei einem Fläschchen Wein und Leckerlis für den Gaumen. Was hältst du von einem ausgedehnten Mahl beim Italiener am Innenhafen?« Sie zog die Stirn kraus. »Oder lieber deutsche Küche? Hattest du ja lange nicht.«

Vanessa nickte, dann lächelte sie ihre Freundin endlich an.

»Zur Laterne, sagen wir um acht?«

»Das ist mal ein Termin, auf den ich mich vorbehaltlos freue«, erwiderte Vanessa. »Aber jetzt halte ich dich und die anderen Kollegen nicht länger von eurer produktiven Arbeit ab. Den Chef sollte ich im Moment nämlich lieber nicht verärgern.«

Kapitel 6

Unschlüssig hielt Vanessa vor dem fast leeren Schlafzimmerschrank inne. Bett und Sessel waren mit Kleidungsstücken übersät. Seit der Pubertät hatte sie derartige Probleme, sich für ein Outfit zu entscheiden. Sie hatte sich immer wieder bemüht, sich das abzugewöhnen, leider erfolglos. Der Raum hatte sich bereits in ein halbes Schlachtfeld verwandelt, bis sie endlich eine taubenblaue Bluse und eine beige Hose auswählte. Sie freute sich auf das Treffen mit Sabine. Sie würde mit dem Auto in die Innenstadt fahren. Rein verkehrstechnisch war das Ruhrgebiet eben doch noch keine Metropole, die Frequenz der öffentlichen Verkehrsmittel war lediglich während der Stoßzeiten hoch. Nach einem Aufenthalt in New York fiel das ganz besonders auf. Als sie im Anschluss an eine etwa halbstündige Autofahrt lange brauchte, um in der Duisburger Altstadt einen Parkplatz zu finden, verwünschte sie ihre Entscheidung.

Ihre Freundin saß an einem Ecktisch unter einer Tafel, auf der einige Gerichte aufgelistet waren. »Die erprobte Marke«, erklärte Sabine schmunzelnd und deutete auf einen Eiskübel, aus dem ein Flaschenhals herauslugte. »Garantiert *katerfrei.*«

Gerührt nahm Vanessa gegenüber ihrer Arbeitskollegin und Freundin Platz. Ehe sie protestieren konnte, hatte Sabine die bereitstehenden Sektgläser bis oben gefüllt. Zur Not lasse ich den Wagen einfach stehen, dachte Vanessa mit einem gewissen Trotz. Schließlich verbrachte sie gerade ihren knapp bemessenen Jahresurlaub. Da hatte sie Besseres verdient als den schockierenden Anblick einer kranken Tante und die Moralpredigt eines hochnäsigen Cousins. Nein, dieser Abend gehörte ihr. Ihr und natürlich Sabine. Lächelnd nahm sie das Glas. Der trockene Sekt prickelte angenehm auf ihrer Zunge. Kurze Zeit später fühlte sie sich wohl wie seit Langem nicht mehr. Sie hatte das zweite Glas noch nicht einmal zur Hälfte geleert, da brannte sie mit einem Mal doch darauf, von ihren Sorgen und dem Besuch bei ihrer Tante zu erzählen.

Nachdem sie geendet hatte, schaute Sabine sie skeptisch an. »Aber was fehlt deiner Tante denn genau? Für mich ist das alles sehr schwammig.«

»Wie meinst du das?«, fragte Vanessa irritiert.

»Na, ich will wissen, welche Krankheit sie hat.«

»Du wirst es kaum glauben, ich habe sie nicht gefragt. Anfangs war ich einfach nur geschockt von dem Anblick. Und zwischendurch war sie von einem auf den anderen Augenblick nicht mehr ansprechbar. Dann kam der nächste Schock, Brigittes Plan, demnächst in dieses Haus Herbstfrieden zu ziehen. Ich war einfach überfordert, das alles zu verdauen. Auf jeden Fall hake ich beim nächsten Treffen nach.«

Sabine musterte sie mit ernster Miene. »Dass dich die Idee mit der Seniorenresidenz umgehauen hat, kann ich ja irgendwie verstehen. Aber eigentlich ist nichts gegen Brigittes Absicht einzuwenden. Außerdem gibt es sehr gut geführte Häuser, in denen für Lebensqualität gesorgt wird.«

Vanessas Miene wirkte nicht gerade überzeugt. »Ja, schon möglich, dass ich da Vorurteile habe. Ich will wohl einfach nicht wahrhaben, dass Brigitte nicht mehr selbstbestimmt in ihrem eigenen Haus leben können soll. Als ich nach New York aufgebrochen bin, war doch noch alles in Ordnung. Vielleicht habe ich ja auch nur deshalb so ein komisches Bauchgefühl, weil das alles zu viel für mich ist. Es geht ja nicht nur um Brigitte. Gabriele ist ebenfalls krank. Und Frau Erickson wohnt sogar schon in der Seniorenresidenz. Offensichtlich ist sie nicht einmal mehr fähig, zu telefonieren.« Vanessas Wangen überzogen sich mit einem rötlichen Schimmer. »Und Onkel Christian ...«, sie stockte. »Mein Onkel ist verstorben. Alles innerhalb so kurzer Zeit.«

»Nun, seltsam ist das schon«, pflichtete Sabine ihr bei und erhob das Glas. »Aber heute sind wir erst einmal hier, um zu feiern, und nicht, um irgendwelchen trüben Gedanken nachzuhängen.«

Kapitel 7

Als Vanessa am nächsten Morgen erwachte, fielen goldgelbe Strahlen durch die Ritzen der Rollos und hinterließen ein gestricheltes Muster auf der Tapete. Obwohl sie am gestrigen Abend Sekt und Weißwein ordentlich zugesprochen hatte, fühlte sie sich seltsam erfrischt. Eilig sprang sie aus dem Bett und zog die Jalousien hoch. Sie genoss die Lichtflut, dann fielen ihr die recht unliebsamen Verpflichtungen des heutigen Tages ein. Sie folgte der Spur ihrer Kleider und fand ihre Uhr unter einer zerknitterten Bluse. Erstaunt stellte sie fest, dass sie fast zehn Stunden geschlafen hatte. Das Frühstück konnte sie also getrost vergessen, der anstehende Verwandtenbesuch lag ihr ohnehin schon schwer im Magen. Sie duschte kurz, dann verließ sie die Wohnung.

Missmutig saß sie hinterm Steuer ihres Wagens. Nach einer knappen Stunde sowie etlichen Flüchen erreichte sie das Viertel im Duisburger Süden, in dem Tante Gabriele mit ihrem Sohn Carsten wohnte. Vanessa parkte ihren Astra am Straßenrand und lief nachdenklich die Auffahrt zu der hell verputzten Villa hoch. Das wuchtige Portal mit den protzigen Säulen schien ihr ebenso wenig zu dem schlichten Gebäude zu passen wie ein barocker Altar zu einer romanischen Kirche.

»Da bist du also«, begrüßte Carsten sie nicht gerade freundlich. Mit einer umständlichen Geste nahm er ihr den Mantel ab und führte sie in den Salon, wo Kaffee und Gebäck bereitstanden. Der Tisch war allerdings nur für zwei Personen gedeckt.

»Meine Mutter kann dich leider nicht empfangen«, kam Carsten ihrer Frage zuvor. »Der Arzt hat ihr ein Beruhigungsmittel gegeben.«

Enttäuscht steuerte Vanessa den ovalen Esstisch an. Gabrieles Abwesenheit brachten ihre Pläne gewaltig durcheinander. Auch hatte sie sich auf das Wiedersehen mit ihrer Tante gefreut.

Carsten schien ihre Enttäuschung nicht wahrzunehmen. Genießerisch verdrehte er die Augen, nahm sich gleich mehrere Plätzchen und schenkte ohne zu fragen Kaffee ein. »Köstlich, einfach köstlich«, brummte er mit vollem Mund. »Die Macarons solltest du unbedingt probieren.«

Obwohl Vanessa im Moment keinerlei Appetit verspürte, griff sie aus Höflichkeit zu. »Ich kann deine Mutter gut verstehen«, erklärte sie. »Die Ehe deiner Eltern war sehr harmonisch.«

»Für meinen Geschmack zu harmonisch. Ich persönlich ... aber lassen wir das. Wie steht es mit den Cowboys aus dem Wilden Westen? Einige sind doch sicher auf dich abgefahren.«

Nachdem sie eine Weile über ihren Aufenthalt im Ausland geplaudert hatten, verließ Carsten den Raum. Wehmütig schweifte Vanessas Blick durch das geschmackvoll eingerichtete Zimmer mit dem breiten Spiegel über einem antiken Sideboard, den zwei wuchtige Kerzenleuchter aus Silber zierten. Hier hatte so manche lustige Familienfeier stattgefunden. Die Stille des Augenblicks bedrückte sie. Als Carsten wenig später zurückkehrte, wurde ihr zum ersten Mal bewusst, wie sehr sie beide vor ähnlichen Problemen standen. Selbst Gabrieles Abwesenheit erschien ihr nun nicht länger nachteilig. Bei einem

Gespräch unter vier Augen brauchte sie keinerlei Rücksicht zu nehmen und konnte die entscheidende Frage stellen, der sie bisher ausgewichen war.

»Die Trauer um deinen Vater macht deine Mutter also krank«, kam sie direkt zum Thema.

Carsten nickte und schenkte Kaffee nach.

»Und was ist mit Brigitte? Weißt du das? Kennst du die Diagnose?«

Nervös trommelte er mit der rechten Hand auf der Kanne herum. »Leidet unter einem Delirium«, antwortete er, ohne sie dabei anzusehen. »Genauer gesagt: postoperatives Delir. Also, alles wegen ihrer neuen Hüfte.« Er stöhnte theatralisch. »Hat sie dir das nicht erzählt? Sag bloß, sie hat den Namen ihrer Krankheit schon vergessen?«

Vanessas Fingernägel gruben sich tief in ihre Handflächen, bis der Schmerz greifbar wurde. »Und warum hast du das vor ein paar Wochen am Telefon so heruntergespielt?«

»Ich bin davon ausgegangen, der Zustand würde sich legen.« Er murmelte etwas Unverständliches. »Auf jeden Fall wird sie medizinisch hervorragend betreut.«

»Ihr Arzt Doktor Mertens will sie im Haus Herbstfrieden unterbringen«, stammelte Vanessa betroffen.

»Ein weiser Ratschlag!« Für sie klang Carstens Stimme unangemessen jovial. »Schließlich lebt sie quasi allein mit Frau Grubenhauer. Was ist, wenn ihre Haushälterin ausfällt, die muss sich doch auch mal ein paar Stunden freinehmen können? Man kann nicht alles mit einem Supergehalt erkaufen. Und du darfst nicht die Augen davor verschließen, dass deine Tante unter geistigen Aussetzern leidet. Manchmal bricht sie eine Unterhaltung mittendrin ab.«

»Wahrscheinlich passiert das vielen alten Menschen«, erwiderte Vanessa mit einer Spur Trotz in der Stimme.

»Selbstverständlich«, fuhr er fort, »nur dass sich bei Brigitte die Symptome im Laufe der Zeit drastisch verstärkt haben und weiter verstärken können.« Während er sprach, sah er ihr genau ins Gesicht. Sein Blick war ihr unangenehm. »Welche Alternative bleibt ihr denn? Du fliegst nach deinem Urlaub wieder nach New York und sie bleibt mit ihren Problemen zurück. Dein Auslandsvertrag soll doch sogar verlängert werden, hast du mir bei unserem Telefonat erzählt.«

»Ich bin mir nicht sicher. Unter diesen Umständen fällt es mir schwer, Brigitte länger allein zu lassen.«

»Was redest du?« An seinem Hals trat eine hässliche Ader hervor. »Du kannst doch nicht einfach deine Karriere gefährden«, polterte er plötzlich los, »nur, nur um Tantchens Händchen zu halten. Sie würde dieses Opfer auch niemals von dir verlangen.«

»Ich weiß, ich weiß!«, wehrte Vanessa ab. Wahrscheinlich hatte Carsten wirklich Recht. Schon auf ihren Urlaub zu verzichten, war ein großes Opfer gewesen.

Fast schweigend tranken sie den Rest des Kaffees. Es mochte ja sein, dass sie in ähnlichen Situationen steckten, obwohl es sicher weitaus schwieriger war, wenn die eigene Mutter erkrankt war als die Tante, aber das führte offensichtlich nicht zu einer größeren Einmütigkeit, wie sie gehofft hatte. Dabei konnte sie seine Argumentation durchaus verstehen. Nachdenklich hob sie ihre Tasse zum Mund. Während sie den Kaffee austrank, betrachtete sie Carstens Miene. Das verschmitzte Lächeln, das eine gehörige Portion seines berüchtigten Charmes ausmachte, war inzwischen verflogen. Obwohl er einige Jahre älter war als sie, strahlte er in der Regel jugendliche Heiterkeit aus. Das markante Kinn und die hohen Wangenknochen machten ihn zu einem attraktiven Mann. Kein Wunder, dass ihm der Ruf eines stadtbekannten Schürzenjägers anhaftete.

»Noch Kaffee?«, fragte er plötzlich in die unangenehme Stille. »Vanessa, ich meine es doch nur gut mit dir. Wir sollten wirklich nicht streiten.«

»Nein«, erwiderte sie und versuchte zu lächeln. »Trotzdem breche ich jetzt auf. Ich schaue aber gerne wieder vorbei, wenn es deiner Mutter besser geht.«

Carsten nickte. »Okay. Ich melde mich, sobald sie einen Besuch verkraftet.«

Als sie wenig später die Auffahrt hinablief, stand er im Türrahmen und winkte. Manchmal werde ich aus seinem Verhalten einfach nicht schlau, dachte sie irritiert.

Kapitel 8

Vor Brigittes Villa parkte ein knallroter Sportwagen. »Doktor Mertens macht gerade Visite«, empfing Frau Grubenhauer sie mit ungewöhnlich ernster Miene.

Vanessa hatte das Haus kaum betreten, da eilte ein unauffälliger Mann mittleren Alters die Treppe hinunter. Brigittes Arzt hatte sie sich etwas älter vorgestellt. Außerdem passte seine konservative Kleidung nicht recht zu dem flotten Flitzer. Aus der Nähe jedoch wirkte er sehr vertrauenerweckend.

»Vanessa Halbach. Ich bin die Nichte von Frau Halbach«, stellte sie sich vor und reichte ihm die Hand.

»Mertens«, erwiderte er, »aber sicher kennen Sie meinen Namen bereits.«

»Ja, mein Cousin hat Sie gerade in höchsten Tönen gelobt.«

»So, so!«

»Könnten wir uns noch kurz ins Wohnzimmer setzen?«, bat sie lächelnd.

Er nickte und folgte ihr zu der riesigen Fensterfront mit blühenden Topfblumen und Kakteen. Fast gleichzeitig sanken sie in zwei wuchtige Korbsessel neben einem kleinen Bistrotisch.

»Beim Anblick Ihrer Tante haben Sie sich sicher erschreckt«, begann er das Gespräch. Während er sie eindringlich musterte, wuchs ihr Unbehagen. Unruhig pendelten ihre Augen zwischen dem Arzt und einem Porträt ihres verstorbenen Großvaters hin und her. Die wichtigen Fragen wollten einfach nicht aus ihrer zugeschnürten Kehle dringen. »Der Zustand von

Frau Halbach hat sich in letzter Zeit enorm verschlechtert«, erklärte er nun unaufgefordert. »Deshalb plädiere ich für eine anderweitige Unterbringung.«

»Mein Cousin hat mir erzählt, sie leide unter einem postoperativen Delir, ist das richtig?«

»Ja, aber leider kommt bei Ihrer Tante noch etwas hinzu. Je länger das Delir anhält, desto größer ist die Gefahr, dass Gehirnzellen absterben und dauerhafte Schäden entstehen. Bei ihrer Tante verläuft der Prozess untypisch schnell. Vielleicht sind Ihnen selbst schon Gedächtnisstörungen aufgefallen, gepaart mit gelegentlichem Komplettausfall der Sprache.«

»Besteht denn keinerlei Zweifel an der Diagnose?«, fragte Vanessa mit zittriger Stimme.

Mertens räusperte sich. Er umfasste den Griff seiner Arzttasche, seine Fingerknöchel traten weiß hervor. »Ich fürchte nein. Alle Untersuchungsergebnisse deuten unzweifelhaft darauf hin. Die Diagnose wurde wirklich hinreichend abgesichert.«

Offensichtlich hatte sie zu Unrecht gehofft, das Gespräch würde ihre Besorgnis abschwächen. »Haben Sie schon einen Spezialisten hinzugezogen?«

»Ich kann verstehen, wie gerne Sie Ihre Hoffnung erhalten wollen«, erwiderte er mitfühlend, »aber wir haben eine Kernspintomografie durchgeführt. Sie weist ganz eindeutig auf eine schnell voranschreitende Veränderung der Gehirnstruktur hin. Zudem arbeite ich eng mit der Ärztin Frau Doktor Mönch zusammen, die Ihre Tante mehrmals getestet hat. Danach müssen wir jederzeit mit Phasen von Unzurechnungsfähigkeit rechnen.«

»Und die Diagnose ist absolut sicher?«

»Was heißt schon absolut? Insgesamt muss man sagen, dass die Forschung zum postoperativen Delir bei älteren Patienten eher noch in den Anfängen steckt. Auf jeden Fall versichere ich Ihnen eines: Frau Doktor Mönch ist auf dem Gebiet eine Koryphäe, und wir können froh sein, dass sie den Weg aus Bayern zu uns gefunden hat.« In seiner Stimme klang Stolz mit. »Vielleicht hatten wir auch einfach Glück. Wenn ihre eigene Mutter nicht erkrankt wäre, hätte sie sicher das Psychiatriestudium abgeschlossen und sich woanders eine Stelle gesucht.« Er lächelte Vanessa an. »Übrigens leitet Doktor Julia Mönch das Haus Herbstfrieden. Deshalb würde Ihre Tante dort wirklich optimal betreut.« Während er seine Begeisterung für diese Lösung kaum verbergen konnte, empfand Vanessa die Vorstellung erschreckend. »Ich möchte nicht unhöflich erscheinen«, wandte er plötzlich ein, »aber meine Patienten warten.«

Mit einem Flattern in der Magengegend begleitete Vanessa ihn hinaus.

»Lassen Sie sich meinen Vorschlag noch einmal durch den Kopf gehen. Sie müssen unbedingt die gepflegten Räumlichkeiten und den herrlichen Park besichtigen. Ich melde Sie gern bei der Heimleitung an.«

Nachdem sie die Tür hinter ihm geschlossen hatte, lehnte sie ihren Kopf gegen das kühle Holz. Nach einer gefühlten Ewigkeit schlich sie auf wackeligen Beinen zu ihrer Tante hinauf. Je weiter sie hochstieg, desto mehr wuchs ihr Unbehagen. Auf der obersten Treppenstufe hielt sie abrupt inne. Endlich wusste sie das ungute Gefühl in Worte zu fassen: Warum wollte der Arzt höchstpersönlich einen Termin mit der Heimleitung vereinbaren? Sein Engagement ging eindeutig über das normale Maß hinaus. Ihre Gedanken rotierten. Schließlich musste sie sich aber eingestehen, dass er es kaum nötig hatte, für eingelieferte Patienten Provision zu kassieren. Diesen ungeheuren Verdacht ließ sie am besten ganz schnell fallen. Wenn hier etwas merkwürdig war, dann ihr eigenes Misstrauen.

Kopfschüttelnd löste sie die Hand vom Treppengeländer und betrat das Schlafzimmer. Zunächst zögerte sie, als müsste sie sich erst gegen den traurigen Anblick wappnen, dann lief sie zielstrebig zu dem wuchtigen Doppelbett, in dem sich Brigittes zierliche Gestalt verlor. Ihre Wangen wirkten heute noch eine Spur eingefallener, der geblümte Bezug aus Damast hob und senkte sich kaum merklich. Sie schlief.

Vanessa wollte den Raum schon wieder verlassen, da bemerkte sie auf dem Parkett etwas Glitzerndes. Neugierig bückte sie sich und hob einen merkwürdig geformten Splitter auf. Sie betrachtete ihn verwundert, dann warf sie einen Blick in den Abfallkorb. Oben lagen eine aufgeritzte Ampulle und eine Einwegspritze. Sie konnte sich kaum erklären, warum dieser Fund sie in Aufregung versetzte. Mit mulmigem Gefühl angelte sie die Ampulle aus dem Abfallkorb. Sie versuchte die Aufschrift zu entziffern, aber in Brigittes Schlafzimmer war es zu dunkel. Eilig schlich sie ins hellere Treppenhaus und hielt die Ampulle in Augenhöhe. Bei dem Medikament handelte es sich eindeutig um ein relativ starkes Beruhigungsmittel, dessen Name ihr bekannt war. Seltsam, dachte Vanessa. Auch Gabriele hatte ein Sedativum erhalten. Anscheinend bekamen beide dieselbe Behandlung. Aber welchen Sinn machte das Mittel bei der inzwischen so antriebsschwachen Brigitte? Kein Wunder, dass sie manchmal verwirrt wirkte. Schließlich hatte sie in ihrem ganzen Leben kaum Medikamente eingenommen.

Verunsichert kehrte Vanessa ins Schlafzimmer zurück und betrachtete die zerbrechliche Gestalt, die in keiner Weise mehr an die rüstige Frau erinnerte, die sie vor einem halben Jahr zurückgelassen hatte. Damals hatte Brigitte sie noch eigenhändig zum Flughafen kutschiert. Ich werde dieser Veränderung auf den Grund gehen, schwor sich Vanessa, auch wenn alle um mich herum überhaupt nichts Merkwürdiges daran finden. Nach diesem Schwur stieg sie ins Erdgeschoss hinunter und machte sich auf die Suche nach Frau Grubenhauer.

»Meine Tante schläft«, erklärte sie der Haushälterin. »Deshalb komme ich morgen wieder.« Vanessa zögerte. »Da wäre noch etwas. Wie häufig schaut Doktor Mertens vorbei?«

Frau Grubenhauer sah sie seltsam von der Seite an. »Ich weiß zwar nicht, wat Sie mit diese Frage bezwecken tun, aber eins kann ich Ihnen versichern. Der is sehr bemüht, wat Ihre Tante angeht. Der steht fast jeden Tag hier auffe Matte.«

»Sie wissen nicht zufällig, welche Medikamente meine Tante erhält?«

»Jede Menge Pillen und auf jeden Fall eine gegen die Vergesslichkeit«, antwortete Frau Grubenhauer leicht verwundert.

»Haben Sie denn niemals Spritzen oder Ampullen im Abfalleimer gesehen?«, bohrte Vanessa nach. »Rein zufällig, meine ich?«

»Wo Sie dat so sagen.« Gerlinde Grubenhauers Miene veränderte sich. »Kann schon sein. Aber ich wühle ja schließlich nicht im Müll herum. Außerdem leert Frau Hofes die Abfallkörbe. Gleich morgen tu ich sie danach fragen.«

Vanessa versuchte zu lächeln. »Entschuldigen Sie einfach meine dumme Neugier.«

Kapitel 9

Vanessa folgte dem Hinweisschild, auf dem in geschwungener Schrift *Haus Herbstfrieden* stand, und bog ab. Nachdem sie ein wuchtiges Tor aus Schmiedeeisen passiert hatte, präsentierte sich ihr eine atemberaubende Silhouette aus Türmen und Erkern in einem gepflegten Park. Das halb verfallene Gemäuer des ehemaligen Essener Klosters südlich der Ruhr, an das sie sich zu erinnern glaubte, hatte man zu einem hübschen Anwesen restauriert. Umgeben von der herbstlich bunt gefärbten Landschaft kam die Anlage besonders gut zur Geltung. Zunächst konnte Vanessa Doktor Mertens Begeisterung sogar verstehen. Trotzdem sträubte sich alles in ihr gegen die Vorstellung, Brigitte demnächst hier besuchen zu müssen. Während sie langsam die Auffahrt entlangrollte, registrierte sie eine schemenhafte Gestalt hinter einer Gardine im oberen Stockwerk, und sie beschlich das Gefühl, eine Person beobachte sie. Ihre Abneigung gegen diese Seniorenresidenz verstärkte sich wieder, auch wenn sie ihre Einstellung nicht rational begründen konnte.

Vanessa nahm den nächsten freien Parkplatz und legte eilig die wenigen Meter bis zum Eingang des Hauptgebäudes zurück. Als sie kurz darauf die Eingangshalle des Seniorenheims betrat, überwältigte sie die luxuriöse Ausstattung. Fußboden und Empfangstresen waren aus rot-weißem Marmor, ebenso die Treppenstufen, die sich in einem schwungvollen Bogen in die obere Etage hinaufwanden. Die Halle besaß gewaltige Ausmaße, wurde aber durch vier Säulen optisch unterteilt. Der Empfang glich der Rezeption eines Hotels gehobener Kategorie. Die etwa vierzigjährige Dame hinter dem Tresen sah ihr aufmerksam, wenn auch nicht gerade freundlich entgegen.

»Guten Tag, ich möchte zu Frau Erickson.«

»Sind Sie mit ihr verwandt?«, fragte Frau Rutenberg. Ihr Name stand auf einem Schild an der Brust.

»Nein. Ich bin eine gute Bekannte.«

»Tut mir leid, aber die Patientin kann momentan keinen Besuch empfangen.«

Irritiert starrte Vanessa die mit einem grauen Kostüm bekleidete Dame an. »Was heißt momentan? Ich möchte sie ja nur kurz sehen. Ganz sicher rechnet sie auch mit meinem Besuch.«

»Das glaube ich kaum«, erwiderte Frau Rutenberg mit herablassender Stimme und kaltem Blick über die randlose Lesebrille.

»Wieso wollen Sie das so genau wissen?«, startete Vanessa einen letzten Versuch. »Sie haben sie ja nicht einmal gefragt.«

»Das brauche ich auch nicht. Maßgebend ist der Rat ihrer Ärztin. Und laut Frau Doktor Mönch habe ich Anweisung, nur engste Angehörige zu Frau Erickson zu lassen.«

»Für wie lange?«

»Das kann ich Ihnen natürlich nicht sagen. Dazu bin ich nicht befugt.«

Vanessa lagen noch etliche Erwiderungen auf den Lippen, aber sie hielt sich zurück. In dieser Situation hatte sie eindeutig keinerlei Chance. Sie würde einen neuen Versuch wagen und sich etwas anderes einfallen lassen müssen.

»Gut, dann werde ich demnächst noch einmal wiederkommen«, verabschiedete sie sich mit einer gewissen Resignation in der Stimme.

»Am besten rufen Sie vorher an«, spulte Frau Rutenberg eine Empfehlung herunter, die wahrscheinlich zu ihrem Standardrepertoire gehörte.

Mit einem leichten Grummeln in der Magengegend drehte sich Vanessa um und durchquerte hastig die riesige Eingangshalle. Am Portal stürmte eine Flut beunruhigender Gedanken auf sie ein. Sie musste sich beherrschen, um nicht einfach hinauszustürmen. Draußen an der frischen Luft atmete sie mehrmals tief durch. Irgendetwas stimmte hier nicht. Das spürte sie doch mit allen Sinnen. Grübelnd lief sie zum Parkplatz. Als sie die Wagentür geöffnet hatte, sah sie sich noch einmal vorsichtig um. Sie hatte plötzlich erneut das Gefühl, beobachtet zu werden. Da sie jedoch niemanden entdecken konnte, stieg sie ein und fuhr los.

Bevor sie die schmiedeeiserne Pforte des Parks erreicht hatte, bemerkte sie einen mittelgroßen Mann mit dunkelblondem kurzem Haar, der die Auffahrt entlangging. Vermutlich war er aus einem der Seitenpfade gekommen. Der leicht schlendernde Gang kam ihr irgendwie bekannt vor. Als sie die breitschultrige, vollschlanke Gestalt überholte, schaute sie neugierig durch das Seitenfenster. Michael Jansen, Notar, vor einigen Jahren juristischer Berater der Familienfirma Halbach & Erickson und Renés Vorgänger. Ihr Ex-Freund, er war es tatsächlich. Während sie bremste, pochte ihr das Herz bis zum Hals.

»Michael! Weilst du wieder im Lande?«

»Ja, seit einiger Zeit.« Er wirkte deutlich weniger erstaunt, als sie es war.

»Was für ein Zufall, dich hier zu treffen.«

»Für mich ein glücklicher Zufall, wenn du mich in deinem Auto mitnimmst.« Michael Jansen lachte auf eine Weise, die sie einmal magisch angezogen hatte, da sich dann auf seinen Wangen zwei Grübchen zeigten.

»Hat dein alter Benz 220 den Geist aufgegeben?«

»Die Zeiten meines innig geliebten Cabriolets sind schon lange vorbei«, erwiderte er. »*Trimm dich* ist angesagt. Wie du siehst, hat die süddeutsche Küche ihre Spuren hinterlassen. Haxen, Knödel und das gute bayerische Bier. Wer kann da widerstehen? Seit einer Woche rücke ich den Pfunden mit Bewegung zu Leibe. Mein Auto steht auf einem Parkplatz unten an der Ruhr. Leider habe ich den Weg hierher unterschätzt.«

»Dann bin ich sozusagen dein rettender Engel.« Er reagierte mit diesem Lachen, das ihr noch immer so vertraut war. Sie wusste in diesem Moment nicht recht, ob sie sich über diese zufällige Begegnung wirklich freuen sollte.

»Ja, das bist du. Allerdings entgeht mir damit eine sportliche Betätigung«, unterbrach er ihre Gedanken. »Was hältst du davon, wenn ich zum Ausgleich mit dem Engel unten an der Ruhr spazieren gehe? Das ist allemal besser, als hinter dem Schreibtisch zu versauern.«

»Okay, deiner Figur zuliebe gehe ich glatt darauf ein.« Sie schmunzelte. »Auch wenn dir die zusätzlichen Pfunde nicht einmal schlecht stehen.«

Nachdem er zu ihr ins Auto gestiegen war, verstummte die lockere Unterhaltung. Nur der Motor des Wagens brummte leise vor sich hin.

»Du hast dich also wieder hier niedergelassen«, stellte sie fest, als das Schweigen unangenehm wurde.

»Ja, ja, mein süddeutsches Gastspiel gehört endgültig zu den Akten«, bestätigte er. »Ich habe die Kanzlei von Schmitt und Wolz in Ruhrort übernommen. Dort bist du natürlich jederzeit willkommen.« In einer vertrauten Geste fasste er sich ans rechte Ohr. »Auch in meinen Privaträumen in der oberen Etage.«

Auf eine derartige Einladung war sie nicht gefasst, nicht so schnell jedenfalls und vielleicht überhaupt nicht. Sie wollte und durfte sie auf keinen Fall annehmen. Die Trennung war ihr schwer genug gefallen, zumal sie Michael nicht einmal für das Scheitern der Beziehung verantwortlich machen konnte. Er hatte sich ihr gegenüber stets korrekt verhalten. Nach einer längeren Phase großer Verliebtheit hatte sie einfach geglaubt, an seiner Seite entscheidende Erfahrungen zu verpassen. Kurz nach der Trennung war ihr René begegnet. Zu spät hatte sie René als hohle Larve erkannt. Wie ein schnell verglühender Komet hatte er ihren Alltag in trügerischen Glanz getaucht.

»Halt, wo willst du hin?«, rief Michael plötzlich. »Wir sind schon zu weit!«

Ruckartig kehrte sie in die Gegenwart zurück. Tatsächlich lag die Einfahrt zum Parkplatz, den sie hatte ansteuern wollen, bereits hinter ihnen. Bei der nächsten Gelegenheit wendete sie den Wagen.

Nachdem sie ausgestiegen waren, entspannte sie sich etwas. Michaels unmittelbare Nähe hatte sie weitaus mehr aufgewühlt, als ihr lieb war. Selbst jetzt noch spürte sie seinen Blick auf ihrem Profil und den Wunsch, ihre Gedanken zu erraten. Sie hätte sich besser nicht auf diesen Spaziergang eingelassen, erst recht nicht in der Nähe eines Ortes, der mit unangenehmen Erinnerungen verbunden war, aber für eine Umkehr war es jetzt zu spät. Schweigend wanderten sie den Weg an der Ruhr entlang.

»Weißt du noch«, flüsterte Michael, als spräche er mehr zu sich selbst.

Hoffentlich meinte er damit nicht den Bootsausflug zu ihrem dritten Jahrestag von Kupferdreh nach Werden. Kurz vor der Haltestelle Haus Scheppen, dem ehemaligen Lehnsgut, hatte er ihr einen Verlobungsantrag gemacht. Den hatte sie spontan abgelehnt. In Gedanken sah sie wieder die ungläubige Enttäuschung, die sich in seiner Miene widergespiegelt hatte. Vier Wochen und viele unruhige Nächte später hatte sie einen endgültigen Schlussstrich gezogen.

»Seit wann wohnst du wieder hier?«, fragte sie, um der unangenehmen Erinnerung zu entfliehen.

Er lächelte dankbar. Vielleicht bevorzugte auch er ein unverfängliches Thema. »Vor einem halben Jahr habe ich die Kanzlei übernommen. Meine Mutter hat mich sofort informiert, als Schmitt und Wolz sich auf ihr Altenteil zurückziehen wollten.«

»Der heiße Tipp von der Mama also. Und wie immer ganz uneigennützig.« Ihre Stimme klang voller Ironie.

»Sie hat schon vorher versucht, mich zurückzuholen.«

»Ich hätte dir gar nicht erst zugetraut, dass du aus dem Ruhrgebiet wegziehst. Schon gar nicht nach Bayern.«

»Vielleicht kennst du mich eben doch nicht so gut«, entgegnete er mit einem traurigen Lächeln. »Nach unserer Trennung habe ich mir deine Kritik zu Herzen genommen. Die Rolle des berechenbaren Langweilers wollte ich jedenfalls nicht länger spielen.«

Berührt schaute sie zu Boden. Die heftigen Regenfälle der letzten Tage hatten ihn ziemlich aufgeweicht, sodass sie den matschigen Stellen ausweichen musste. »Habe ich dich wirklich in der Art angegriffen?«, fragte sie verunsichert.

»Nicht so direkt. Ich habe den Vorwurf mehr in deinen Augen gelesen. Aber du möchtest die alten Geschichten lieber ruhen lassen, nicht wahr?«

»Verzeih mir«, bat sie. »Ich wollte dich niemals verletzen.«

Damit war der Ausflug auf thematisches Glatteis hoffentlich beendet. Während am Himmel ein einsamer Vogel seine Runden drehte, warf er ihr einen Blick zu, den sie nicht deuten konnte.

»Beschwören wir die Vergangenheit nicht länger herauf«, fuhr er fort. »Du hast jetzt genug Probleme mit deinen Tanten, insbesondere mit Brigitte.«

»Woher weißt du das?«, fragte sie erstaunt.

»Klatsch!« Er zuckte mit den Schultern. »Zumindest könnte ich so argumentieren. Wobei ich das nicht einmal abwertend meinen würde. Deine Tanten und Frau Erickson sind schließlich die redlichen Besitzerinnen eines mittelständischen Unternehmens mit etlichen Arbeitsplätzen. Die Firma floriert. Ein guter Kräuterlikör wird immer getrunken.«

Vanessa forschte in seinem Gesicht. »Und woher weißt du es tatsächlich?«

»Ich ... also, ich bin wieder für deine Tanten und Frau Erickson tätig, seit ich aus Bayern zurück bin.« Ungeschickt kickte er einen Stein vom Weg ins Gras. »Aus deiner Reaktion folgere ich, dass Brigitte dir nichts davon erzählt hat.«

»Nein, hat sie nicht«, stimmte Vanessa nachdenklich zu. Also noch bevor sie eine neue Hüfte bekommen hatte. Diese

Information schien ihre Magenwände zu traktieren wie eine zu fettige Speise. Eine schmerzvolle Erkenntnis drängte sich ihr auf: Ihre Tante hatte kein Vertrauen mehr zu ihr! Oder reagierte sie zu empfindlich?

»Ich vermute, deine Tante wollte dich schonen«, verteidigte Michael die alte Dame. Konnte er Gedanken lesen? »Vielleicht hat sie geglaubt, es sei dir unangenehm, dass sie mit deinem Ex-Freund zusammenarbeitet. Nimm es ihr nicht übel. Du hast ihr und der florierenden Firma immerhin einiges zu verdanken.«

»Ich weiß«, entgegnete sie. »Ohne Brigittes Zuschüsse hätte ich niemals so schnell mein Studium abschließen können. Wer leitet die Firma jetzt eigentlich? Meinem Cousin Carsten traue ich das nun wirklich nicht zu. Eine Arbeit länger durchzuhalten ist nicht unbedingt sein Ding. Bisher ist bei seinen angeblich genialen Ideen, viel Geld zu verdienen, nichts Gescheites herausgekommen.«

»Philipp Voss. Seine Kompetenzen wurden ständig ausgeweitet. Inzwischen ist er Prokurist.«

»Und? Hältst du das für gut?«

»Ich schon, aber die Belegschaft interessiert meine Meinung bestimmt herzlich wenig.«

»Sie hält diesen Voss für keine gute Wahl?«

»Ich denke, für sie ist das Wohlergehen der Firma eng mit dem der Familie Halbach verknüpft«, antwortete er mit ernster Miene. »Der Tod deines Onkels war ein schwerer Schlag für die Mitarbeiter. Sie glauben, ihre Existenz stünde auf dem Spiel. Doch jetzt reden wir lieber über etwas Erfreuliches, zum Beispiel über unser Wiedersehen.« Er legte ihr eine Hand auf die Schulter.

Sie empfand die Berührung nicht als unangenehm, wollte ihn jedoch nicht weiter ermutigen. »Einen einfühlsamen Freund könnte ich schon brauchen«, wandte sie hastig ein, »aber unter gar keinen Umständen eine Neuauflage unserer Beziehung.«

Sein Blick drückte Bedauern aus.

»Was hat dich eigentlich in die Seniorenresidenz geführt?«, fragte sie, um das heikle Thema nicht weiter zu vertiefen. »Berufliches oder Privates? Du warst doch nicht zufällig dort.«

Für den Bruchteil einer Sekunde wirkte er irritiert. »Anwaltsgeheimnis«, brachte er die Angelegenheit für ihren Geschmack ein wenig zu hastig auf den Punkt.

Während sich die Sonne immer öfter hinter dicken grauen Wolken versteckte, liefen sie eine Weile schweigend am Wasser entlang. Vanessa schlug den Kragen ihrer dünnen Jacke hoch. Nachdenklich betrachtete sie die gekräuselte Wasseroberfläche, auf der eine einsame Ente ihre Runden drehte. »Kehren wir um«, bat sie.

Er schien etwas erwidern zu wollen, nickte dann stumm und beschleunigte seinen Schritt.

Kapitel 10

Als Gerlinde Grubenhauer Vanessa am Nachmittag die Tür öffnete, wirkte sie irgendwie verändert. Fast eine Spur verschmitzt blickte sie ihr entgegen.

»Ich habe Nachrichten«, platzte es aus ihr heraus. »Die Gute zuerst: Ihrer Tante geht es heute besser. Außerdem hab ich mit Frau Hofes sprechen können. Tatsächlich hat sie sich neulich im Abfallkorb fast an einer aufgeritzten Ampulle verletzt.«

»Also doch! Meine Vermutung stimmt.« Es wäre ihr lieber gewesen, sie hätte nicht zugetroffen. »Kann sich Frau Hofes an den Namen des Medikaments erinnern?«

»Und ob. RX19 hieß das Zeug. Ein sehr ungewöhnlicher Name für eine Medizin, finden Sie nicht?«

Vanessa stockte der Atem. In ihrem Kopf wirbelten die Gedanken wild durcheinander. Gerlinde Grubenhauer sah sie erwartungsvoll an, aber sie konnte zunächst nichts erwidern. »Entschuldigen Sie bitte, ich bin ein bisschen durcheinander. Die Zeitumstellung macht mir wohl zu schaffen«, erklärte Vanessa schließlich.

»Wieso überfalle ich Sie auch direkt anne Tür? Aber ich konnt kaum abwarten. Hatte den Eindruck, die Sache läge Se echt am Herzen.« Wenn Gerlinde Grubenhauer aufgeregt war, fiel es ihr noch schwerer als sonst, ihre Herkunft aus dem Ruhrgebiet zu verleugnen.

Schwindelig vor Aufregung folgte Vanessa ihr ins Wohnzimmer. »Ist Frau Hofes ganz sicher?«, fragte sie.

»Absolut! Sie hat sogar mit ihrem Sohn drüber gesprochen. Der studiert Medizin. Also, ohne die finanzielle Belastung durch den Bengel hätte sie et kaum nötig, in fremden Haushalten zu putzen. Ich persönlich halt dat Bürschchen ja für reichlich unverschämt. Soll der doch lieber selbst die Möppen verdienen.«

»Was hat er denn nun zu dem Medikament gesagt?«

»Vielleicht halt ich besser meine Klappe. Der ist ja erst im fünften Semester. Bis der sich Arzt schimpfen darf ...«

»Machen Sie es nicht so spannend«, erwiderte Vanessa mit leicht geröteten Wangen.

»Nun, wie Sie wünschen. Er hat seiner Mutter versichert, das Medikament gäbet nich aum Markt. Noch nich.«

»Und wie kommt er darauf? Er kann doch nicht alle Präparate im Kopf haben.«

»Dat tut mir leid, dazu hat Frau Hofes nichts gesagt.«

»Erst einmal vielen Dank«, beendete Vanessa das Gespräch, obwohl ihr noch einige Fragen auf den Lippen lagen. Es kostete sie enorme Mühe, die wachsende Erregung vor Gerlinde Grubenhauer zu verbergen. »Ich sehe jetzt besser nach meiner Tante.«

Während sie die Treppe hochlief, zitterten ihre Knie, ihre Hände hinterließen einen feuchten Abdruck auf dem polierten Holzgeländer. In der ersten Etage blieb sie noch einen kurzen Moment vor dem Schlafzimmer stehen und atmete mehrmals tief durch. Zum Glück war sie endlich unbeobachtet und brauchte ihre Erregung nicht länger zu verstecken. Das ohnehin nicht gerade üppige Vertrauen in Doktor Mertens' Behandlungsmethode hatte soeben einen weiteren Knacks bekommen. Nachdem sie sich einen Ruck gegeben hatte, öffnete sie die Tür.

»Heute musst du mir unbedingt von deinem aufregenden Leben in New York erzählen«, begrüßte Brigitte sie unerwartet munter. Dabei lächelte sie sogar. »Ich hätte dich dort so gerne besucht.«

»Bestimmt geht es dir bald besser«, erwiderte Vanessa und umarmte sie. »Dann zeige ich dir das Empire State Building und die Freiheitsstatue.« Am liebsten hätte Vanessa sofort nach dem mysteriösen Medikament gefragt, aber sie schwelgten noch eine Weile in Zukunftsträumen, was Brigitte offensichtlich ein wenig Auftrieb gab. Erst als die Tante über Müdigkeit klagte, hatte es Vanessa plötzlich sehr eilig, die dringende Frage anzusprechen. Auf keinen Fall wollte sie riskieren, das Haus ohne weitere Informationen zu verlassen. »Ich freue mich, wie gut es dir heute geht. Bekommst du etwa neue Medikamente?«, wechselte sie sofort das Thema.

»Keine Ahnung, welche Mittel mir Doktor Mertens und seine Kollegin verabreichen. Seit es mir so schlecht geht, frage ich nicht mehr danach. Ich habe wirklich vollstes Vertrauen zu ihnen.«

»Leidet Cornelia Erickson eigentlich auch wie du daran, dass es ihr an Energie fehlt?«

»Aber nein, sie hat doch einen Tumor. Leider inoperabel. Habe ich dir das nicht erzählt? Ach ja, denk bitte daran ...«

Obwohl der Satz abbrach, wusste Vanessa, woran Brigitte sie erinnern wollte. Gleich morgen würde sie einen neuen Versuch starten, Frau Erickson zu besuchen. Während die Tante bereits vor sich hindämmerte, strich ihr Vanessa noch einmal über das dünne Haar. Nachdenklich betrachtete sie ihre eingefallenen Wangen und das spitze Kinn. Als sie sicher war, dass Brigitte schlief, lief sie nach unten und suchte Frau Grubenhauer.

»Gut, dat Sie noch ma bei mich inne Küche kommen«, sagte die Haushälterin. »Ich wollt Sie nämlich um einen Gefallen bitten. Meine Schwester feiert am Wochenende ihren Sechzigsten. Nun lass ich Ihre Tante im Moment ungern allein. Also, wenn Sie für zwei Nächte bei ihr bleiben könnten?«

»Kein Problem«, erwiderte Vanessa. »Ein bisschen Abwechslung haben Sie wirklich verdient. Wann soll es denn losgehen?«

Gerlinde Grubenhauer wirkte sichtlich erleichtert »Wenn et Ihnen recht ist Freitag Nachmittag. Ich wollt den Zug um kurz vor fünf ab Duisburg Hauptbahnhof nehmen.«

Kapitel 11

Vanessa bremste leicht, um auf das Gelände von Haus Herbstfrieden abzubiegen, dann gab sie plötzlich wieder Gas und
rauschte an der Auffahrt vorbei. Dabei umklammerten ihre
feuchten Hände krampfhaft das Lenkrad. Aus einem uner-
klärlichen Impuls heraus hatte sie sich entschieden, ihren Wagen nicht auf den offiziellen Parkplatz der Seniorenresidenz
zu stellen. Gut hundert Meter hinter dem Tor, das in den Park
führte, hielt sie an, blieb aber noch eine Weile in ihrem Astra
sitzen. Sie dachte kurz darüber nach, ob sie ihren Besuch vielleicht doch besser angekündigt hätte. Das Gefühl, verbotenes
Terrain zu betreten, war ein wenig beängstigend. Aber eine
offizielle Anmeldung kam für sie nicht infrage. Die Gefahr einer erneuten Abfuhr war ihr einfach zu groß. Nun würde sich
zeigen, ob die Variante, auf ein Überraschungsmoment oder
eine glückliche Fügung zu setzen, wirklich die bessere Alternative war.

Seufzend stieg sie aus und lief mit mulmigem Gefühl zur
Auffahrt zurück. Das leichte Grummeln in ihrer Magengegend verstärkte sich erneut, als sie das schlossartige Hauptgebäude erblickte. Im Gegensatz zum hochtrabenden Namen
strahlte die Seniorenresidenz auf Vanessa keinerlei Frieden
aus.

Kurz vor dem Eingangsportal kam ihr eine sehr junge Frau
in einem weißen Kittel entgegen. Wahrscheinlich befindet sie
sich noch in der Ausbildung, überlegte Vanessa. Die Schwesternschülerin nickte ihr freundlich zu. Diese nette Geste er-

schien ihr wie ein kleiner Lichtblick. Vielleicht war das ihre Chance.

»Hallo, ich bin eine Bekannte von Frau Erickson. Wissen Sie zufällig, wo ihr Apartment liegt?«

»Auf der ersten Etage, rechte Seite. Das Namensschild steht an der Tür.«

»Danke«, erwiderte Vanessa und eilte an einem Pfleger vorbei, der einen älteren Herrn im Rollstuhl schob.

»Besucher müssen sich aber erst anmelden!«, rief ihr die junge Frau hinterher.

Als Vanessa verstohlen wie ein Dieb die Eingangshalle des Seniorenheims betrat, achtete sie nicht auf die luxuriöse Ausstattung wie bei ihrem letzten Besuch. Weder der rot-weiße Marmor noch die Säulen interessierten sie, nur der verwaiste Empfangstresen. »Bin gleich zurück!« stand auf einem Schild und ließ Vanessa innerlich jubeln. Besser hätte sie es kaum antreffen können. Ohne zu zögern lief sie zum Treppenaufgang und hastete die Stufen hoch. Dabei klopfte ihr das Herz bis zum Hals.

Oben angekommen, hielt sie sich für einige Sekunden am Geländer fest. Die ganze Tragweite ihres Handelns wurde ihr auf einen Schlag bewusst. Im strengen Sinne begann sie Hausfriedensbruch. Aber diese Erkenntnis war nicht das Schlimmste. Sie hatte einfach Angst. Doch außer einem Rausschmiss oder einer Anzeige konnte ihr nichts passieren. Man würde sie kaum in einen Keller sperren und foltern. Vergeblich versuchte sie, über diese absurde Vorstellung zu lächeln. Sie atmete dreimal tief durch, dann schlich sie mit weichen Knien in den Gang, den die junge Schwesternschülerin ihr genannt hatte.

Herr Ludger Berendorf las sie im Vorbeigehen. *Frau Greta Holtenberg* stand an der gegenüberliegenden Tür, die sich plötzlich öffnete. Vanessas Puls beschleunigte sich. Ein Kopf mit grauen strähnigen Haaren tauchte auf und verschwand sofort wieder. Erleichtert seufzte Vanessa. Ihr Blick wanderte den Flur entlang. Schätzungsweise lagen noch fünf Apartments vor ihr. Neben der Tür des dritten entdeckte sie den gesuchten Namen. »Mist«, fluchte sie leise. Sollten alle Aufregung und Mühe umsonst gewesen sein? Ein Knauf ersetzte die Klinke. Ohne große Hoffnung drehte sie ihn, doch zu ihrem Erstaunen sprang die Tür auf.

Mit klopfendem Herzen spähte sie noch einmal den Gang entlang, dann huschte sie in einen winzigen Vorraum. Zaghaft klopfte sie. Da niemand reagierte, trat sie unaufgefordert ein. Vor ihr lag ein recht schmales Zimmer mit zwei kleinen Fenstern. Die Einrichtung erschien ihr sehr luxuriös. Einen alten Eichenschrank, eine Vitrine und eine bunt gemusterte Sitzgarnitur erkannte sie wieder. Offensichtlich hatte die langjährige Freundin ihrer Tanten einige ihrer eigenen Möbel mitgebracht. Aber wo war Cornelia Erickson? Vanessa schielte zu einer Art Raumteiler aus Teakholz, der nicht recht zur übrigen Einrichtung passte. Vielleicht verbarg sich dahinter der Schlafbereich. Zögernd lief Vanessa weiter.

»Frau Erickson!«, rief sie leise.

Hinter dem Raumteiler hielt sie inne. Von hier aus sah sie eine Gestalt in einem Bett. Ihre weißen Haare hoben sich kaum von dem hellen Kissenbezug ab. Sollte das wirklich die Frau sein, der sie in vielen Jahren oft bei ihren Tanten begegnet war? Schritt für Schritt trat Vanessa näher. Entsetzt erkannte sie das runde Muttermal links neben der kleinen schmalen Nase. Genau wie Brigitte erinnerte auch diese Kranke nur noch entfernt an die rüstige Dame, mit der sie vor nicht allzu langer Zeit so manch munteren Kartenabend verlebt hatte.

»Hallo«, flüsterte Vanessa.

Frau Erickson drehte den Kopf und sah sie einige Sekunden mit ungläubigem Blick an. »Endlich ein Gesicht, das ich kenne«, wisperte sie, als Vanessa schon nicht mehr mit einer solchen Reaktion gerechnet hatte. Dabei huschte ein kaum wahrnehmbares Lächeln über Frau Ericksons Lippen. »Du bist die Erste, die mich hier besucht. Selbst meine Freundinnen haben mich vergessen.«

»Das dürfen Sie nicht denken«, erwiderte Vanessa schnell. Aufgeregt schob sie einen Stuhl an das Krankenbett. »Gabriele und Brigitte machen sich wirklich große Sorgen um Sie. Leider sind sie selbst erkrankt. Brigitte hat mich extra hierhergeschickt, um Ihnen das zu sagen.«

Frau Erickson schluckte. Ihre Augen schienen sich mit einem feuchten Schimmer zu überziehen. »Ich habe mir schon häufig den Kopf darüber zerbrochen, ob sie mich vergessen haben. Immer wenn ich klar denken kann. Aber oft ...«

Sie sprach abgehackt und Vanessa hielt die Unterbrechung zunächst für eine weitere Pause. Erst als sie in Frau Ericksons seltsam starre Augen schaute, schreckte sie zurück. Die Parallele zu Brigittes Symptomen schnürte ihr fast die Kehle zu. Was ging hier vor? Fragen kreisten wie in einer Art Karussell in ihrem Kopf herum. Nur eines wusste Vanessa in diesem Augenblick genau: Sie musste so schnell wie möglich überprüfen, ob auch Tante Gabriele diese seltsamen Symptome zeigte. Nachdenklich starrte sie auf Cornelia Ericksons zierliche Gestalt hinunter. Womöglich verging noch eine ganze Weile, bis die Kranke wieder ansprechbar sein würde. Vielleicht war es besser, aufzubrechen, solange sie unbemerkt blieb, und ihre Nachforschungen an anderer Stelle fortzusetzen.

»Die Diagnose war ein schwerer Schlag für mich«, fuhr Frau Erickson plötzlich fort, als sie sich gerade erheben wollte. »Ein Tumor, inoperabel ... aus heiterem Himmel. Dabei hatte ich mich bis zuletzt wohlgefühlt.«

Wieder eine Parallele, diese überraschende Erkrankung, die sich durch nichts angekündigt hatte, dachte Vanessa erschreckt, aber eigentlich erstaunte sie das nicht. Auf jeden Fall musste sie dem nachgehen. »Welche Beschwerden haben Sie denn zum Arzt geführt?«, fragte sie neugierig.

In Frau Ericksons Miene spiegelt sich Erstaunen wider, was ihrem bleichen, faltigen Gesicht ein ganz eigentümliches Aussehen verlieh. »Es war nur eine Routineuntersuchung«, erwiderte sie. »Vorher habe ich nichts gespürt. Deshalb konnte ich die Diagnose kaum fassen. Ich sollte todkrank sein. Und alles von einer Sekunde zur anderen.« Vor lauter Aufregung lief ihr Gesicht rot an, dann fiel ihr Kopf kraftlos zur Seite.

Vorsichtig schob Vanessa das Kissen unter ihre linke Wange. »Können Sie mich hören?«

Frau Erickson nickte kaum merklich.

»Wie kam man denn zu der Diagnose? Sie haben sich doch gut gefühlt.«

»Ich hatte so schlechte Blutwerte.« Sie stockte. »Danach die Röntgenuntersuchung!«

»Die hat den Verdacht also bestätigt?«

Keine Antwort.

Während Vanessa noch über die neuen Informationen grübelte, schien Frau Erickson ihre Umgebung nicht mehr wahrzunehmen. Abgesehen von Brigitte hatte sie bisher bei keiner anderen Person solch ein Verhalten erlebt. Dafür musste es einen Grund geben. Ihr fiel die seltsame Ampulle in Brigittes Schlafzimmer ein. Vanessa warf einen Blick auf die Kranke, dann stand sie auf und lief zum Abfalleimer, den sie irgendwo am Fußende des Bettes gesehen hatte. Sie wollte gerade den Inhalt inspizieren, da hörte sie ein Geräusch. Es klang, als hätte jemand die Tür zum Wohnraum aufgerissen.

Schnell schaute sich Vanessa in dem Schlafbereich um und suchte nach einem geeigneten Versteck. Die wenigen Möbel jedoch boten kaum Schutz. Unschlüssig schielte sie zu einem schweren Vorhang, hinter dem sich vermutlich Frau Ericksons Garderobe befand, aber dann setzte sie sich wieder. Schließlich wäre die Entdeckung in einem Versteck viel peinlicher als ein unangemeldeter Besuch. Außerdem hatte sie nichts Unrechtes getan. Warum also sollte sie sich verstecken, das war ja absurd. Wenn hier niemand etwas zu verbergen hatte, war ihr ängstliches Verhalten geradezu paranoid. »Frau Erickson«, sagte sie laut, »da es Ihnen heute nicht so gutgeht, komme ich besser an einem anderen Tag wieder.«

»Was fällt Ihnen ein!«, schrie eine schrille Stimme.

Erschrocken wirbelte Vanessa herum und schaute in die kältesten Augen, die sie jemals gesehen hatte. Sie gehörten zu einer Frau Mitte dreißig in einem weißen Kittel, deren Gesicht von einem Wutanfall entstellt wurde.

»In diesem Haus gilt es sicher nicht als Verbrechen, eine Bekannte zu besuchen«, konterte Vanessa. »Ich kann schließlich nichts dafür, wenn der Empfang unbesetzt ist.« Die Furie brauchte nicht zu wissen, dass sie keinen Versuch unternommen hatte, die Rückkehr der Empfangsdame abzuwarten.

»Sie haben eine todkranke Frau vor sich«, polterte die Frau, von der Vanessa annahm, dass es sich um Doktor Julia Mönch handeln würde. »Verlassen sie sofort das Zimmer! Und halten Sie sich nie wieder unangemeldet in unserer Einrichtung auf!«

Vanessa erfüllte die erste Bitte nur zu gerne. Mit einem raschen Blick versicherte sie sich, dass die Freundin ihrer Tanten die derben Worte nicht mitbekommen hatte, dann rauschte sie aus dem Zimmer.

Das Wohl der Patienten steht hier jedenfalls nicht im Vordergrund, fällte Vanessa ein vernichtendes Urteil über die Seniorenresidenz. Der negative Eindruck verstärkte sich, als die Ärztin sie auf der Treppe überholte, anstatt sich um die Patientin zu kümmern. Dabei erweckte sie fast den Anschein, als wolle sie ihr den Weg abschneiden. Verbarg sich dahinter etwa eine stumme Drohung? Während Vanessa hinuntereilte, bildeten sich Schweißtropfen auf ihrer Stirn, sie verspürte regelrecht Angst.

Sie hatte fast das Ende der Treppe erreicht, da tauchte in der Nähe des Eingangs ein stämmiger, muskulöser Mann in einem blauen Arbeitskittel auf. Der Hausmeister, war ihr erster Gedanke. Ihre anfängliche Erleichterung verflog sehr schnell. Genauer betrachtet passte der Mann eher ins Rotlichtmilieu als in ein seriöses Seniorenheim. Sein Hals war an einer Seite mit einem Motiv tätowiert, das sie nur undeutlich sehen konnte. Abschätzend musterte er ihre Figur. Ein kurzer Blickwechsel zwischen ihm und der Ärztin beschleunigte sowohl Vanessas Pulsschlag als auch ihre Schritte. Sie atmete erst auf, als sie die Eingangstür erreichte.

Auf halber Strecke zu ihrem Wagen drehte sie sich noch einmal um. Sie erkannte die massige Gestalt des Mannes. Die kräftigen Arme in die Hüften gestemmt stand er im Türrahmen, als wollte er diesen Eingang für immer versperren. Sein Blick schien sie zu taxieren, um sich möglichst viele Details einzuprägen. Noch einmal würde sie es sich nicht leisten können, unangemeldet im Haus Herbstfrieden ertappt zu werden. Ihre Hand zitterte so sehr, dass sie kaum den Wagenschlüssel ins Zündschloss stecken konnte. Auf jeden Fall hatte der Besuch bei Cornelia Erickson ihre Abneigung gegen die Seniorenresidenz enorm gesteigert, und sie würde alles daransetzen, Brigittes Einzug zu verhindern.

Kapitel 12

Vanessas konnte es kaum erwarten, Gabriele endlich gegenüberzutreten. Ungeduldig drückte ihr Zeigefinger immer wieder gegen die Klingel. Als sie schon nicht mehr mit einer Reaktion rechnete, öffnete ihr eine junge Angestellte mit langen blonden Haaren, die sie noch nie hier gesehen hatte. Kurz darauf erschien auch ihr Cousin Carsten.

»Hätte nicht gedacht, dich so schnell wiederzusehen«, begrüßte er sie fast freundlich. »Für den Besuch bei meiner Mutter hast du dir leider wieder den falschen Zeitpunkt ausgesucht.« Während er sie in den Salon führte und mit der Hand einladend auf eine monströse Sitzgruppe wies, musterte er sie eindringlich. »Du siehst mitgenommen aus«, stellte er fest. »Hoffentlich nichts Akutes mit Brigitte.«

»Ausnahmsweise nicht.« Vanessa seufzte und strich sich mit einer fahrigen Bewegung eine Haarsträhne aus der Stirn. »Ich weiß ehrlich nicht, wie ich beginnen soll. Manchmal glaube ich mir selbst kaum. Dann wieder passen die Details genau ins Bild.«

»Wovon redest du?«, fragte er und zog die Augenbrauen in die Höhe.

»Entschuldige, ich bin wohl ein wenig durcheinander. Mein Verdacht ist einfach zu ungeheuerlich.« Erneut fuchtelte sie mit der rechten Hand in ihren Haaren herum. »Also, ich fürchte, Brigitte und Frau Erickson werden falsch behandelt. Das ist an sich schon schlimm genug, aber ...«

»Was?«

»Mit Vorsatz.« Eigentlich hatte sie nicht gleich mit der Tür ins Haus fallen wollen. Trotzdem fühlte sie sich erleichtert, nachdem sie ihren schrecklichen Verdacht ausgesprochen hatte.

»Das glaubst du nicht im Ernst«, entgegnete er mit undefinierbarem Gesichtsausdruck. »Doktor Mertens leistet hervorragende Arbeit. Er hat doch überhaupt keinen Grund, irgendwen falsch zu behandeln. Erst recht nicht unsere Tante und meine Mutter.«

»Ich habe keine Ahnung. Vielleicht geht es um Geld.«

Carsten lachte laut auf, was in ihren Ohren äußerst unpassend klang. »Die Behandlung macht den Mertens kaum reich. Also wo liegt das Motiv? Wenn er seine Patienten schlecht behandelt, riskiert er doch, sie zu verlieren, dann verdient er garantiert nur noch einmal an ihnen: beim Ausfüllen des Totenscheins. Nebenbei wird Frau Erickson im Haus Herbstfrieden betreut und nicht von ihm.«

Auch wenn sich seine Worte in Vanessa Ohren ganz schön kaltherzig anhörten, konnte sie seine Argumente durchaus nachvollziehen.

»Du besitzt nicht einen Anhaltspunkt für deinen haarsträubenden Verdacht.« Sein Ärger war kaum zu überhören.

»Aber Brigitte zeigt die gleichen Symptome wie Frau Erickson. Dabei leidet sie angeblich an einer ganz anderen Krankheit. Beide starren ausdruckslos in die Ferne. Und dieser kurze Dämmerschlaf. Mit dem postoperativen Delir kenne ich mich nicht so aus, aber für eine Tumorerkrankung ist das bestimmt nicht typisch.«

»Bei Frau Erickson sind das eben keine Symptome. Sie hat schließlich starke Schmerzen.«

»Dann darf man hinfällige Patienten sicher auch mit Beruhigungsmitteln vollpumpen? Und das merkwürdige Verhalten von Frau Ericksons Ärztin, kannst du das auch entschuldigen? Diese Furie hat mich praktisch hinausgeworfen. Da drängt sich ein Verdacht doch förmlich auf.«

»Nun beruhige dich erst einmal«, sagte er plötzlich in einer unerwartet mitfühlenden Art. »Wir sind hier nicht im Wilden Westen. Jetzt hole ich dir ein Gläschen von meinem besten Cognac. Danach sieht die Welt schon wieder viel friedlicher aus.«

»Vielleicht geht manchmal meine Phantasie etwas mit mir durch«, ruderte sie zurück, als er mit dem Cognac und zwei Schwenkern in der Tür erschien.

»Schon okay. Und falls es dir wichtig ist: Ab sofort führe ich über Mutters Medikamente Buch wie die Oberschwester höchstpersönlich.« Während sie den Cognac langsam durch die Kehle rinnen ließ, betrachtete er sie besorgt. »Um eine Sache muss ich dich allerdings bitten«, erklärte er mit einem Mal äußerst ernst. »Behalte den unglaublichen Verdacht für dich. Ich will keinen Ärger. Du beschuldigst immerhin angesehene Ärzte.«

Sie nickte gehorsam. Dadurch, dass sie ihren Verdacht laut ausgesprochen hatte, womöglich auch durch den Cognac, hatte die Anspannung merklich nachgelassen. Obwohl er ihre Besorgnis offensichtlich nicht teilte, saßen sie praktisch in einem Boot. Nun galt es nur noch, ihm die entsprechenden Beweise vorzulegen. Für heute hatte sie hoffentlich einen kleinen Funken Misstrauen gesät.

»Hat Doktor Mertens jemals vorgeschlagen, Gabriele in der Seniorenresidenz unterzubringen?«, fragte sie spontan.

Carsten verzog das Gesicht, als sei sie nun völlig übergeschnappt. »Dafür gibt es nicht den geringsten Grund«, antwortete er und rieb mit der Rechten mehrmals über sein glatt rasiertes Kinn. »Im Gegensatz zu Tante Brigitte lebt sie nicht ohne einen nahen Angehörigen im Haus, sondern mit mir zusammen. Außerdem kann ich zusätzlich eine Pflegerin engagieren.«

»Das wäre auch für Brigitte die Lösung!«, rief sie freudig. »Gleich bei meinem nächsten Besuch schlage ich ihr das vor.« Beschwingt sprang sie von ihrem Sitz auf. »Jetzt möchte ich dich nicht länger in Anspruch nehmen. Danke für den Cognac und für die nette Art, auf meinen außergewöhnlichen Verdacht zu reagieren.«

»Du übertreibst«, sagte er und lächelte zum ersten Mal, dann umarmte er sie kurz, holte ihren Mantel und führte sie hinaus.

Als Vanessa den Weg aus Granitsteinpflaster vom Haus zur Straße fast zurückgelegt hatte, drehte sie sich noch einmal nach Carsten um. Sein Gesicht lag im Schatten, sodass sie nicht in seiner Miene lesen konnte. An seiner leicht gebeugten Haltung glaubte sie eine gewisse Besorgnis zu erkennen. Wahrscheinlich hatte sie doch einen kleinen Teil ihrer Skepsis auf ihn übertragen. Vielleicht fühlte sie sich deshalb erleichtert. Zwar verbanden sie keine engen verwandtschaftlichen Gefühle, aber er war immerhin der Einzige, der ihr in dieser schwierigen Situation wirklich beistehen konnte.

Kapitel 13

Zum ersten Mal seit der Rückkehr aus den Staaten stellte Vanessa das Autoradio an und versuchte recht erfolglos, einen altbekannten Hit mitzusingen. Die Idee mit der Pflegekraft gefiel ihr immer besser, zumal sie ihre Abneigung gegen das Haus Herbstfrieden jetzt hinreichend begründen konnte. Doch auch wenn ihr die Gefahr, dort zu landen, für Brigitte nun gebannt schien, war die arme Frau Erickson dieser herzlosen Person weiter schutzlos ausgeliefert. Da die Seniorenresidenz bestimmt nicht viele Medizinerinnen beschäftigte, hatte es sich bei diesem Racheengel wahrscheinlich um die Leiterin höchstpersönlich gehandelt. Eine Pflegekraft war das ganz sicher nicht, überlegte Vanessa. Allein der Blickwechsel mit dem Hausmeister hatte ihr verraten, dass sie die Chefin war. Kaum zu glauben, dass sich hinter der von Doktor Mertens empfohlenen Spezialistin diese Furie verbarg. Wieso hatte man gerade ihr die verantwortungsvolle Position im Haus Herbstfrieden übertragen? Vanessa wollte mehr über diese unsympathische Ärztin herausfinden. Mertens hatte von ihrer Berufserfahrung geschwärmt. Vanessas Mund verzog sich zu einem zufriedenen Lächeln. Genau da würde sie mit ihren Nachforschungen ansetzen. Selbst die kleinste dunkle Stelle im bisherigen Arbeitsleben der Medizinerin würde Vanessas Verdacht in einem ganz neuen Licht erscheinen lassen.

Aufgewühlt holte sie das Smartphone hervor und gab den Namen der Ärztin in die Suchmaschine ein. Sie fand leider keinen hilfreichen Eintrag, aber dafür reifte in ihr ein Plan.

Weil Sabines Mithilfe dabei eine gewisse Rolle spielte, hatte sie gleich doppelten Grund für einen kleinen Abstecher.

»Hallo, wen haben wir denn da!«, rief Sabine freudig erstaunt. »Je später der Abend, desto willkommener die Gäste. Mensch Vanessa, ich habe schon wer weiß wie oft bei dir zu Hause angerufen. Selbst auf deinem Handy bist du nicht zu erreichen. Aber was mosere ich hier rum. Mach es dir erst mal bequem. Ich verschwinde schnell in die Küche und besorg was zu trinken.«

An das Handy hatte Vanessa überhaupt nicht mehr gedacht. Sie musste es zu Hause unbedingt aufladen. Während die Freundin irgendwo in der Küche hantierte, nahm Vanessa auf einem gemütlichen Sofa im Wohnzimmer Platz. Neugierig schaute sie sich um. Seit sie nach New York aufgebrochen war, hatte sie diese Wohnung nicht mehr betreten. Zwei neue Bilder hingen an der Wand, *Blauer Reiter auf weißem Grund* und *Grüne Wiese mit Klatschmohn*. Sonst hatte sich nichts verändert, nicht einmal die perfekte Ordnung. Ihre Freundin würde selbst den Ansprüchen einer peniblen Schwiegermutter genügen, dachte Vanessa bewundernd. Während sie noch über Sabines fast übersteigerten Ordnungssinn nachdachte, musterten sie mit einem Mal funkelnde Augen. Sabines Kater beobachtete sie aus sicherer Entfernung. Als sie mehrmals leise seinen Namen rief, tapste er langsam heran. Nachdem er ihre Beine erreicht hatte, beugte sie sich zu ihm hinunter und kraulte sein seidiges, dichtes Fell.

»Kasimir hat dich anscheinend wiedererkannt«, freute sich Sabine, die mit einer Flasche Sekt und zwei Gläsern zurückkehrte.

»Den Sekt musst du alleine trinken«, wehrte Vanessa ab. »Ich habe bereits einen Cognac intus. Sonst darf ich mich kaum noch in mein Auto setzen.«

»Sollst du auch nicht. Du bleibst einfach hier. Eine unbenutzte Zahnbürste und Nachtzeug treib ich schon auf. Im Übrigen ist ohnehin jeder Einwand zwecklos.«

Vanessa brauchte nicht weiter überredet werden. Sicher bot sich im Laufe eines langen Abends eine Gelegenheit, Sabine um einen heiklen Gefallen zu bitten. Doch zuerst musste sie ihr von dem Besuch in der Seniorenresidenz erzählen.

»Das ist ja gruselig. Nein, da darf deine Tante auf keinen Fall hingehen. Ich kann verstehen, dass du das verhindern willst. Hast du eigentlich schon etwas über die Krankheiten deiner beiden Tanten herausgefunden?«

Als hätte Vanessa nur auf dieses Stichwort gewartet, sprudelten alle negativen Erlebnisse und Ängste der letzten Tage nur so aus ihr heraus. Sabine unterbrach sie nicht. Auch nachdem sie geendet hatte, schwieg die sonst plapperfreudige Freundin. »Jetzt hältst du mich wohl für paranoid«, presste Vanessa hervor.

Sabine schüttelte für ihre Verhältnisse ungewöhnlich ernst den Kopf. »Selbst wenn es auf eine verrückte Arbeitskollegin mehr auch nicht mehr ankäme. Nein, ich überlege nur, ob du richtig liegst.« Sie trank einen großen Schluck, dann stellte sie das Glas ein wenig zu heftig auf die Tischplatte zurück. »Ich halte es nicht gerade für ungefährlich, wenn du allein weiter nachforschst. Also, falls tatsächlich etwas ... Unrechtes im Gange ist.«

»Wie meinst du das?«, fragte Vanessa, immer noch erstaunt, dass die Freundin so ganz anders reagierte als Carsten.

»Nehmen wir mal an, deine Vermutung stimmt. Dann könnte es dem oder den Tätern gar nicht in den Kram passen, wenn du herumschnüffelst. Das nimmt doch niemand einfach so hin.«

»Was hältst du denn von diesem mysteriösen Medikament?«, lenkte Vanessa von diesem Aspekt ab, der ihr heimlich eine gehörige Portion Angst einflößte. »Ist dir die Bezeichnung RX19 schon einmal aufgefallen?«

»Nee, ganz bestimmt nicht«, antwortete Sabine. »Ich kann mir auch keine Pharmafirma vorstellen, die ihrer Medizin diesen Namen verpasst. Wer missachtet schon freiwillig alle psychologischen Erkenntnisse über die Wirkung von Namen? Wenn einer unbedingt auf Verlust setzen wollte, könnte er das Produkt gleich *Nullachtfünfzehn* nennen. Zur Sicherheit kannst du aber noch einmal in einer Apotheke nachfragen. Anschließend gehst du zur Polizei.«

»Was soll ich denn auf der Wache erzählen?«, fragte Vanessa und zog die Stirn kraus. »Ich kann weder die Ampulle vorzeigen, noch habe ich sie selbst gesehen. Aber mir kommt da eine Idee.« Sie machte eine kunstvolle Pause und schaute die Freundin mit einem bittenden Blick an, dem diese hoffentlich nicht widerstehen konnte. »Dein Ex-Mann ist doch ein erfolgreicher Journalist.«

Schlagartig verfinsterte sich Sabines Miene. »Hör bloß auf«, stöhnte sie. »Ich möchte wirklich nicht an Jens erinnert werden. Zu viele Nächte hab ich einsam in unserem Ehebett verbracht, während er unbedingt in der Weltgeschichte herumgondeln musste.«

»Könntest du ihn trotzdem um einen Gefallen zu bitten?«

»Ich bin bei Jens leider immer noch recht dünnhäutig und wäre ziemlich verletzt, falls er mir eine Bitte abschlagen würde. Und bei einer zeitraubenden Sache wird er das auf jeden Fall.«

Vanessa winkte ab. »Weiß ich doch. Er soll lediglich die Vergangenheit von der Mönch überprüfen. Möglicherweise ist sie früher mal mit dem Gesetz in Konflikt gekommen oder sonst wie in die Schlagzeilen geraten. Aus ihrer Anfangszeit als Ärztin findet sich bedauerlicherweise nichts im Internet. Und obwohl sie laut Doktor Mertens heute angeblich eine Koryphäe ist, gibt es kaum eine digitale Spur von ihr. Allerdings besitzt ein Journalist ja ganz andere Quellen.«

Sabines Züge entspannten sich wieder. »Ich mache dir ein faires Angebot. Du bekommst seine Telefonnummer und bittest ihn persönlich um Hilfe. Sogar einen schönen Gruß von seiner Ex-Frau darfst du bestellen.«

»Meinst du, ich könnte ihn um diese Zeit noch anrufen?«.

»Wahrscheinlich kannst du ihn jetzt am besten zu Hause erreichen.«

»Hallo, Jens, hier ist Vanessa«, meldete sie sich wenig später. »Du erinnerst dich hoffentlich. Die Freundin von Sabine. Übrigens schöne Grüße von ihr.«

»Ja, klar erinnere ich mich. Was verschafft mir denn die Ehre, von dir angerufen zu werden?«, fragte Jens ziemlich ungerührt. Offensichtlich hatte es ihm nicht wie erwartet die Sprache verschlagen. Anscheinend gehörte es zum journalistischen Alltag, spätabends unerwartete Anrufe entgegenzunehmen. »Was treibt Sabine denn noch so? Und arbeitet ihr beide noch in derselben Firma?«

»Ja, tun wir«, antwortete sie knapp. »Aber jetzt sitzen wir gerade zusammen und unterhalten uns über Privates. Es geht um zwei Tanten von mir, die ...« Kurz fehlten ihr die passenden Worte. Sie seufzte, dann sprudelten alle Fakten und Verdachtsmomente förmlich aus ihr heraus.

»Sollte besagte Doktor Julia Mönch jemals durch die Presse gegeistert sein, finde ich das raus«, erklärte er, nachdem Vanessa geendet hatte. »Selbst wenn sie nur die Fahne bei einer Studentendemonstration getragen hat. Allerdings musst du dich einige Tage gedulden. Ich breche nämlich in aller Frühe auf. Kleine Recherche in Rom. Sobald ich die Informationen habe, melde ich mich. Dann bleibt hoffentlich mehr Zeit und ich höre mir die Geschichte genauer an. Die Sache könnte sich ja als die Superstory entpuppen. Aber ehe ich das Wichtigste vergesse, grüß Sabine schön von mir.«

Bevor Vanessa sich bedanken konnte, hatte er bereits aufgelegt. »Eigentlich ist er ganz patent«, kommentierte sie sein Verhalten, »Zeit hat er allerdings immer noch nicht.«

»Bestimmt hätten wir besser zueinander gepasst, wenn meine Arbeit genauso aufreibend wäre wie sein Job.« Sie stieß einen Laut aus, der entfernt an ein missglücktes Lachen erinnerte.

»Bedauerlich, dass eure Ehe scheitern musste«, bemerkte Vanessa mitfühlend. »Bei euch käme ich nie auf die Idee, einen Schuldigen zu suchen. Anders als bei mir und René. Aber damit mache ich mir die Sache wohl zu leicht.«

»Jetzt hör bloß auf«, erwiderte Sabine. »René war nun wirklich zum Abgewöhnen. Und jetzt trinken wir erst mal darauf, dass du den los bist.«

Während sie in die Küche eilte, starrte Vanessa auf eines der neuen Gemälde an der Wand. Pferd und Reiter hoben sich recht plastisch von dem weißen Hintergrund ab. Doch je länger sie das Bild betrachtete, desto mehr integrierten sich beide in die unschuldige Umgebung. Vielleicht lag es nur an dem Sekt, den sie bereits getrunken hatte, dass ihr nun Mensch, Tier und Umwelt ineinander verwoben erschienen. Langsam verstand sie, warum Sabine gerade dieses Kunstwerk ausgewählt hatte. Das Weiß des Gemäldes symbolisierte eindeutig die heile Welt. Plötzlich stupste Kasimir gegen ihr Bein, als wollte er sich über mangelnde Aufmerksamkeit beschweren. Erst als sie den Kater wieder streichelte, schnurrte er zufrieden.

»Jetzt stoßen wir noch einmal auf alle Ex-Beziehungen an«, erklärte Sabine, nachdem sie zurückgekehrt war, »und dann vergessen wir die Männer. Zumindest für heute Abend.«

Kapitel 14

Vanessa erwachte mit Kopfschmerzen. Mühsam erhob sie sich. Sie öffnete das Fenster und atmete die kühle Luft ein. Trotz der recht zentralen Lage umgab viel Grün die Wohnblocks dieses Viertels. Die Aussicht in den Garten mit dem herbstlich gefärbten Laub hätte ein prächtiges Motiv für ein Gemälde abgegeben und überwältigte sie. Ungewollt drängte sich ihr der Vergleich mit dem Indian Summer auf. Aber in diesem Moment wollte sie dieses herrliche Plätzchen gegen keinen anderen Ort der Welt eintauschen. Eigenartig, dachte sie, ausgerechnet in einer fremden Wohnung wird so etwas Abstraktes wie Heimat greifbar. Als hätte sich der Zauber durch diesen Gedanken verflüchtigt, wandte sie sich ruckartig vom Fenster ab.

In dem Haus herrschte immer noch vollkommene Stille. Obwohl sie die halbe Nacht geredet hatten, war Sabine anscheinend pünktlich zur Arbeit gefahren. Langsam wankte Vanessa in die Küche. »Guten Hunger beim Katerfrühstück!« stand auf einem Zettel, der auf dem liebevoll gedeckten Tisch an einer Thermoskanne lehnte. Obwohl ihr Schädel brummte, musste Vanessa schmunzeln. Sie goss sich eine Tasse Kaffee ein und ging in Gedanken noch einmal das gestrige Gespräch über die besorgniserregende Situation ihrer Tanten durch. Auf jeden Fall fehlten ihr weitere Informationen über dieses merkwürdige Medikament. Nachdem sie gefrühstückt hatte, stellte sie eilig das schmutzige Geschirr in die Spülmaschine. Ein letzter Blick versicherte ihr, dass sie die Wohnung in einem

Zustand verließ, der den Ansprüchen ihrer Freundin halbwegs gerecht würde.

Unterwegs hielt Vanessa nach einer Apotheke Ausschau und wurde bald fündig. Das Halteverbotsschild davor ignorierte sie ausnahmsweise, stoppte den Wagen und hechtete hinaus. Etwas außer Atem betrat sie den Verkaufsraum. Sie war die einzige Kundin, was ihr gelegen kam. Hinter dem Tresen stand ein älterer Herr in blütenweißem Kittel und blickte ihr erwartungsvoll entgegen.

»Sie führen nicht zufällig das Mittel RX19?«, fragte sie verlegen, als ob ihrer Frage etwas Anrüchiges anhaftete.

»Nein, tut mir leid«, antwortete der Apotheker und legte dabei seine Stirn in Falten. »Sind Sie sicher, dass es sich dabei um ein Medikament handelt?« Er musterte sie mit durchdringendem Blick.

Seufzend hob sie die Schultern. »Vielleicht irre ich mich.« Sie überlegte gerade, ob sie noch irgendetwas gegen Kopfschmerzen kaufen oder sich lieber so schnell wie möglich verabschieden sollte, da trat ein etwa dreißigjähriger Mann aus dem Nebenraum. Er sah aus wie die jüngere Ausgabe des älteren Apothekers. Freundlich lächelte er sie an.

»Ich habe zufällig Ihre Frage gehört. Das Mittel bekommen Sie in keiner Apotheke, weil es auf dem Markt nicht existiert. Jedenfalls noch nicht.« Verdutzt starrte Vanessa in sein attraktives Gesicht mit großen rehbraunen Augen und einem gepflegten Bart. »Während des Studiums habe ich im Versuchslabor einer pharmazeutischen Firma ausgeholfen«, erklärte er. »Dort wurden die Testpräparate ähnlich gekennzeichnet. Zu meinen Aufgaben gehörte es, unzähligen Ratten ein Medikament mit dem Namen BX303 zu injizieren.«

Während der Junior sich einen strafenden Blick einfing, wurden Vanessas Knie weich. Das Blut rauschte in ihren Ohren.

»Danke für diese Information«, presste sie mühsam hervor, dann drehte sie sich eilig um. Sie musste eine gehörige Portion Disziplin aufbieten, um einen Gefühlsausbruch zu verbergen und die Apotheke wie eine normale Kundin zu verlassen. Draußen lockerte sie die Finger, die sie unwillkürlich zu Fäusten geballt hatte. Sie versuchte, das Chaos in ihrem Kopf zu ordnen und gelangte zu der Überzeugung, dass sie in einen gefährlichen Abgrund blickte, der nur unzureichend ausgeleuchtet war. Bisher waren ihre Befürchtungen nur ein Verdacht. Für das Beruhigungsmittel würde Doktor Mertens bestimmt eine Begründung finden und die mysteriöse Ampulle mit der Aufschrift RX19 hatte nur Frau Hofes gesehen. Im Zweifelsfall würde man ganz sicher angesehenen Ärzten glauben und nicht der Reinigungsfrau. Vanessa hatte Mühe, die aufsteigenden Tränen zu unterdrücken. Gestern noch war sie voller Hoffnung gewesen, und jetzt fürchtete sie, gegen einen übermächtigen Feind zu kämpfen. Seit dem Blick aus Sabines Fenster hatte ihre Stimmung einen wahren Absturz erlebt.

Kapitel 15

Auf das Wochenende mit Brigitte freute sich Vanessa, obwohl sie sich in der Villa vielleicht einsam fühlen würde, wenn die Tante auch tagsüber viel schlief. Sie traf am späten Freitagnachmittag dort ein, da schoss ein Geländewagen in unangemessen hohem Tempo von der Auffahrt auf die verkehrsberuhigte Straße. Trotz der Geschwindigkeit glaubte Vanessa, eine Frau hinter dem Lenkrad zu erkennen.

»Sie ham soeben Doktor Mönch verpasst«, empfing Gerlinde Grubenhauer sie an der Tür. »Die Leiterin der Seniorenresidenz. Die sieht abwechselnd mit Doktor Mertens nach Ihrer Tante.«

Vanessas Gesichtsfarbe wurde um eine Spur bleicher. Aufgewühlt lehnte sie sich gegen den Türpfosten und starrte die Haushälterin mit ungläubiger Miene an. »Wieso haben Sie mir das nicht gesagt?«

»Ich hatte doch keine Ahnung, dat dat so wichtig is. Für mich sah dat so aus, als würden Sie nur die Medikamente am Herzen liegen.«

»Ja, schon in Ordnung, ich war nur etwas überrascht.« Selbst in ihren eigenen Ohren klang diese Bemerkung nicht gerade überzeugend, aber das war ihr im Moment egal. Sie hatte keine Lust, mit Frau Grubenhauer zu diskutieren, musste so schnell wie möglich nach Tante Brigitte sehen. Allerdings hatte sie diese Rechnung ohne die Haushälterin gemacht. Gerlinde Grubenhauer hielt sie eine Weile zurück, um ihr einiges für das Wochenende zu erklären. Erst nachdem sie eine ganze Liste abgearbeitet hatten, entließ sie Vanessa endlich.

Nachdenklich schlich sie die Treppe in den ersten Stock hinauf. Sie war gespannt, in welchem Zustand die Tante sie heute erwarten würde. Die Visite von Doktor Julia Mönch erschien ihr nicht gerade wie ein gutes Omen.

»Ich warte schon auf dich«, flüsterte Brigitte, als sie wenig später das Schlafzimmer betrat.

Vanessa trat an ihr Bett und gab ihr die Hand. Ehe sie nach einer kurzen Begrüßung jedoch ein weiteres Wort von sich geben konnte, war Brigitte bereits eingeschlafen. In Vanessas Schläfen pochte das Blut. Dieses Miststück von Ärztin hat ihr wieder ein Beruhigungsmittel gegeben, dachte Vanessa. Am liebsten hätte sie ihren Ärger darüber hinausgeschrien, aber sie durfte die Tante nicht stören. Während Vanessa versuchte, ihre Wut hinunterzuschlucken, fiel unten die schwere Haustür ins Schloss. Nun waren sie für zwei Tage allein. Allein mit einem Verdacht, der nicht länger ein Produkt ihrer Phantasie war. Selbst Sabine glaubte ihr, obwohl sie nicht einmal die Schreckensbotschaft aus der Apotheke kannte. Sie überlegte kurz, dann fiel ihr der Name der Apotheke wieder ein. Sie musste unbedingt ein weiteres Mal mit dem Junior reden. Eilig suchte sie die Telefonnummer heraus und wählte mit zitternden Fingern.

»Thomas Winkler, Elch Apotheke«, meldete sich eine Stimme, die sie eindeutig dem gewünschten Gesprächspartner zuordnen konnte.

Zunächst überlegte Vanessa, ihre Identität zu verschweigen, doch dann entschied sie sich anders. »Halbach, vielleicht erinnern Sie sich. Ich habe Sie heute Morgen nach einem Medikament mit der Bezeichnung RX19 gefragt.«

»Natürlich«, erwiderte er. »Sie haben bleibenden Eindruck hinterlassen. Ich bin sehr froh, dass Sie anrufen. Den ganzen Tag habe ich überlegt, wie Sie mit diesem Medikament in Berührung gekommen sind. Ihr Arzt hätte sie doch aufklären müssen. Bei einem Produkt in der Testphase ist das unumgänglich.«

»Ohne Information macht sich ein Arzt also strafbar?«

»Wie schon gesagt, das Einverständnis des Patienten ist unumgänglich.«

»Anders als bei Tieren«, entgegnete sie sarkastisch.

»Nach den Tierversuchen folgen zunächst die klinischen Studien mit ausgesuchten Patienten, für die eine Behandlung mit dem neuen Medikament sinnvoll erscheint«, ging er ganz sachlich auf ihre Bemerkung ein.

»Interessant!«

»Was ich Ihnen erzählt habe, gilt natürlich unter Vorbehalt«, fuhr er fort. »Rein juristisch gesehen bin ich ebenso Laie wie Sie.«

»Ich weiß gar nicht, wie ich Ihnen danken soll«, versuchte sie plötzliche Erleichterung vorzutäuschen. »Das Medikament habe ich zufällig bei meinen Nachbarn auf dem Küchentisch entdeckt. Während ihres Urlaubs gieße ich dort die Blumen. Eines der Kinder leidet genauso unter Allergien wie ich. Da es ihm nun deutlich besser geht … dachte ich, dieses RX19 hätte ihm vielleicht geholfen.«

»Möglicherweise hören wir ja noch von dem neuen Wundermittel«, entgegnete er in einem Tonfall, der offenließ, ob die konstruierte Geschichte ihn tatsächlich überzeugt hatte.

Zum Glück konnte er am Telefon nicht sehen, wie rot sie beim Lügen geworden war. Nachdem sie den Hörer aufgelegt hatte, wanderte sie ruhelos in der Diele umher. Eine Einverständniserklärung ihrer Tante, an einer Arzneimittelstudie teilzunehmen, selbst wenn diese vorliegen würde, konnte angesichts des momentanen Zustandes ihrer Tante keinen Wert haben. Daher war die Auskunft des Apothekers zwar nicht gerade beruhigend, aber nützlich. Immerhin galt nun jede weitere Ampulle des mysteriösen Medikaments als Indiz für eine strafbare Handlung. Sie musste sofort den Abfalleimer inspizieren.

Vorsichtig öffnete sie die Tür zum Schlafzimmer. Soweit sie das in dem dämmerigen Raum auf die Schnelle feststellen konnte, hatte sie Brigitte nicht aufgeweckt. Vanessa bückte sich, hob den Abfallkorb hoch und trug ihn ins Treppenhaus. Neugierig schaute sie hinein. Auf den ersten Blick war nichts Interessantes zu erkennen. Das besagte allerdings nichts. Die Ampulle, die sie zu finden hoffte, war womöglich nach unten gerutscht. Vorsichtig fischte Vanessa ein zusammengeknülltes Blatt Papier heraus, drei gebrauchte Taschentücher und eine leere Tüte Hustenbonbons. Fast hätte sie den Tupfer übersehen, der daran klebte. Er roch nach Desinfektionsmitteln und ließ vermuten, dass Doktor Julia Mönch Brigitte eine Injektion verabreicht hatte. Eine Ampulle konnte Vanessa aber nicht entdecken. Offensichtlich hatte die Ärztin an alles gedacht und ihre Spuren beseitigt.

Missmutig entsorgte Vanessa den Inhalt im Hausmüll und wusch sich die Hände. Dabei fiel ihr ein, dass sie seit dem Frühstück nichts mehr gegessen hatte. Obwohl sie auch jetzt noch keinen Hunger verspürte, durchsuchte sie den Kühlschrank rechts neben der Küchentür. Frau Grubenhauer hatte etwas von Nudelsalat erzählt. Als Kind hatte sie sich den immer gewünscht, wenn sie bei Tante Brigitte übernachtet hatte. Vanessa füllte einen Teller und setzte sich an den großen Holztisch, der unter dem Fenster stand. Während des einsamen Mahls versuchte sie, einzelne Bilder ihrer glücklichen Kindheit ins Gedächtnis zu holen. Ihre Gedanken kehrten jedoch immer wieder zur bedrückenden Gegenwart zurück. Verdächtige ich Doktor Mertens zu Unrecht, fragte sie sich. Nach der Visite dieser Ärztin fühlte sie sich verunsichert und nicht mehr in der Lage, die Rolle des Hausarztes einzuschätzen. Wusste er gar nicht, dass Frau Doktor Mönch seiner Patientin ein Testmedikament verabreichte, das womöglich all ihre Krankheitssymptome verursachte? Angewidert schob sie den restlichen Salat zur Seite. Vielleicht würde sie später noch etwas zu sich nehmen. Nachdem sie die Schüssel wieder im Kühlschrank verstaut hatte, suchte sie erneut Brigittes Schlafzimmer auf.

Ihre Tante schlief weiterhin und stieß merkwürdige Laute aus. Vanessa schielte zu einer Stehlampe und dem alten Lehnstuhl daneben, von dem sie in der Dunkelheit lediglich die Umrisse erkannte. Einen kurzen Moment war sie versucht, sich in der Nähe ihrer Tante niederzulassen, aber dann beschloss sie, sich aus dem Zimmer zurückzuziehen. Selbst wenn sie den Lampenschirm abdunkeln würde, könnte Brigitte von dem Licht gestört werden. Vanessa hatte die Klinke bereits in der Hand, da erwachte Brigitte.

Nachdem Vanessa ihre Tante versorgt und die vielen Holzläden an den Fenstern geschlossen hatte, betrat sie mit einem Buch den Salon. Sie blickte einmal kurz in die Runde, dann hatte sie sich für einen der beiden Sessel neben dem Kamin entschieden. Die Holzscheite brannten zwar nicht, aber in dem Raum war es trotzdem wohlig warm. Seufzend ließ sie sich nieder und schlug die mit einem Lesezeichen markierte Seite auf. Bald war sie vollkommen in die spannende Handlung eingetaucht und nahm ihre Umgebung kaum noch wahr.

Sie konnte nicht sagen, wie lange sie schon gelesen hatte, da läutete es plötzlich an der Tür. Erschreckt fuhr sie hoch. Sie dachte an Brigitte. Hoffentlich hatte sie das Klingeln nicht gehört. Aber dann fiel ihr ein, dass das vom Schlafzimmer aus kaum möglich war. Vanessa schaute auf ihre Armbanduhr. Nur eine gute halbe Stunde bis Mitternacht. Erstaunt über den späten Besuch lief sie in den Flur. Noch zwei Schritte, dann hatte Vanessa die Tür erreicht. Aus einem ersten Impuls heraus wollte sie diese öffnen, aber sie besann sich. Schließlich war sie mit Brigitte allein im Haus.

»Wer ist da?«, fragte sie laut, aber niemand meldete sich. »Wer ist denn da draußen?« Sie überlegte gerade, ob derjenige schon fortgegangen sei, da läutete es erneut. »Carsten, bist du das?« Ihre Stimme klang jetzt schrill. Warum sollte ihr Cousin Tante Brigitte so spät besuchen? Es gab keinen Grund. Auch für niemanden sonst, es sei denn ... Diesen Gedanken wollte sie lieber nicht zu Ende denken. Zum Glück hatte sie nicht sorglos die Tür geöffnet. Angespannt hielt sie den Atem an und horchte nach draußen. Alles blieb still. Nur das Rauschen ihres Blutes in den Schläfen glaubte sie deutlich zu hören. Plötzlich raschelte es. Jemand war nur wenige Zentimeter von ihr entfernt. Ihre Knie zitterten, der Atem ging schneller, sie biss sich auf die Unterlippe. Am liebsten hätte sie die Tür aufgerissen, um zu sehen, wer sich vor ihr verbarg, aber ihre Angst besiegte die Neugier. Denk nach, ermahnte sie sich. Hinauszustürmen und um Hilfe zu rufen, war auch keine Lösung.

Das Grundstück des nächsten Nachbarn war einfach zu weit entfernt. Trotzdem durfte das Läuten sie nicht hysterisch machen. Außerdem hatte es aufgehört, ebenso wie das seltsame Rascheln. Sollte sie die Aktion als Warnschuss verstehen, nicht weiter herumzuschnüffeln? Dann würde der unheimliche Besuch jetzt Ruhe geben, um zu prüfen, wie sie darauf reagierte, und sie hätte erst mal nichts mehr zu befürchten.

Trotz dieser Überlegung, die ihr eine gefahrlose Nacht versprach, verspürte sie ein ungutes Gefühl. Auf keinen Fall durfte sie einem Angreifer wehrlos ausgeliefert sein. Aber wie sollte sie sich schützen? Nachdem sie eine Weile überlegt hatte, lief sie ins Wohnzimmer zu dem offenen Kamin und zog den Schürhaken aus der Asche hervor. Besser als nichts, dachte sie, während sie mit dieser einfachen Waffe ins Obergeschoss stieg. Vorsichtig öffnete sie die Schlafzimmertür und lauschte. Brigitte schien wieder zu schlafen. Ihr Atem ging schwer, aber regelmäßig. Vanessa ließ sich in dem alten Lehnstuhl nieder. Der Schürhaken lag auf ihren Knien. In einem Anflug von Galgenhumor malte sie sich Carstens Kommentar zu dieser *Wild-West-Szene* aus.

»Bist du hier im Zimmer?«, riss Brigitte sie plötzlich aus einem Schlaf, den sie nicht für möglich gehalten hatte.

»Ja, ja«, stotterte Vanessa. Der Schürhaken war seitlich von ihren Knien gerutscht, aber zum Glück an der Lehne hängen geblieben. Hektisch sprang sie auf und ließ die Waffe hinter ihrem Rücken verschwinden. »Ich muss dringend zur Toilette«, erklärte sie hastig, »bin gleich zurück.« Das war gerade noch einmal gutgegangen. Wie hätte sie Brigitte ihr merkwürdiges Verhalten erklären sollen? Als sie durch das halbwegs helle Treppenhaus lief, kam es ihr selbst ein wenig seltsam vor. Erst jetzt fiel ihr auf, dass sie zwei Fensterläden im ersten Stock übersehen und nicht geschlossen hatte.

»Ich hab ja viel zu viel geschlafen«, fuhr die Tante fort, als Vanessa ins Schlafzimmer zurückgekehrt war. »Dabei möchte ich deinen Besuch doch in jeder Minute genießen.«

Auf Vanessas Lippen zeigte sich zum ersten Mal seit Längerem der Anflug eines Lächelns. »Der Schlaf hat dir sicher gutgetan. Und es liegt ja noch ein ganzes Wochenende vor uns.« Bei dem letzten Satz dachte Vanessa daran, dass sie diese Zeit unbedingt nutzen musste, um einige heikle Fragen anzusprechen, allen voran die Medikamentenstudie. Außerdem wollte sie Brigitte davon überzeugen, eine Pflegerin einzustellen, anstatt in die Seniorenresidenz zu ziehen. Auf unsicheren Beinen lief sie zum Fenster. Inzwischen dämmerte es. Das Schwarz der Nacht hatte sich in trostloses Grau verwandelt, trübes Herbstlicht fiel durch die schmalen Ritzen der Holzläden. Als Vanessa sie öffnete, schlug ihr nasskalte Luft entgegen.

»Hilfst du mir beim Aufstehen?«, fragte Brigitte.

Vanessa riss sich von dem ohnehin tristen Anblick los.

Nach der Morgentoilette bestand die Tante darauf, das Frühstück im Esszimmer einzunehmen. Mühsam quälten sie sich die Treppenstufen hinunter. »Hast du nicht das hiesige Brot vermisst?«, fragte sie bei Tisch. »Das amerikanische Brot ist doch *einheitsweiß* und geschmacksneutral. Jedenfalls hat Cornelia das erzählt. Als Walter noch lebte, haben sie drüben ja einige Male Urlaub gemacht.«

»Dann waren sie nicht in New York«, erklärte Vanessa zwischen zwei Bissen. »Dort kann man alles kaufen.«

»Nein, die waren in den Südstaaten.«

Vanessa wollte das Thema nicht vertiefen, konnte ihre Neugier kaum noch zügeln. Vor Aufregung verschluckte sie sich an ihrem Kaffee und musste schrecklich husten. »Neulich habe ich einen Bericht über neue Medikamente gelesen«, warf sie den Köder aus, nachdem sie den Hustenanfall überstanden hatte. »Bevor sie auf den Markt kommen, werden sie in Studien an menschlichen Probanden getestet.«

»Ich weiß.«

Vanessa riss erstaunt den Mund auf. Hieß das etwa …

»Die Leute, die das freiwillig machen, müssen sehr verzweifelt sein«, fuhr Brigitte fort. »Entweder sind sie schwer krank und hoffen auf Heilung oder sie brauchen das Geld.«

»Und du?«

»Mir wäre das zu riskant.«

Vanessas Miene verdüsterte sich. »Du … du würdest also niemals einwilligen, solche Medikament zu nehmen.«

Verständnislos blickte Brigitte zu ihr hinüber. »Natürlich nicht. Warum fragst du?«

Ein dicker Kloß setzte sich in Vanessas Hals fest und hinderte sie zunächst am Sprechen. Sie räusperte sich mehrmals und sah ihre Tante dann eindringlich an. »Frau Grubenhauer hat mir neulich von einer merkwürdigen Ampulle erzählt«, gestand sie zögernd. »Mit der Aufschrift RX19. Weißt du, wo Frau Hofes sie gefunden hat?«

»Keine Ahnung«, antwortete Brigitte ohne besonderes Interesse.

»Sie lag aufgeritzt in deinem Abfalleimer. Dieses Medikament ist gar nicht zugelassen.« Während Vanessas Stimme vor lauter Aufregung zitterte, verzog Brigitte keine Miene.

»Dann hat sich die gute Frau wohl geirrt. Oder hast du die Ampulle selbst gesehen?« Ehe Vanessa antworten musste, läutete es an der Wohnungstür. Brigitte schaute auf die antike Uhr an der Wand. »Bestimmt ist das Doktor Mertens. Etwas früh, aber manchmal kommt er um diese Zeit. Ich wüsste auch nicht, wer uns sonst besuchen sollte.« Brigitte tupfte sich den Mund mit ihrer Serviette ab.

»Ich hoffe, du hast nichts dagegen, wenn ich bei der Visite anwesend bin.«

Vanessa ließ Doktor Mertens ins Haus. »Darf ich Sie kurz sprechen?«, fragte sie. Während er nickte, stellte er seine Arzttasche auf den Teppichboden. »Warum spritzen Sie meiner Tante Beruhigungsmittel?«, kam sie ohne Umschweife zur Sache. Dabei schien sich ihre Stimme förmlich zu überschlagen. »Soll sie etwa noch hinfälliger werden?«

»Welche Medizin ich verordne, müssen Sie schon mir überlassen«, entgegnete er, wobei er jedes einzelne Wort zu betonen schien. Sein freundlicher Gesichtsausdruck hatte sich schlagartig verändert. In seinen Augen erkannte sie unverhohlenen Zorn.

»Auch wenn das Medikament noch gar nicht zugelassen ist?«, fragte sie wütend. »Sowie RX19.«

»Ich habe niemals von einem solchen Mittel gehört, geschweige denn ein solches verordnet«, erwiderte er, während seine Nasenflügel vibrierten. »Und ich verabreiche Medikamente nicht erst nach Genehmigung durch entfernte Verwandte, sondern richte mich nach den Bedürfnissen des Patienten, solange diesen nicht das Recht, über sich selbst zu bestimmen, von einem Betreuungsrichter abgesprochen werden musste.«

Warum nur hatte sie RX19 erwähnt? Wenn Doktor Mertens völlig ahnungslos war, hatte sie kein Recht, ihn derart mit Beschuldigungen zu überfallen. Oder er wusste genau, wovon sie sprach. In diesem Fall allerdings war es äußerst ungeschickt gewesen, ihm kundzutun, wie weit sie mit ihren Nachforschungen bereits gekommen war. Dieser unüberlegte Ausbruch kannte nur einen Grund: Ihre Nerven lagen blank.

»Sie können sich nicht vorstellen, wie sehr mich diese mysteriöse Ampulle beunruhigt«, fuhr sie so ruhig wie möglich fort. »Meine heftige Reaktion tut mir leid. Aber irgendjemand muss Tante Brigitte das Mittel gespritzt haben. Außer Ihnen käme nur noch Frau Doktor Mönch in Betracht.«

»Ich kann Sie gut verstehen«, erwiderte er mit einem milden Lächeln. Sein Zorn schien verschwunden zu sein. »Die Krankheit Ihrer Tante ist sicher ein Schock für Sie. Trotzdem dürfen Sie sich nicht in wahnwitzige Vorstellungen hineinsteigern.«

»Aber Frau Hofes hat die Ampulle gesehen.«

»Ich versichere Ihnen, das Wohl Ihrer Frau Tante liegt mir sehr am Herzen. Und ich würde ihr niemals ein nicht zugelassenes Medikament verabreichen. Gleiches gilt auch für Frau Doktor Mönch.«

»Und warum geht die Leiterin der Seniorenresidenz hier ein und aus?«

»Unsere Zusammenarbeit können Sie mir kaum vorwerfen«, erwiderte er erstaunt und, wie ihr schien, auch wieder ärgerlich »Bei unserem letzten Gespräch hatte ich sogar den Eindruck, das wäre ganz in Ihrem Sinne. Frau Doktor Mönch ist immerhin eine Spezialistin auf dem Gebiet der Geriatrie. Nebenbei habe ich es wohl kaum nötig, für mein Vorgehen eine Genehmigung einzuholen. Erst recht nicht von einer Nichte der Patientin. Und nun entschuldigen Sie mich bitte. Ich bin hierhergekommen, um einer körperlich Kranken beizustehen.« Mit rotem Kopf durchquerte er die Diele und eilte die Treppe hinauf. Sie hatte Mühe, mit ihm Schritt zu halten.

»Frau Halbach möchte, dass ich bei der Visite anwesend bin«, rief sie ihm hinterher. »Im Übrigen wartet meine Tante im Esszimmer.«

Plötzlich stand Brigitte unten im Flur.

Erstaunt blickte Doktor Mertens auf seine Patientin hinab. »Sie gehören ins Bett«, sagte er gespielt streng und schickte eine ganze Flut freundlich formulierter Vorwürfe hinterher.

Während der Arzt die Kranke im Schlafzimmer untersuchte, hielt sich Vanessa im Hintergrund, beobachtete ihn aber ganz genau. Eine Injektion bekam Brigitte nicht. Dennoch atmete Vanessa erst auf, nachdem er seine Tasche zugeklappt hatte.

Vanessa begleitete ihn nach unten. »Werden Sie niemals krank«, sagte Doktor Mertens mit einem Lächeln. »Sie besitzen nämlich das Zeug, uns Ärzte zur Verzweiflung zu treiben.«

Nachdem er das Haus verlassen hatte, stand sie noch eine Weile nachdenklich an der Tür. Dieser lockere Abschied verunsicherte sie. Hatte sie ihm tatsächlich Unrecht getan und Frau Doktor Mönch agierte ohne sein Wissen? Ihr blieb keine Zeit, diesen Fragen weiter nachzugehen. Der Arzt war kaum fort, da rief Carsten an. Wie schnell sich ihre Anwesenheit hier doch herumgesprochen hatte!

»Hallo, Cousinchen«, meldete er sich lachend. »Wollte dir nur mitteilen, dass es meiner Mutter heute besser geht.«

»Das freut mich«, erwiderte Vanessa. »Leider kann ich sie heute nicht besuchen. Ich möchte Brigitte auf keinen Fall alleine lassen.«

»Aber ich könnte ihr doch auch das Händchen halten.«

»Keine schlechte Idee«, stimmte sie zu, nachdem sie kurz darüber nachgedacht hatte. »Passt es dir heute Nachmittag so gegen drei?«

»Fliegender Wechsel zur Teezeit also. Geht klar. Bis denne.«

Kaum hatte Carsten das Gespräch beendet, da klingelte erneut das Telefon.

»Hier Michael Jansen, der netteste Anwalt aus dem ganzen Pott. Ab heute bin ich nicht mehr auf Diät. Oder anders ausgedrückt: Ich lade dich zum Essen ein.«

Vanessa wog das Für und Wider ab. Obwohl sie sich über den Anruf freute, einer Verabredung stand sie mit gemischten Gefühlen gegenüber.

»Bist du noch in der Leitung?«, fragte Michael irritiert. »Soll ich besser später noch einmal anrufen?«

»Nein, nein, die Umstände sind nur etwas ungünstig. Ich bin bei meiner Tante und kann nicht weg. Falls du aber hierherkommen möchtest ... zum Mittagessen vielleicht?«

»Warum der Konjunktiv? Das Angebot wirkt verlockend. Jetzt lege ich lieber auf, ehe du dir die Sache noch einmal überlegst.«

Unwillkürlich schüttelte sie den Kopf. Sie hätte ihn besser nicht zum Essen eingeladen. Schließlich war das nicht ihr Haus. Okay, Tante Brigitte würde garantiert nichts dagegen haben, aber sie war nicht einmal sicher, ob sie im Kühlschrank genügend Zutaten für die Zubereitung eines vernünftigen

Mahls finden würde. Frau Grubenhauer hatte sich bestimmt nicht auf die Bewirtung einer weiteren Person eingestellt. Seufzend lief Vanessa in die Küche und schaute sich nach den Vorräten an Lebensmitteln um. Für einen Nudelauflauf mit Kochschinken und Tomaten sowie einer Soße würde es reichen. Käse zum Überbacken war auch vorhanden. Während sie hektisch in der Küche hantierte, kam sie kaum zum Nachdenken. Das war ihr nur recht.

Als Michael mit einem dicken Strauß gelber Rosen vor ihr stand, war der Auflauf noch im Ofen. »Die Blumen müssen leider für euch beide reichen«, begrüßte er sie verschmitzt.

»Da wird Brigitte sich freuen.«

»Und die Köchin?«

»Freut sich mehr über Unterstützung«, erwiderte sie. »Du könntest Brigitte den Tee bringen, den ich gerade aufgebrüht habe.«

»Gern. Ich schätze, das ist eine gute Gelegenheit, sich bei der Dame mit der netten Nichte einzuschmeicheln.«

»Nicht nötig. Sie hat doch immer schon auf deiner Seite gestanden.«

Schmunzelnd hängte er seinen Mantel an die Garderobe und verzog sich mit der Teetasse nach oben. Seltsam, überlegte sie, er weiß immer noch, wo Brigittes Schlafzimmer ist.

Brigitte nahm die Mahlzeit in ihrem Bett ein, Vanessa und Michael speisten im Esszimmer. Währenddessen gab er lustige Anekdoten aus seiner Kanzlei zum Besten, die Vanessa zum Lachen brachten. Als sie kurz in die Küche lief, weil sie den Salzstreuer vergessen hatte, wurde sie wieder ernst. Vielleicht hätte ich ihn doch lieber für den Abend eingeladen, ging es ihr durch den Kopf. Falls sich die gestrigen Ereignisse wiederholen würden, hätte sie zumindest einen Zeugen. Einen kurzen Augenblick geriet sie sogar in Versuchung, ihm von dem nächtlichen Besuch zu erzählen, entschied sich jedoch dagegen. Als sie zurückkehrte, plauderte er munter weiter. Er war sichtlich bemüht, der Unterhaltung einen lockeren Anstrich zu geben. Nur an dem fragenden Gesichtsausdruck, mit dem er sie ab und zu von der Seite her ansah, erkannte sie, dass er die Veränderung in ihrer Stimmung bemerkt hatte.

»Wir können unseren Spaziergang wiederholen«, schlug er plötzlich ohne Vorwarnung vor. »Wenn es dir lieber ist, wandern wir auch in dem Wald am Kaiserberg oder wir besuchen den Landschaftspark Nord oder den Zoo.«

Vanessa hatte sich noch nicht eindeutig für eine Zusage entschieden, geschweige denn für eine der Alternativen, da läutete es an der Tür. »Das wird Carsten sein«, erklärte sie Michael mit leichtem Bedauern. Unwillig stand sie vom Esstisch auf. Michael folgte ihr.

»Hallo«, grüßte Carsten mit Blick auf ihren Gast, »welch seltener Besuch.«

»Vanessa braucht ab und zu eine Aufmunterung«, erwiderte Michael.

»Das ist wohl wahr. Manchmal ist sie etwas durcheinander und bringt sich damit selbst in schlechte Stimmung, die junge Dame.«

»Sehen wir erst einmal nach Brigitte«, entgegnete sie leicht verärgert. Auf dem Weg ins obere Stockwerk besserte sich ihre Laune. Sie durfte sich Carstens lockere Sprüche einfach nicht so zu Herzen nehmen. »Sieh mal, wer dich besucht«, verkündete sie, während sie zu dritt das Schlafzimmer betraten.

Brigitte hörte sie nicht, sie schlief bereits. Das Tablett mit dem Geschirr hatte sie zwar auf den Nachttisch gestellt, aber die Serviette hielt sie immer noch in der Hand. Während sie wieder nach unten stiegen, lächelte Vanessa. Dabei hatte sie Brigittes friedlichen Ausdruck vor Augen. Jedenfalls hatten ihre entspannten Gesichtszüge kaum an den merkwürdigen Dämmerschlaf erinnert, der ihr enorme Angst einflößte.

»In zwei Stunden bin ich zurück«, erklärte sie Carsten zum Abschied.

Die Männer nickten einander nicht gerade freundlich zu, dann verließ sie mit Michael das Haus. »Den Spaziergang lässt du dir noch einmal durch den Kopf gehen, ja?«

»Wenn ich vor lauter Terminen dazu komme«, erwiderte sie zögernd. Sie rechnete damit, dass er sie umarmen würde. Deshalb stieg sie schnell in ihren Wagen und gab unnötig viel Gas. Blöde Gans, schalt sie sich, als sie endlich außer Sichtweite war. Mit ihren widersprüchlichen Gefühlen machte sie ihr momentan turbulentes Leben noch komplizierter.

Kapitel 16

»Frau Halbach erwartet Sie im Salon«, flötete das Hausmädchen mit den wasserstoffblonden, halblangen Haaren und einem gewagten Ausschnitt in ihrem eng anliegenden schwarzen Kleid.

Während Vanessa ihr folgte, fragte sie sich, was der verstorbene Onkel Christian wohl zu ihrem Outfit gesagt hätte. Wahrscheinlich hatte Carsten die junge Frau nach dem Tod seines Vaters eingestellt. Nachdenklich strich sie sich eine Strähne aus der Stirn. Bis jetzt hatte sich ihre Aufregung in Grenzen gehalten, aber je näher die erste Begegnung mit Gabriele rückte, desto mehr verstärkte sich das zunächst leichte Grummeln in ihrem Magen. Vanessa wischte sich die feuchten Hände an der Leinenhose ab. Das bange Gefühl, womöglich bald mit einer unangenehmen Wahrheit konfrontiert zu werden, ließ sich jedoch nicht so einfach entfernen.

Gabriele saß auf einem breiten Plüschsofa, die Beine von einer dicken Wolldecke umhüllt. Obwohl auch ihr Gesicht etwas eingefallen wirkte, hatte sie sich auf den ersten Blick nicht so stark verändert wie Brigitte.

»Die Weltenbummlerin ist zurückgekehrt«, begrüßte sie Vanessa mit einem wohlwollenden Lächeln. »Lass dich mal anschauen!«

Während Vanessa sie liebevoll umarmte, musste sie an das Versprechen denken, Onkel Christians Tod nicht in ihrer Gegenwart zu erwähnen. Wie sie schnell feststellte, war das nicht möglich, denn Gabriele schien ein großes Bedürfnis zu verspüren, über ihren toten Ehemann zu reden. Schon bald drehte sich die Unterhaltung fast ausschließlich um ihn. Dabei wunderte sich Vanessa, wie munter die Tante das Gespräch führte. Erst jetzt wurde ihr richtig bewusst, dass sie erwartet hatte, Gabriele im gleichen Zustand vorzufinden wie Frau Erickson.

»Ich nehme an, du bist kurz nach Onkel Christians Tod erkrankt?«, fragte Vanessa.

Gabriele sah sie nachdenklich an. »Oh nein. Ganz im Gegenteil. In den ersten Wochen ging es mir zumindest gesundheitlich gut, auch wenn das vielleicht ein wenig seltsam ist. Ich habe mich in die Arbeit gestürzt, um mich von dem Kummer abzulenken. Wie eine Besessene habe ich den Dachboden entrümpelt, Schränke ausgeräumt, Erinnerungsstücke sortiert. Am liebsten habe ich im Garten gearbeitet. Solange ich mit bloßen Händen in der Erde herumwühlen konnte, fühlte ich mich ganz besonders mit Christian verbunden. Er hat den Garten doch so geliebt.«

»Und die Arbeit ist dir nicht schwergefallen?«

»Ganz und gar nicht! Bewegung hat geradezu wie ein Schmerzmittel gewirkt. Ich sehnte mich regelrecht nach dieser Art von Betäubung. Erst später habe ich mich erschöpft gefühlt. Vielleicht habe ich mich übernommen.« Gabriele musterte sie eindringlich. »Du glaubst gar nicht, wie sehr ich deinen Besuch schätze. Endlich kann ich ehrlich über meine Trauer reden. Für Carsten ist das Thema absolut tabu. Der Junge meint es sicher gut, aber tatsächlich schadet mir sein Verhalten eher, als es nützt.«

»Die Trauer macht dich also krank?«

»Jedenfalls meint das Doktor Mertens«, erklärte sie nachdenklich. »Doch warum erst Wochen nach Christians Tod?

Warum kostet mich erst jetzt jeder Handgriff ungeheure Kraft?«

»Der Arzt hat also keine bestimmte Krankheit diagnostiziert«, hakte Vanessa noch einmal nach.

»Er hat mir nur erklärt, die Symptome wären eine abnorme Reaktion des Körpers auf den schweren Verlust.«

»Und du? Glaubst du das auch?«

»Eigentlich nicht. Die Arbeit war doch die reinste Therapie. Warum sollte mein Körper darauf verzichten wollen?«

»Ja, das ist merkwürdig.« Vanessa rieb über das Zifferblatt ihrer Armbanduhr. »Vielleicht findet sich noch eine Erklärung«, versuchte sie Hoffnung zu verbreiten, die sie nicht empfand. »Tante Brigitte ist ja leider auch erkrankt. Bei ihr ist es aber nicht nur der Körper. Sie leidet sehr darunter, dass sie manchmal mitten im Gespräch den Faden verliert.« Vanessa schaute ihre Tante neugierig an und tatsächlich reagierte sie.

»Das passiert mir doch auch!«, erwiderte Gabriele erschreckt. »Seltsamerweise habe ich das nur nie in Worte fassen können. Vielleicht ein letzter Anflug von Verdrängung. Das flößt mir nämlich enorme Angst ein.«

»Es ist bestimmt nicht so schlimm bei dir. Carsten ist das noch nicht einmal aufgefallen.«

»Das wundert mich nicht. In vielen Dingen ist er einfach viel zu oberflächlich. Darüber mache ich mir mindestens ebenso viele Sorgen wie über meine Vergesslichkeit. Was soll nur aus der Firma werden, wo auch Brigitte und Cornelia krank sind? Und Herr Voss ...« Sie zuckte mit den Schultern. »Dabei habe ich Christian auf dem Totenbett versprechen müssen ...«

Fassungslos schaute Vanessa zu ihrer Tante hinüber. Gabrieles Augen waren plötzlich weit aufgerissen. Ausdruckslos starrte sie vor sich hin. Auch die dritte Kranke zeigte also diese erschreckenden Symptome. Vorsichtig fasste sie die Tante an den Armen und rüttelte sie. Der schlaffe Körper wippte hin und her wie eine Gummipuppe. Entsetzt drückte sie Gabriele noch einmal die Hand, dann verließ sie den Raum.

»Frau Halbach fühlt sich nicht wohl«, rief sie in der Diele nach dem Hausmädchen. »Bitte lassen Sie meine Tante nicht allein, bis ihr Sohn wiederkommt. Ich finde allein hinaus.«

Kapitel 17

Als sie in Brigittes Haus zurückkehrte, saß Carsten im Wohnzimmer vor dem Fernseher. Da gerade eine Sportsendung lief, bemerkte er sie zunächst nicht.

»Du musst sofort zurück!«, rief sie erregt. »Deine Mutter ist nicht mehr ansprechbar.«

»Eine nettere Begrüßung fällt dir nicht ein?«, erwiderte er wenig beeindruckt. »Nur keine Hektik! Ich verstehe zwar nicht viel von Medizin, aber Doktor Mertens hat mir erklärt, dass ihr Zustand nicht bedrohlich ist.«

Sie ging nicht darauf ein. »Demnächst muss ich unbedingt mit dir reden«, kündigte sie stattdessen an. »Ich habe einige Dinge in Erfahrung gebracht.«

»Wieso demnächst? Du wirst mir doch wohl in ein paar Sätzen erklären können, worum es geht.«

»Nein, ich denke, deine Mutter braucht dich jetzt sofort.«

»Und wenn ich mich mit dieser Andeutung nicht zufriedengebe?« Seine Stimme klang herausfordernd.

»Dann hast du Pech gehabt.«

»Du weißt ja, wo du mich findest«, entgegnete er nun eindeutig verärgert. »Der dicke Blumenstrauß auf Brigittes Nachttisch ist übrigens nicht von mir. Möchte im Ort nicht gerade als der liebe Junge gehandelt werden. Das Bild vom wilden Draufgänger gefällt mir wesentlich besser und es macht mich unwiderstehlich.«

»Ich weiß, die gelben Rosen sind von Michael. Der sorgt sich um einen anderen Ruf.«

»Wieso gelb?«, fragte Carsten sichtlich irritiert. »Wieso Rosen? Und wieso Michael? Herr Voss hat unsere Tante besucht und ihr dieses Grünzeug mitgebracht.«

»Herr Voss?«

»Unser Geschäftsführer. Wahrscheinlich wollte er etwas mit Brigitte besprechen. Allerdings hat sie die Hälfte seiner Anwesenheit verschlafen.« Carsten sah sie durchdringend an. »Falls du es dir nicht doch noch anders überlegen willst, gehe ich jetzt.«

Nachdem er das Haus verlassen hatte, lief sie die Treppen hoch, um nach Brigitte zu sehen. Als sie die Tür zu ihrem Schlafzimmer öffnete, spürte Vanessa sofort, dass etwas nicht stimmte. Brigitte starrte sie mit offenen Augen an, schien sie aber nicht wahrzunehmen. Mühsam kämpfte Vanessa gegen das Gefühl vollkommener Hilflosigkeit. Es war ihr rätselhaft, warum Brigitte ausgerechnet jetzt dieses Symptom zeigte, obwohl sie keine weitere Dosis jenes mysteriösen Mittels erhalten hatte. Oder ging sie nur von einer falschen Voraussetzung aus? Möglicherweise hatte Frau Doktor Mönch ihr eine Arznei mit Depotwirkung verabreicht. Vielleicht hatte sie aber auch dem beflissenen Doktor nicht genug auf die Finger gesehen. Verzweifelt ließ sie sich am Fußende des Bettes nieder. Es würde sehr schwierig werden, ihre Tanten zu beschützen. Schließlich wusste sie nicht einmal, von welcher Seite die Gefahr drohte.

Vanessa lief aufgeregt im Zimmer umher, dann schaute sie aus dem Fenster. Es dämmerte bereits. Am liebsten hätte sie Brigitte zu ihrem Astra geschleift und die Nacht mit ihr woanders als in dieser abgelegenen Villa verbracht. Diese Art von Flucht war jedoch keine Lösung. Falls sie beide Tanten dauerhaft schützen wollte, musste sie der Gefahr entgegentreten, egal was heute Nacht passieren würde. Wenn sie nur einen Zeugen hätte.

Kurz entschlossen lief sie zum Telefon und wählte Sabines Nummer. Doch nur die Mailbox meldete sich. Enttäuscht ließ sie den Hörer sinken. Nach einer Weile war sie sogar bereit, Michael noch einmal herzubitten. Auch er war nicht zu erreichen. Als es plötzlich an der Eingangstür läutete, eilte sie freudig überrascht ins Treppenhaus. Hatten die Freunde ihren stummen Hilfeschrei etwa gehört? Aber noch ehe ihre Hand zum Öffnen der Tür ansetzte, schlug die anfängliche Erleichterung mit einem Mal in Angst um.

»Wer ist da?«, rief sie mit bebender Stimme.

Statt einer Antwort klingelte es erneut. Vergeblich fragte sie immer lauter, wer da sei. Ihre Nackenhaare stellten sich auf. Die Villa kam ihr wie eine riesige Falle vor. Ihre Gedanken wirbelten wild durcheinander. Nur jetzt nicht die Nerven verlieren, ermahnte sie sich. Sie stürmte in die Küche, um aus dem Fenster zu schauen. Der Blick auf den Bereich unmittelbar vor der Tür war zwar durch einen Windfang versperrt, aber möglicherweise konnte sie eine Person erkennen, wenn diese sich vom Eingang entfernte. Nach einer gefühlten Ewigkeit ohne weiteres Klingeln wandte sich Vanessa vom Fenster ab. Wahrscheinlich war die Person bereits verschwunden, während sie den Weg hierher zurückgelegt hatte.

Endlich kam ihr eine Idee, gefahrlos das Haus zu verlassen. Sie könnte wegen Brigittes Zustand den Notarzt anrufen oder Carsten. In Windeseile stürzte sie zum Telefon. Die Leitung war tot. Ungläubig starrte sie auf den Hörer in der Hand. Am liebsten hätte sie geschrien, aber sie durfte auf keinen Fall in Panik verfallen, sonst hätten die Drohungen ihr erstes Ziel erreicht. Außerdem war sie nicht auf den Festnetzanschluss angewiesen, sie besaß ein Handy. Irgendwo in diesem Haus hatte sie es abgelegt.

Nachdem sie die unteren Räume vergeblich durchkämmt hatte, schwor sie, in Zukunft besser auf ihre Sachen zu achten. Während sie aufgewühlt die Treppen hochstieg, fiel ihr endlich ein, wo sie es zuletzt in der Hand gehabt hatte. Gestern Nacht hatte sie es aus der Hosentasche gezogen, bevor sie sich mit dem Schürhaken in den Lehnstuhl gesetzt hatte. Auf wackeligen Beinen eilte Vanessa die letzten Stufen in die erste Etage. Sie betrat Brigittes Schlafzimmer und blickte nach links in Richtung Kommode. Eine alte Waschgarnitur aus Keramik stand dort, ein Andenken an ihre Großeltern. Das Handy konnte sie nicht entdecken. Vanessa kam näher, hob sogar den Waschkrug hoch, aber es blieb verschwunden. Ganz ruhig, ermahnte sie sich. Schließlich gehörten unauffindbare Gegenstände zu ihrem Alltag. Diesmal jedoch gab es einen anderen Grund für den Verlust ihres Handys als ihr fehlender Sinn für Ordnung, das spürte sie instinktiv. Sie hatte das Gefühl, eine hämisch grinsende Fratze beobachte sie.

Vanessa konnte nicht sagen, wie und wann sie in dem Lehnstuhl im Schlafzimmer ihrer Tante eingeschlafen war. Sie hatte sie in dieser bedrohlichen Situation nicht allein lassen wollen. Als sie mit Rückenschmerzen erwachte, standen die beängstigenden Ereignisse des gestrigen Abends sofort wieder vor ihrem geistigen Auge. Aber sie musste sich zusammenreißen. Mit einem raschen Blick zu Tante Brigitte vergewisserte sie sich, dass diese nun ruhig und fest schlief. Dann ratterten ihre Gedanken erneut los.

Hatte sie das Handy doch zu Tante Gabriele mitgenommen? Vielleicht lag es noch im Auto. Sie sprang so hastig aus dem Lehnstuhl auf, dass beinahe der Schürhaken umgefallen wäre, den sie gestern wieder in Griffnähe deponiert hatte. Sie versteckte ihn nun in der Kommode, anschließend lief sie nach unten. Neugier wie Aufregung wuchsen mit jeder Treppenstufe. Würde das Handy wirklich in ihrem Wagen liegen und ihre wilden Spekulationen mit einem Paukenschlag in Luft auflösen? An der Tür zögerte sie einen Moment, dann schloss sie auf und blinzelte ins Tageslicht.

Ihr Astra stand wenige Meter entfernt in der Auffahrt. Auf dem Weg dorthin fiel ihr Blick auf den Boden. Kurz vor ihrem Wagen lag das Handy auf den Granitsteinen. Sie hob es auf, wankte auf wackeligen Beinen zurück und ließ sich auf dem nächsten Stuhl nieder. Niemals hatte sie das Handy dort verloren. Wenn es ihr aus der Tasche gefallen wäre, hätte sie garantiert den Aufschlag gehört. Folglich musste ihr unsichtbarer Feind im Haus gewesen sein.

Diese Erkenntnis war so ungeheuerlich, dass sie es kaum glauben konnte. Ob jemand eingebrochen war? Vielleicht war Doktor Mertens doch nicht harmlos? Dann hätte sie dem Feind selbst die Tür geöffnet und ihn nicht genau genug beobachtet, als er im Zimmer ihrer Tante gewesen war. Frau Doktor Mönch war jedenfalls nicht mit Haus gewesen, es sei denn, Carsten hätte sie hereingelassen, aber das hätte er ihr sicher erzählt. Ihre Finger zitterten immer noch so stark, dass sie Mühe hatte, das Passwort einzugeben, um den Bildschirm zu entsperren und zu wählen. Erstaunt stellte sie fest, dass es funktionierte.

»Hier Jansen«, hörte sie Michaels verschlafene Stimme.

Spontan war sie einem Impuls gefolgt, ohne die Konsequenzen zu bedenken. »Hm. Guten Morgen«, stotterte sie. »Wie geht es dir heute?«

»Vanessa, bist du das?«, fragte er irritiert. »Ist was passiert?«

»Nein, wieso?«

»Deine Stimme klingt so seltsam.«

»A... alles okay, ich wollte dich zum Mittagessen einladen.«

»Wirklich?«

»Ja«, beteuerte sie, obwohl sie die Einladung nur ausgesprochen hatte, weil ihr nichts Besseres eingefallen war. »Aber ich muss Schluss machen, Brigitte ruft mich.«

Während ihr Brigitte am Frühstückstisch gegenübersaß, grübelte Vanessa, ob sie die Tante schonungslos über alle erschreckenden Vorgänge der letzten Nacht informieren sollte. »Ich muss mit dir reden«, platzte es plötzlich aus Vanessa heraus. »Ich finde es völlig falsch, sich einfach mit der Krankheit abzufinden. Warum suchst du nicht ein paar auswärtige Spezialisten auf?«

»Aber wieso? Bei Doktor Mertens bin ich doch in den besten Händen. Zudem ist Frau Doktor Mönch eine echte Koryphäe. Wir können wirklich froh sein, sie jetzt hier im Ruhrgebiet zu haben.«

Weshalb macht sie es mir so schwer, dachte Vanessa verzweifelt. Hoffentlich zwingt sie mich nicht, alle Fakten preiszugeben. »Ich halte deine Behandlung einfach für falsch. Man pumpt dich mit Beruhigungsmitteln voll. Kein Wunder, dass du dich hinfällig fühlst.«

»Du willst dir nur nicht eingestehen, wie alt und tattrig ich geworden bin«, erwiderte Brigitte. »Doktor Mertens hat mir schon berichtet, dass du meinen Zustand nicht akzeptieren kannst. Du hast unbewusste Schuldgefühle, meint er, oder irgendeinen Komplex.«

»Tatsächlich!« Vor Zorn lief Vanessa rot an. »Dann sollte ich wohl deutlicher werden, um zu zeigen, dass es nicht um meine Schuldgefühle geht.«

»Ich mag nicht, wenn du so redest. Er hat es doch nur gut gemeint.«

»Und die unverhohlenen Drohungen sind auch nur gut gemeinte Ratschläge, wie?«

»Wovon redest du?«

»Seit ich mich für eure rätselhaften Krankheitsfälle interessiere, werde ich bedroht. Dein Telefon wurde lahmgelegt und mein Handy entwendet.«

Verständnislos forschte Brigitte in Vanessas Miene. Vanessa stand auf, holte den Telefonhörer und hielt ihn wortlos der Tante hin.

»Das Freizeichen ist gut zu hören«, sagte Brigitte. »Aber wir können gerne noch eine Nummer deiner Wahl anrufen.«

Resigniert winkte Vanessa ab. Wieder einmal hatte sie ihren Gegner unterschätzt. Am besten vertagte sie vorerst das strittige Thema. Da Brigitte offensichtlich das Frühstück beendet hatte, stand sie auf und eilte mit dem Tablett in die Küche. Das Gefühl grenzenloser Ohnmacht wird mir langsam vertraut, dachte sie in einem Anflug von Galgenhumor.

Als Michael gegen Mittag eintraf, hätte sie sich am liebsten in seine Arme geworfen und ihn mit den jüngsten Ereignissen überfallen. Durch die Warnlampen in ihrem Hinterkopf fiel die Begrüßung jedoch etwas distanzierter und kühler aus.

Nach der gemeinsamen Mahlzeit zu dritt legte sich Brigitte wieder ins Bett und Vanessa konnte endlich offen mit Michael reden.

»Ich werde bedroht«, brach es direkt aus ihr heraus.

»Bedroht?«, fragte er mit hochgezogenen Augenbrauen. »Warst du am Telefon deshalb so merkwürdig?« Die Kaffeetasse in ihrer Hand vibrierte. »Erzähl alles hübsch der Reihe nach«, erklärte er in beruhigendem Tonfall.

Das empfiehlt er sicher auch seinen Klienten, dachte Vanessa. Egal. In wenigen Minuten rollte sie alle Details vor ihm aus. Selbst den Besuch in der Seniorenresidenz ließ sie nicht aus. Danach fühlte sie sich so erschöpft, als hätte sie eine stundenlange Rede gehalten.

»Natürlich kann ich deine Sorgen um Brigitte gut verstehen«, entgegnete er recht nüchtern. »Aber die Anschuldigungen sind nicht gerade stichhaltig. Vor Gericht jedenfalls ...«

Erregt sprang sie auf, lief hektisch im Raum hin und her. Michael beobachtete sie. An seinen Mundwinkeln konnte sie ablesen, wie unwohl er sich fühlte.

»Wahrscheinlich war das Klingeln ein übler Scherz. Wer weiß, ob bei den Nachbarn nicht auch jemand war.«

Sie warf ihm einen vernichtenden Blick zu, die Farbe ihrer Augen verdunkelte sich.

»Tut mir leid, wenn ich das nicht so ernst nehmen kann wie du.«

Vanessa seufzte. »Schon gut, ich habe dich auch nicht eingeladen, um zu streiten. Aber zwei Nächte fast ohne Schlaf hinterlassen einfach Spuren. Wenn ich Brigitte nur schon in Sicherheit wüsste.«

»Vielleicht steigerst du dich einfach in die Sache hinein.«

Unwillig zog sie die Stirn kraus, dann sah sie ihn triumphierend an. »Ich könnte Brigitte einfach woanders unterbringen.«

»Du bist rührend in deinem Eifer«, erwiderte er, »aber du übersiehst eine Kleinigkeit. Solange Brigitte nicht von Amts wegen ein Betreuer zur Seite gestellt werden muss, entscheidet nur Brigitte selbst, wo sie ihren Lebensabend verbringt. Ich sage das ungern, aber du bist lediglich ihre Nichte, egal wie nahe ihr euch steht.«

»Worauf willst du hinaus?«

»Dein Engagement könnte falsch aufgefasst werden.«

»Inwiefern?«, fragte sie erstaunt.

»Die Leute könnten denken, du würdest ihr eine gute medizinische Versorgung vorenthalten!«

»Und warum?«, brüllte sie los, obwohl das kaum ihrer Art entsprach.

»Sei doch nicht naiv!«

»Die Aussicht auf ein reiches Erbe treibt mich also an! Glaubst du das etwa auch?«

»Natürlich nicht«, versicherte er eilig, »aber ich sehe das Ganze vom juristischen Standpunkt aus. Außerdem kenne ich die Denkweise der meisten Menschen. Du solltest die Sache anders angehen. Beispielsweise könnten wir uns gemeinsam im Haus Herbstfrieden umsehen.«

»Und wenn sich herausstellt, dass meine Einwände berechtigt sind?«

»Dann rate ich Brigitte höchstpersönlich von einem Umzug ab. Einen gewissen Einfluss besitze ich sicher. Als Gegenleistung mischst du dich nicht mehr in ihre Behandlung ein, jedenfalls nicht ohne weitere Verdachtsmomente.«

Wahrscheinlich war das ein vernünftiger Vorschlag. Seine Meinung besaß bei ihrer Tante tatsächlich Gewicht, sonst hätte sie ihn nach dem Ende ihrer Beziehung und seiner Rückkehr aus Bayern nicht wieder als juristischen Berater herangezogen. Es war ratsam, sein Angebot anzunehmen.

Kapitel 18

Vanessa verließ Brigittes Villa, kurz nachdem Frau Grubenhauer zurückgekehrt war. Während der Fahrt nach Hause
zermarterte sie sich erneut den Kopf, wer ihr Handy entwendet haben könnte. War jemand eingebrochen oder hatte
es einer der Besucher an sich genommen? Als sie ihre eigene
Wohnung betrat, ließ die Anspannung endlich nach. Müde
schlurfte sie in die Küche und hockte sich anschließend mit
einer Tasse Tee vor den Fernseher. Der Bericht über Umwelt-
skandale und Erdbeben rauschte jedoch an ihr vorbei. Ihre
Gedanken kreisten zu sehr um persönliche Katastrophen.
Traurig schaltete sie das Fernsehgerät ab und lief zum Fenster.
In ihrer düsteren Stimmung wirkte das Mietshaus gegenüber
wie ein dunkler Klotz und die erleuchteten Fenster wie hässliche helle Flecken. Trotz der unzähligen Nachbarn fühlte sie
sich plötzlich schutzlos und allein. Frustriert wandte sie sich
von dem trostlosen Anblick ab. Es wurde Zeit, auf andere Gedanken zu kommen oder Sabine über die neusten Ereignisse
zu informieren. Bitte nicht wieder der Anrufbeantworter, flehte sie.

»Sabine Teuben«, hörte sie endlich, als sie schon fast auf-
legen wollte.

»Ich bin's, Vanessa«, antwortete sie nun freudig überrascht. »Es gibt haarsträubende Neuigkeiten. Kannst du heute
bei mir übernachten?«

»Neugierig, wie ich bin, bleibt mir keine andere Wahl.«

Vanessa hantierte sichtlich besser gelaunt in der Küche herum. Kaum zu glauben, wie wohltuend hausfrauliche Pflichten zuweilen wirken konnten. Als Sabine eine halbe Stunde später eintraf, fiel sie ihr dankbar um den Hals. »Das Wochenende bei deiner Tante hat dir wohl ganz schön zugesetzt? Wenn ich es nicht besser wüsste, würde ich bei diesen Augenrändern auf eine wilde Sause tippen.«

Obwohl Vanessa alles am liebsten herausgesprudelt hätte, zügelte sie ihren Drang bis zum Abendessen. Erst als sie Sabine am liebevoll gedeckten Esstisch bei Kerzenlicht gegenübersaß, überschüttete sie die Freundin mit den Neuigkeiten. Sabines Miene wirkte zunehmend skeptisch. Am Ende schaute sie traurig in die flackernden Flammen der brennenden Kerzen. Ich bin wirklich naiv, dachte Vanessa. Ich hätte nicht erwarten dürfen, dass meine Freundin anders reagiert als Brigitte, Carsten und Michael.

»Du glaubst also, alle drei kranken Damen würden für eine Medikamentenstudie missbraucht«, stellte Sabine mit hochgezogenen Brauen fest. Offensichtlich teilte sie diese Meinung nicht.

»Ich gehe sogar einen Schritt weiter«, erwiderte Vanessa bestimmt, »auch wenn das noch unwahrscheinlicher klingt. Alle drei plagte nur ein Wehwehchen. Vielleicht wurden sie auch unter einem Vorwand zum Arzt gelockt. Dort hat man dieses Mittel ausprobiert und sie erst richtig krank gemacht.«

»Aber das ist doch unlogisch«, entgegnete Sabine. »Zumindest teilweise. Sicher spielt dieses mysteriöse Medikament eine Rolle. Allerdings macht es wenig Sinn, angesehene Damen dafür zu missbrauchen. Dieser Ärztin aus der Seniorenresidenz stehen doch genügend wehrlose ältere Menschen zur

Verfügung. Bei vielen würden die eigenartigen Symptome niemandem auffallen. Du hast genug Wirbel veranstaltet. Spätestens danach hätte man die Opfer doch zugunsten wenig umsorgter Kandidaten ausgetauscht.«

»Darüber habe ich mir auch schon den Kopf zerbrochen.« Nachdenklich führte Sabine das Weinglas zum Mund und nahm einen kräftigen Schluck. »Ich glaube, der Täter hat es ganz gezielt auf deine Tanten und auf Frau Erickson abgesehen. Nur dann macht ihr Vorgehen einen Sinn.«

»Weil ihnen eine florierende Firma gehört?«

»Warum nicht?«, entgegnete Sabine. »Das kann doch kein Zufall sein. Hat noch jemand Anteile an der Firma?«

»Ich auf jeden Fall nicht. Mein Vater hat sich auszahlen lassen und das Geld leider nicht gut angelegt. Nach meinem Wissensstand gehört die Likörfabrik und Feinbrennerei nur den dreien. Und bis zu seinem Tod auch Onkel Christian. Er könnte seine Anteile natürlich auch Carsten vererbt haben.« Vanessa schlug die Hände vors Gesicht. »Du glaubst doch nicht etwa, dass mein Onkel auch …«

»So weit würde ich nicht gehen«, antwortete Sabine und legte ihr beruhigend eine Hand auf den Arm. »Wenn ich mich recht erinnere, ist er in einem normalen Krankenhaus gestorben. Aber vielleicht hat sein Tod irgendjemanden auf die Idee gebracht, bei den restlichen Eigentümern etwas nachzuhelfen.«

»Mithilfe dieses rätselhaften Medikaments«, erwiderte Vanessa aufgeregt.

»Aber was hätte Frau Doktor Mönch davon?«, wollte Sabine wissen.

»Gute Frage! Ich kann sie dir nicht beantworten«, musste Vanessa eingestehen.

»Wer würde denn von dem Tod der drei alten Damen profitieren? Weißt du das?«

Nachdenklich starrte Vanessa vor sich hin, dann nahm sie das Glas und leerte es in einem Zug. »Der einzige Erbe, von dem ich weiß, ist mein Cousin. Interesse an der Firma zeigt er allerdings nicht gerade. Außerdem werden Frau Erickson und Brigitte ihn wahrscheinlich in ihrem Testament nicht bedenken.«

»Wenn wir wüssten, wem die Anteile der anderen beiden nach ihrem Tod zufallen ... abgesehen davon, dass Brigitte sicher auch dir etwas vermachen wird. Diejenigen, die in der Firma das Sagen haben wollen, hätten mit dem labilen Carsten als Erben auf jeden Fall leichtes Spiel. Ihm würde es wahrscheinlich entgehen, wenn jemand Gelder veruntreut, Einkäufe oder Aufträge zu überhöhten Kosten abwickelt.«

»Michael könnte das verhindern«, wandte Vanessa ein. »Vor seinem Abschluss in Jura hat er etliche Semester Wirtschaftswissenschaften studiert. Aber vielleicht geht es ja gar nicht um üble Machenschaften der zukünftigen Besitzer, sondern darum, dass irgendwer jetzt schon unrechtmäßig Profit aus der Firma zieht. Wenn wir nur wüssten, wer das sein könnte.« Ihr Hals hatte sich vor Aufregung mit einer fleckigen Röte überzogen.

»Genau deshalb sollten wir auf jeden Fall die Polizei einschalten.«

»Nicht bei der dürftigen Beweislage. Vergiss nicht, ich war Jahre mit einem Juristen liiert.«

»Zumindest kann es nicht schaden, die Firma genauer unter die Lupe zu nehmen. Vielleicht sitzt da jemand am Hebel, der keine reine Weste mehr hat und die jetzigen Besitzerinnen sollen davon keinen Wind bekommen?«

»Leider sehe ich da ein gewisses Problem«, erklärte Vanessa seufzend. »Welchen Eindruck macht es, wenn ich mich plötzlich für die Likörfabrik und Feinbrennerei interessiere. Nachher glauben die Leute, ich wollte mich damit bei Tante Brigitte einschleimen und halten mich für eine miese Erbschleicherin.«

»Wer leitet die Firma denn jetzt?«

»Ein gewisser Philipp Voss. Er führt die Geschäfte mehr oder weniger alleine.«

»Um mehr über ihn zu erfahren, könntest du deinen Cousin ein wenig aktivieren. Bestimmt besitzt Carsten schon Firmenanteile von seinem Vater und wird weitere von seiner Mutter erben. Auch als Vertreter seiner erkrankten Mutter darf er ruhig Interesse zeigen. Vielleicht begleitest du ihn auf einer Werksbesichtigung.« Sabine gähnte plötzlich.

»Gute Idee! Aber jetzt haben wir genug geredet. Guck bloß nicht auf die Uhr! Ich hab schon ein ganz schlechtes Gewissen. Im Gegensatz zu mir kannst du morgen nicht mal ausschlafen.«

»Und der Chef liebt es, uns den Montag mit arbeitsintensiven Ideen zu vermiesen.«

Sabine verschwand im Schlafzimmer und Vanessa fuhr ihren Computer hoch. Sie hatte schon seit Tagen einiges recherchieren wollen, aber die Ereignisse hatten sich förmlich überschlagen und sie war nicht dazu gekommen. Neugierig gab sie »postoperatives Delir« in die Suchmaschine ein und wurde tatsächlich fündig. Es war durchaus möglich, dass Brigitte davon betroffen war. Je länger der krankhafte Zustand anhielt, desto schlechter war die Prognose und die Betroffenen konnten in einer Pflegeeinrichtung landen. Die Krankheit ihrer

Lieblingstante und der Rat des Arztes allein waren also nichts, weshalb sie hätte hellhörig werden müssen. Allerdings zeigten Cornelia Erickson und Gabriele ähnliche Symptome, ohne eine Narkose erhalten zu haben. Und andere Symptome, die zu dieser Erkrankung gehörten, hatte sie bei keiner der drei festgestellt. So konnte man kaum von einer *Störung der örtlichen und zeitlichen Orientierung* sprechen, ebenso wenig hatte Vanessa eine *Veränderung der zwischenmenschlichen Beziehungen* bemerkt.

Vanessa fühlte sich zu müde, um weiter darüber nachzudenken. Sie ging ins Bad, löschte das Licht in ihrem Wohnzimmer und sah einen Moment lang in die Dunkelheit hinaus. Auf dem Gehweg gegenüber nahm sie eine Person in weitem Regenmantel mit tief in die Stirn gezogener Kapuze wahr. Weil es nieselte, maß sie ihrer Beobachtung keinerlei Bedeutung bei.

Kapitel 19

Michael erschien fast gleichzeitig mit Vanessa auf dem Parkplatz der Seniorenresidenz. »Du konntest dir den Termin also freihalten«, begrüßte sie ihn recht förmlich.

»Akten sind zwar wichtig«, erwiderte er reserviert, »aber manchmal gehen Menschen einfach vor.«

Gedankenverloren starrte sie auf die riesige Rasenfläche. Dort lagen vereinzelte Blätter, die wie verstreute Farbtupfer wirkten. Während sie Seite an Seite die Auffahrt zum Haupthaus liefen, bemühte Michael sich, die Atmosphäre durch eine lustige Anekdote aus seiner Kanzlei aufzulockern. Offensichtlich hatte er ihr die frostige Begrüßung verziehen. Selbst die Empfangsdame gab sich heute recht höflich.

»Frau Doktor Mönch hat mir Ihren Besuch angekündigt«, verkündete sie mit einem übertriebenen Strahlen und schielte mit einem dezenten Blick auf ihre goldene Armbanduhr. »Nun, Sie sind etwas früh, aber ich denke, das geht in Ordnung. Um zu Frau Doktors Büro zu kommen, folgen Sie dem Gang bis zum Knick. Danach biegen Sie rechts ab. Einige Türen weiter auf der linken Seite haben Sie Ihr Ziel erreicht.«

»Vielen Dank«, erwiderte Michael und Vanessa lächelte missglückt.

Gemeinsam liefen sie den beschriebenen Weg und fanden das Büro ohne Probleme. Michael warf Vanessa einen undefinierbaren Blick zu, dann klopfte er an.

»Ja, bitte«, ertönte eine ärgerliche Stimme.

Nach einem weiteren kurzen Blickwechsel drückte Michael die Klinke herunter und betrat als Erster den Raum. Vanessa folgte ihm mit gemischten Gefühlen. Doktor Julia Mönch saß ihnen genau gegenüber hinter einem Schreibtisch und schaute mit einem erstaunten Gesichtsausdruck zur Tür.

»Oh, ich habe Sie nicht so früh erwartet«, säuselte sie nun in ganz anderem Tonfall und sah von irgendwelchen Unterlagen auf. »Trotzdem herzlich willkommen in unserem Haus. Bitte nehmen Sie noch einen Moment Platz, ich werde mich kurz bei dem Pflegepersonal erkundigen, ob Frau Erickson jetzt Besuch empfangen kann.«

Vanessa folgte Michael in den hellen, gemütlichen Raum. Das Büro war mit einer bequemen Sitzecke ausgestattet. Neugierig sah sich Vanessa um. Das gardinenlose Fenster bot einen atemberaubenden Blick in den schönen Park. An der gegenüberliegenden Wand hing ein Druck von Salvador Dali.

Plötzlich ertönte ein Piepen. Frau Doktor Mönchs Gesichtsfarbe schien um eine Spur blasser zu werden. »Tut mir leid«, erklärte sie und sprang auf. »Ein Notfall.« Sie machte Anstalten, den Raum zu verlassen, hielt jedoch abrupt inne. Für den Bruchteil einer Sekunde streiften ihre Augen die Schreibtischplatte, dann hob sie einige rote Mappen hoch und ließ sie in der darunterliegenden Schublade verschwinden. »Es dauert nicht lang«, verabschiedete sie sich und eilte hinaus.

Nachdem ihre energischen Schritte auf dem Gang verklungen waren, sah Vanessa wie gebannt zum Schreibtisch hinüber. Der übte eine geradezu magische Anziehung auf sie aus. Offensichtlich hatte Frau Doktor Mönch die Unterlagen vor neugierigen Augen versteckt. Ein kurzer prüfender Blick zu Michael, der gerade aus dem Fenster sah, dann erhob sie sich rasch und lief um den Schreibtisch herum. Mit zitternden Fingern zog sie die oberste Schublade auf und erblickte eine der roten Mappen. *Doris Herrmann* stand auf dem Deckel.

»Hey, was machst du da?«, hörte sie Michel. Seine Stimme klang äußerst erbost. »Bist du dir im Klaren darüber, dass Frau Doktor Mönch jeden Moment zurückkehren kann?«

»Ja doch«, erwiderte sie knapp und schlug die Mappe auf. Wie sie vermutet hatte, handelte es sich dabei um eine Patientenakte. Doch wonach genau suchte sie eigentlich? Am besten ging sie kurz den ganzen Stapel durch. Womöglich war auch die von Frau Erickson dabei. Während Michael im Hintergrund zeterte, blätterte sie ohne System in den Mappen herum.

»Vanessa, hör sofort auf, in den Unterlagen herumzuschnüffeln«, blaffte Michael in einem Ton, der keinen Widerspruch duldete. Seine Stimme hatte in ihren Ohren noch niemals so scharf geklungen. »Ich habe dich schließlich nicht hierherbegleitet, um zum Mittäter bei dieser strafbaren Handlung zu werden. Wenn du die vertraulichen Dokumente nicht augenblicklich in Ruhe lässt, verlasse ich auf der Stelle diesen Raum.«

Vanessa wäre das eigentlich nur recht gewesen, sie scheute jedoch davor zurück, sich mit ihm zu überwerfen. Sie wollte gerade seiner Forderung nachkommen und die Akte zuklappen, da entdeckte sie, wonach sie gesucht hatte. Ihr Atem stockte. Kein Irrtum. Dort stand tatsächlich RX19.

Ehe sie weiterlesen konnte, baute sich Michael drohend vor ihr auf. Wortlos riss er ihr die Mappe aus der Hand und legte sie in die Schublade zurück. Nachdem er sie geschlossen hatte, hielt er ihre Hände fest und zwang sie, in sein Gesicht zu sehen. »Willst du alle gegen dich aufbringen ... und das nicht einmal zu Unrecht?«, zischte er. Dabei wäre er wohl am liebsten sehr laut geworden. »Wenn es hart auf hart kommt, hängt Frau Doktor Mönch dir eine Klage an den Hals. Darin heißt es, sie hätte dich beim Stehlen erwischt.« Er stöhnte. »Und das in meinem Beisein. Das kann ich mir nun wirklich nicht leisten.«

»Lass mich los«, fauchte Vanessa. »Ich muss ...« Urplötzlich verstummte sie.

Soeben hatte sie Schritte gehört. Ein Schub Adrenalin rauschte durch ihre Adern. Ein kurzer Blickwechsel mit Michael signalisierte ihr, dass das leise Klappern von Absätzen auch ihn in Alarmbereitschaft versetzt hatte. Er eilte in Richtung Stuhl und ließ sich so schnell wie möglich darauf nieder. Mit zitternden Knien stolperte sie hinter ihm her. Während die Türklinke nach unten gedrückt wurde, plumpste Vanessa auf ihren Sitz. Geschafft, dachte sie erleichtert. Trotzdem hatte sie das Gefühl, das Herz schlüge ihr bis zum Hals. Doktor Julia Mönch betrat kaum eine Sekunde später das Zimmer und musterte Vanessa mit skeptischer Miene, als ahnte sie etwas.

»Sie haben Glück«, erklärte die Ärztin, die Türklinke immer noch in der Hand. Offensichtlich hatte sie nicht die Absicht, auf die angespannte Atmosphäre einzugehen. Gesehen hatte sie schließlich nichts. »Ich habe den Notfall versorgt. Und wie ich erfahren habe, ist ein kurzer Besuch bei Frau Erickson möglich.«

Auf dem Weg zur Eingangshalle, in der sich zwei Seniorinnen angeregt unterhielten, beruhigte sich Vanessa langsam. Am Treppenaufgang blieb Doktor Julia Mönch unerwartet stehen. »Der weitere Weg dürfte Ihnen ja bekannt sein«, verabschiedete sie sich, wobei sich ihr Mund zu einem spöttischen Grinsen verzog.

Vanessa nickte erleichtert. Sie ergriff Michaels Arm und zog ihn zum Treppenaufgang. Während sie in die erste Etage hinaufliefen, stöhnte er vielsagend. In ihren Ohren hörte es sich an wie eine detaillierte Anklageschrift. Zuerst wollte sie sich verteidigen, aber dann entschied sie, das Stöhnen einfach zu ignorieren.

Schweigend betraten sie das Apartment von Frau Erickson. Vanessa beschlich ein mulmiges Gefühl. Es verstärkte sich, je näher sie dem Schlafbereich kamen. Automatisch fragte sie sich, was sie heute erwarten würde. Irgendwie hatte sie Angst vor der Reaktion der Kranken. Bevor sie einen ersten Blick auf ihr Bett erhaschen konnte, atmete sie mehrmals tief durch. Die Freundin ihrer Tanten lächelte jedoch und ein Teil der Anspannung fiel von Vanessa ab. Erleichtert legte sie die letzten Meter an Michaels Seite zurück.

»Hallo«, grüßte Frau Erickson mit leiser Stimme. »Wie ich mich freue. Und Herr Jansen ist auch mitgekommen. Zuerst sehe ich wochenlang kein bekanntes Gesicht und nun erhalte ich zweimal kurz hintereinander Besuch.«

»Wir haben uns lange nicht gesehen«, erwiderte Michael. »Trotzdem haben Sie mich sofort wiedererkannt. Wenn das kein gutes Zeichen ist!«

Cornelia Erickson lächelte traurig. »Die Ärzte machen mir leider wenig Hoffnung.«

»Aber auch die können sich irren«, wandte Vanessa ein.

Eine ganze Weile unterschied sich die Unterhaltung nicht von dem üblichen Austausch an Krankenbetten und Vanessas anfängliche Erregung war fast einem Gefühl von Zufriedenheit gewichen. Eine Sache allerdings verstand sie nicht. Offensichtlich betrachtete Frau Erickson sie und Michael als Paar, ohne nach einer Versöhnung zu fragen. Vanessa hätte zu gerne gewusst, ob sich dahinter Vergesslichkeit oder nur Taktgefühl verbarg. Während Michael besänftigend auf die Kranke einredete, erinnerte sie sich ganz genau an Frau Ericksons Worte kurz nach der Trennung. Es geht mich zwar nichts an, hatte sie ihr ans Herz gelegt, aber ich glaube, du machst einen gewaltigen Fehler. Herr Jansen ist wirklich ein ausgesprochen sympathischer Mann. Du solltest ihn nicht einfach seinem Schicksal überlassen und schon gar keiner anderen Frau. Die Erinnerung an dieses Gespräch beunruhigte Vanessa. Nachdenklich schüttelte sie den Kopf, als wollte sie die Ermahnung verscheuchen.

Es wurde Zeit, den Small Talk zu beenden, um die Fragen anzubringen, die ihr unter den Nägeln brannten. Ehe sie jedoch den Mund auftun konnte, fielen Frau Erickson die Augenlider zu. Verzweifelt schaute sie auf die Kranke hinunter, dann rückte sie ihren Stuhl geräuschvoll näher an das Bett heran. Frau Erickson schlug die Augen wieder auf.

»Es tut mir wirklich leid«, flüsterte sie, »aber ich bin schrecklich müde. Ich glaube, das Schmerzmittel beginnt zu wirken. Kurz bevor ihr ...« Die letzten Worte waren kaum noch verständlich.

Michael erhob sich sofort. »Auf Wiedersehen und gute Besserung!« Vanessa spürte geradezu seine stumme Aufforderung, sich ebenfalls zu verabschieden.

»Eine letzte Frage noch«, sagte sie hastig. Allerdings brachte ihr dieser Vorstoß nichts ein, außer einem strafenden Blick von Michael. Frau Erickson war bereits eingeschlafen.

»Wann respektierst du endlich den Willen anderer Menschen«, schimpfte er, nachdem sie die Seniorenresidenz verlassen hatten.

Ohne ihm darauf eine Antwort zu geben, stieg Vanessa in ihren Astra. Er beobachtete sie mit missbilligendem Blick, dann öffnete auch er die Tür seines Audis. In getrennten Wagen fuhren sie zu seiner Kanzlei. Am liebsten wäre sie jetzt mit ihren trüben Gedanken allein gewesen, anstatt mit ihm Tee zu trinken, aber sie wollte nicht unfair sein und ihre Zusage zurückziehen.

Ein wenig unsicher nahm sie in seinem Büro Platz. Als Michael kurz den Raum verließ, atmete sie erleichtert auf, doch schon bald kehrte er mit einem Tablett zurück. Während er servierte, versuchte sie in seiner Miene zu forschen. Offensichtlich lag ihm jetzt nicht mehr viel daran, über ihr Verhalten in der Seniorenresidenz zu diskutieren. Sie kannte ihn gut genug, um den Zug um seine Mundwinkel so zu deuten, dass ihm nun Harmonie am wichtigsten war.

Mit der linken Hand streichelte er beinahe zärtlich über sein Kinn, eine Geste, die seine Kursänderung weiter unterstrich. »Hat dich der Besuch bei Frau Erickson wenigstens etwas beruhigt?«, fragte er, als sei ihm verborgen geblieben, wie sehr sie der Besuch aufgeregt hatte.

Angesichts dieser Naivität hätte sie aus der Haut fahren können. Da sie aber nicht aggressiv reagieren wollte, fiel es ihr schwer, eine passende Antwort zu geben. Während er sie unverwandt ansah, wuchs die Spannung. »Ich begreife es nicht!«, brüllte sie dann doch los, weil sie ihre Hilflosigkeit irgendwie überspielen musste. »Du sprichst ernsthaft von Beruhigung! Zuerst finde ich dieses nicht zugelassene Medikament RX19 in einer Patientenkartei, und dann hat man Frau Erickson so mit Schlafmitteln vollgepumpt, dass eine normale Unterhaltung kaum möglich war.«

»Du siehst alles zu einseitig, interpretierst alle Fakten in deinem Sinne. RX19, was heißt das schon? Vielleicht hast du dich verlesen. Kein Wunder, bei der Eile!«

»Ich bin mir aber sicher«, entgegnete sie entrüstet.

»Der Name besagt rein gar nichts. Möglicherweise wurde dieses Mittel niemandem verabreicht.«

»Und Frau Ericksons Verhalten?«

»Fand ich völlig normal«, antwortete er. »Jedenfalls hat sie keine auffälligen Symptome gezeigt. Zudem sind Mittel mit sedierender Wirkung bei Krebs sicher nicht unüblich.«

Seine Argumente waren stichhaltig, auch wenn sie es hundert Mal besser wusste. Als Anwalt konnte sie ihn kaum dafür verurteilen, rationale Begründungen höher zu bewerteten als unglaubliche Verdachtsmomente. Ich brauche handfeste Beweise, dachte sie. Deshalb musste sie schnellstens noch einmal in die Seniorenresidenz zurück.

»Vielleicht hast du Recht«, lenkte sie ein, um ihren Abschied so problemlos wie möglich zu gestalten. »Ich werde jetzt gehen und denke in Ruhe darüber nach.«

Seine heruntergezogenen Mundwinkel verrieten ihr, dass er die kontroverseste Diskussion jedem Abschied vorgezogen hätte. »Sei nicht böse«, versuchte sie, die Wogen zu glätten. Obwohl sie Ehrlichkeit schätzte, durfte sie ihre Absicht auf keinen Fall verraten. Schweigend begleitete Michael sie zur Tür. Ehe sie ins Auto stieg, hauchte sie einen flüchtigen Kuss auf seine Wange.

Kapitel 20

Unaufhörlich drang die Kälte in das Innere des Wagens. Vanessas Atem verwandelte sich in Nebel und setzte sich langsam aber stetig an den Fensterscheiben nieder, um Tropfen für Tropfen ein undurchsichtiges Muster zu bilden. Dieser Herbstabend lud kaum dazu ein, länger als nötig in der ungemütlichen Umgebung zu verweilen. Ganz in der Nähe knackten Zweige. Erschreckt zuckte sie zusammen. Während sie immer tiefer in ihrem Sitz versank, fühlte sie sich gefangen von unsichtbaren, hinter dem beschlagenen Glas verborgenen Feinden. Obwohl sie krampfhaft ihre Angst zu unterdrücken versuchte, hielt sie es nicht eine Sekunde länger in diesem feuchten Gefängnis aus. Als sie die Wagentür öffnete, schlug ihr die eisige Kälte mit voller Wucht entgegen. Eilig zog sie den Kragen ihres Mantels hoch und spähte in die Richtung, aus der sie die Geräusche vernommen hatte. Sie konnte jedoch nichts Verdächtiges entdecken.

Einen kurzen Moment verweilte sie im Schutze der Dunkelheit, dann trat sie aus dem Schatten heraus auf die Lichtung. Nach einem kleinen Fußmarsch erreichte sie die Straße. Von dieser Seite schützte eine riesige Hecke die Parkanlage der Seniorenresidenz. Zwei vorbeirasende Autos erhellten ihre Gestalt. Mit ungutem Gefühl lief sie die Hecke aus mannshoch geschnittenen Lebensbäumen entlang bis zu dem einzigen Tor des Geländes. Zu ihrem Erstaunen war es nur angelehnt. Vorsichtig spähte sie hinter dem Pfosten hervor, um die spärlich beleuchtete, von hohen Bäumen gesäumte Auffahrt zu überblicken. Die Chancen, unbemerkt zum Haupteingang zu gelangen, standen nicht schlecht. Ihr Blick wanderte nach oben. Sie entdeckte keine Überwachungskamera. Da sie nicht wusste, ob das schmiedeeiserne Tor knarrte, zwängte sie sich durch den engen Spalt, ohne den offenen Flügel weiter als nötig zu bewegen. Während sie von Baum zu Baum rannte und jede Deckung nutzte, klopfte ihr Herz.

Auf wackeligen Beinen erreichte sie den Treppenaufgang zum Hauptgebäude, auf den der schwache Schein von zwei antiquierten Laternen fiel. Das Portal würde zu dieser Zeit bestimmt noch offen sein, aber vielleicht nicht mehr, wenn sie ihre Mission beendet hatte. Den Rückzug musste sie notfalls durch eines der nicht vergitterten Fenster im Erdgeschoss antreten. Sie schielte zu den Pumps an ihren Füßen. Mit einem Mal kam ihr der spontan gefasste Plan mehr als fragwürdig vor. Zudem wurde ihr bewusst, dass sie sich strafbar machte. Doch für eine Umkehr war es zu spät. Sie versuchte alle Bedenken beiseitezuschieben und lief weiter in Richtung Portal. Noch drei Stufen, dann hatte sie die Tür erreicht. Das Herz schlug ihr nun bis zum Hals. Vorsichtig drückte sie gegen den metallischen Knauf.

Die wuchtige Tür gab geräuschlos nach. Nur das unbeabsichtigte Klappern ihrer Absätze durchdrang die fast unheimliche Stille. Vanessa schaute sich ängstlich in der Eingangshalle um, konnte aber keinen Menschen entdecken. Eilig streifte sie ihre Pumps von den Füßen und trippelte auf Zehenspitzen zu dem Seitentrakt, in dem sich Frau Doktor Mönchs Büro befand. Hinter der nächsten Ecke wäre sie um ein Haar mit einem Rollwagen zusammengestoßen. Auf dem Wagen stapelte sich ein ganzes Sortiment an Putzutensilien.

Zum Glück war kein Personal zu sehen. Hastig lief sie an einer halb geöffneten Tür vorbei, aus der jeden Moment eine Reinigungskraft stürmen konnte. Vielleicht wurde dieser Gebäudetrakt zuletzt gereinigt, was die späte Uhrzeit erklärte.

Ohne besondere Zwischenfälle gelangte Vanessa zu dem gesuchten Büro. Neugierig spähte sie durch das Schlüsselloch. In dem Raum war es dunkel. Anscheinend hielt sich Doktor Julia Mönch woanders auf. Als Vanessa die Türklinke herunterdrückte, zitterte ihre Hand wie die einer kranken Greisin. Die Tür war verschlossen. Verflixt, damit hätte sie rechnen müssen. Es war doch nur logisch, dass diese berechnende Hexe sie nicht so einfach in ihre Schatztruhe blicken lassen würde. Leider funktionierten die bekannten Tricks mit Haarnadel und Scheckkarte wohl nur in Filmen. Sie hätte sich wirklich besser auf dieses waghalsige Unternehmen vorbereiten müssen. In ihrem Kopf arbeitete es auf Hochtouren. Pläne nahmen Gestalt an und wurden umgehend verworfen. Plötzlich jedoch erkannte sie eine Chance, in das Büro zu gelangen. Da die Ärztin ihr Büro kaum selbst säubern würde, mussten die Reinigungskräfte einen Schlüssel besitzen.

Vanessa schlich den verwinkelten Gang zurück. Sie lugte gerade noch rechtzeitig um die letzte Ecke, sodass sie erkannte, wie eine korpulente Frau in Arbeitskleidung in einem Raum verschwand. Mit etwas Glück würde die Reinigungskraft noch eine Weile dort beschäftigt sein. Während Vanessa sich langsam zu dem Rollwagen vortastete, hielt sie den Atem an. Ein plötzlich einsetzendes lautes Geräusch ließ sie zusammenzucken. Ihre Hände zitterten so heftig, dass die Pumps in ihrer Rechten gegeneinanderschlugen. Es dauerte einige Sekunden, bis sie begriff, dass nur ein Staubsauger losgeheult hatte. Erleichtert atmete sie auf. Solange sie das Gerät hörte, drohte keine akute Gefahr. Sie inspizierte den Rollwagen, konnte zwischen allen Utensilien aber keinen Schlüssel entdecken. Neugierig schielte sie zum Schloss der Tür, hinter der der Staubsauger immer noch brummte. Nichts. Vielleicht steckte er in der Kitteltasche der Reinigungskraft.

Enttäuscht entschloss Vanessa sich, den Rückzug anzutreten, da entdeckte sie ihn an der Seite des Wagens an einem kleinen Haken. Das muss einfach der Generalschlüssel sein, hoffte Vanessa. Als sie ihn gerade an sich nehmen wollte, erstarb schlagartig das beruhigende Brummen. Für einen Augenblick schien Vanessas Herz auszusetzen. Sie fühlte sich wie gelähmt. Erst nachdem aus dem Raum ein Lied in fremder Sprache erklang, entspannte sie sich wieder. Mit einem Ruck riss sie den Schlüssel an sich und hastete zu Frau Doktor Mönchs Büro zurück. Während sie ihn mit bebenden Händen im Schloss herumdrehte, klingelte in einem der Nachbarräume das Telefon. Angespannt lauschte sie einen Moment, dann drückte sie die Klinke von Frau Doktor Mönchs Büro herunter. Obwohl die Tür tatsächlich aufsprang, trat sie nicht ein. Sie wollte den Schlüssel lieber sofort zurückbringen, ehe die Reinigungsfrau ihn vermisste.

Der Rollwagen stand noch immer an derselben Stelle. Aus dem benachbarten Zimmer rauschte es leise. Wahrscheinlich kam das Geräusch von einem aufgedrehten Wasserhahn. Eilig hängte Vanessa den Schlüssel wieder an den Haken, dann huschte sie zu Frau Doktor Mönchs Büro zurück. Sie atmete so schwer, als hätte sie soeben einen anstrengenden Lauf hinter sich. Vanessa schloss die Tür und knipste die kleine Taschenlampe aus dem Handschuhfach ihres Wagens an.

Während sie um den Schreibtisch lief, zitterten ihre Beine. Angespannt öffnete sie eine Schublade nach der anderen. Die Aktenmappen fand sie jedoch nicht. Nur einige Schreibutensilien, eine Broschüre für Büromöbel, mehrere Werbeblättchen für Arzneimittel und das Einladungsschreiben einer Pharmafirma. Offensichtlich hatte Frau Doktor Mönch die brisanten Unterlagen zur Seite geschafft.

Enttäuscht suchte Vanessa den Raum ab, bis ihr Blick an dem Aktenschrank gegenüber dem Fenster hängen blieb. Seltsamerweise war ihr der beim ersten Besuch nicht aufgefallen. Vanessa seufzte leise. Instinktiv wusste sie, dass er verschlossen war. Sie versuchte ihn zu öffnen, aber ohne richtiges Werkzeug war das kaum möglich. Der ganze Aufwand war also umsonst gewesen. Sie war nicht einen Schritt weitergekommen. Sollte sie sich wirklich damit zufriedengeben? Nein und nochmals nein! Deshalb beschloss sie, wenigstens nach Frau Erickson zu sehen. Vielleicht war sie jetzt ansprechbar oder sie entdeckte in ihrem Apartment ein weiteres Puzzleteilchen.

Nachdenklich verließ sie das Büro. Frau Doktor Mönch würde sich morgen bestimmt wundern, warum es nicht abgeschlossen war, und der Reinigungskraft dafür die Schuld geben. Sie tat ihr leid, aber Vanessa konnte es unmöglich riskieren, noch einmal den Schlüssel an sich zu nehmen. Leise schlich sie den Gang des Seitentraktes zurück. Der Wagen mit den Putzutensilien war verschwunden. Dafür drang aus der Empfangshalle eine Unterhaltung an ihr Ohr. Es hörte sich an, als verabschiedete sich eine Frau. Die zweite, sehr tiefe Stimme gehörte zweifellos einem Mann. Neugierig schaute sie um die Ecke, an der Eingangsbereich und Seitentrakt aneinanderstießen. Sie erkannte den Hausmeister, also den Mann, der ihr schon bei ihrem ersten Besuch in der Seniorenresidenz Furcht eingeflößt hatte. Soweit sie das beurteilen konnte, schloss er gerade das Portal ab. Die Frau hatte das Gebäude offensichtlich bereits verlassen.

Während die massige Gestalt sich nun in Richtung Treppenaufgang bewegte, zitterten Vanessas Knie. Nur noch wenige Meter, und er würde sie unweigerlich entdecken, sollte er seinen Kopf etwas nach links drehen. Vanessa schloss die Augen wie ein Kind, das nicht gesehen werden wollte. Als sie wieder hochblickte, war der Hausmeister verschwunden. Ein knarrendes Geräusch ließ vermuten, dass er gerade die Tür rechts neben der Treppe auf- und zugemacht hatte.

Vanessa atmete die Luft aus, die sie unwillkürlich angehalten hatte, dann durchquerte sie die Eingangshalle und hastete die Stufen hinauf. Immer wieder schaute sie sich um. Obwohl sie niemanden sah oder hörte, fühlte sie sich verfolgt. Sie erreichte den ersten Stock, blieb noch einmal stehen und sah ängstlich nach unten. Niemand verfolgte sie. Vanessa hob den Kopf und blickte in die Runde. Sie stand auf der hell erleuchteten Empore, auf der sie sich zur Zielscheibe machte. Sie mochte sich kaum vorstellen, was passierte, wenn sich eine der vielen Türen öffnete. Auf jeden Fall musste sie so schnell wie möglich von hier verschwinden. Soweit es ihre immer noch zitternden Knie zuließen, eilte sie weiter.

Der Knauf von Frau Ericksons Apartment ließ sich wieder mühelos drehen. Blitzschnell huschte sie hinein. Innen atmete sie erleichtert auf, dann fiel ihr Michael ein. Was der dazu sagen würde, dass sie einfach Gesetze brach? Sie fuhr mit der Hand über ihre Stirn, als wollte sie diesen Gedanken möglichst schnell verscheuchen. Sie musste jetzt einen klaren Kopf behalten. Um unangenehme Konsequenzen konnte sie sich später kümmern.

Angestrengt horchte sie, glaubte aber nur das Blut in ihren Schläfen rauschen zu hören. In dem Vorraum war es dunkel. Sie schaltete kurz die Taschenlampe ein, um die Tür zum Wohnbereich zu finden. Vorsichtig drückte sie die Klinke herunter und starrte in den sehr schwach beleuchteten Raum. Soweit sie das von ihrer Position aus erkennen konnte, war auch im Schlafzimmer nur eine Notbeleuchtung eingeschaltet. Immerhin reichte das Licht aus, um sich in dem Apartment zurechtzufinden. Auf leisen Sohlen lief Vanessa zum Bett. Cornelia Erickson lag darin mit geschlossenen Augen und regelmäßigem Atem.

»Frau Erickson«, flüsterte Vanessa. »Sind Sie wach?«

Die Angesprochene zeigte jedoch keinerlei Reaktion. Vanessa drehte sich um und hielt den Lichtkegel der Taschenlampe in den Abfalleimer, an dem sie soeben vorbeigelaufen war. Er war leer. Seufzend wandte sie sich wieder zu Cornelia Erickson. Während sie eine Weile auf die Freundin ihrer Tanten starrte, wuchs ihre Enttäuschung. Was habe ich denn erwartet, fragte sie sich resigniert. Einen Hinweis, dass Cornelia Erickson hier unfreiwillig festgehalten wird? Eine Ampulle RX19 im Abfalleimer? Vielleicht lag Michael ja richtig und sie hatte sich wirklich in eine fixe Idee verrannt. Am besten trat sie schleunigst den Rückzug an.

Sie wollte gerade zum Abschied den unteren Teil der Bettdecke berühren, da warf Frau Erickson den Kopf mit einer Kraft hin und her, die Vanessa ihr nicht zugetraut hätte. Die heftige Bewegung passte in keiner Weise zu ihrer zarten, zerbrechlichen Gestalt. Noch seltsamer aber empfand Vanessa die verkrampfte Handhaltung. Die Finger hatte die Kranke wie zu Fäusten geballt. Als sie mit einem Mal merkwürdige Laute ausstieß, fuhr Vanessa erschreckt zusammen, dann rückte sie ganz nahe an Cornelia Erickson heran. Zunächst konnte sie nichts mit dem Gemurmel anfangen, aber als sich ihr Gehör auf die Laute eingestellt hatte, vernahm sie gleich mehrmals »Testament«. Das Wort schien die Kranke ungeheuer aufzuregen.

»Wachen Sie auf, wachen Sie auf!«, wiederholte Vanessa leise. Weil das nicht die gewünschte Wirkung hatte, rüttelte sie zaghaft an Frau Ericksons Schultern.

Tatsächlich schlug sie die Augen auf, starrte aber nur ausdruckslos vor sich hin. »Niemals!«, schrie sie plötzlich so laut, dass Vanessa zusammenfuhr. »Ich verrate Walters Ideale nicht. Niemals!«

Mit einem Mal vernahm Vanessa ein Geräusch. Es kam aus dem Wohnbereich. Wahrscheinlich öffnete jemand die Tür. Sie musste so schnell wie möglich verschwinden. Aber wohin? Ängstlich wanderten ihre Augen im Raum umher und blieben an einem Vorhang hängen. Der Platz dahinter war ihre einzige Chance. Mit klopfendem Herzen schob sie den schweren Stoff zur Seite. Sie starrte auf etliche Kleidungsstücke, die an einer Stange hingen. Absätze klapperten. Das Klacken kam näher. Vanessas Puls raste. Eilig glitt sie hinter den Vorhang. Sie hatte das Gefühl, jeder Atemzug verrate sie. Dabei stand sie lautwie regungslos da.

Plötzlich wurde es etwas heller und ein Lichtstreifen drang unter dem Vorhang durch. Wenige Augenblicke später stieg ihr ein schweres Parfüm in die Nase. Die Person musste in ihrer unmittelbaren Nähe sein. Vanessa wagte kaum zu atmen. Hilfe, schrie eine Stimme in ihrem Kopf. Das war bestimmt Frau Doktor Mönch. Welche Krankenschwester benutzte bei der Arbeit Parfüm, lief dazu in hochhackigen Schuhen herum? Vanessa fluchte innerlich, sie hätte es lieber mit zehn bulligen Oberschwestern aufgenommen als mit der Leiterin der Seniorenresidenz. Hoffentlich verhielt sich Cornelia Erickson wenigstens ruhig, dann war die Gefahr vielleicht bald vorbei. Vanessa hatte den Gedanken kaum zu Ende gedacht, da stöhnte die Kranke auf.

»Begreifen Sie endlich«, zischte eine Stimme, die zweifelsfrei Doktor Julia Mönch gehörte. »Sie können sich meiner Therapie nicht widersetzen. Gleich werden Sie das zu spüren bekommen.«

Eine eindeutige Drohung! Vanessas Puls beschleunigte sich erneut. Schweiß tropfte von ihrer Stirn. Trotz der Angst entdeckt zu werden, schob sie den Vorhang ein wenig zur Seite. Selbst im schwachen Licht der Nachttischlampe wirkte das Profil der Mönch kalt und maskenhaft. In ihrer Hand hielt sie eine Injektion. Ein Schauer lief über Vanessas Rücken, ihre Muskeln spannten sich an. Am liebsten wäre sie hinter dem Vorhang hervorgestürmt und hätte der Frau die Spritze aus der Hand geschlagen. Nur der Verstand gebot ihr Einhalt. Sie konnte ohnehin nicht dauerhaft auf Cornelia Erickson aufpassen. Es war also sinnlos, jetzt zu viel zu riskieren. Wie leicht konnte die Ärztin den Hausmeister zu Hilfe rufen. Schon bei dem Gedanken daran gruselte sie sich.

Die Mönch stand jetzt direkt vor dem Krankenbett und drehte ihr den Rücken zu. Was genau vor sich ging, konnte Vanessa nur erahnen. Cornelia Erickson stöhnte kurz auf, dann war alles still. Plötzlich wandte sich die Ärztin um. Vanessas Hände zitterten so heftig, dass sie kaum fähig war, die kleine Lücke zwischen Vorhang und Wand zu schließen. Das Zittern ließ erst nach, als sich klappernde Absätze entfernten. Vanessa wartete noch einige Minuten ab, dann huschte sie aus ihrem Versteck und schlich zu Cornelia Erickson hinüber.

Regungslos lag die Kranke in ihrem Bett. Die absolute Stille im Raum wurde zunehmend unerträglich. Vanessa beschlich ein entsetzlicher Gedanke. Ihr Hals fühlte sich an wie zugeschnürt. Erschrocken beugte sie sich zu Frau Ericksons Brustkorb hinunter. Warum atmete sie nicht? Panik stieg in Vanessa auf. Am liebsten hätte sie laut um Hilfe geschrien, aber damit würde sie alles nur noch schlimmer machen. Ganz ruhig, ermahnte sie sich, sie durfte nicht unüberlegt handeln. Der Puls war wichtiger als die Atmung, das hatte sie irgendwo einmal gelesen. Wo war der Puls? Mit kaum kontrollierbaren Fingern suchte sie Frau Ericksons Handgelenk ab. Nichts! Absolut nichts! Kalter Schweiß bildete sich auf Vanessas Stirn. Ich bin Zeugin eines Mordes geworden, dachte sie entsetzt. Sie musste fliehen.

Auf wackeligen Beinen wankte sie aus dem Apartment. Sie wusste selbst nicht, wie sie den Weg bis ins Treppenhaus schaffte. Als sie vorsichtig nach unten spähte, fragte sie sich, ob sie die richtige Entscheidung getroffen hatte. Vielleicht hätte sie besser den Notruf verständigt, nicht den hausinternen, der hätte ohnehin nichts genutzt, sondern einen externen. Aber womit? Ihr Handy lag zu Hause und in Frau Ericksons Zimmer hatte sie kein Telefon gesehen. Nein, es gab keine Alternative, sie musste schnellstens von hier fort. Noch einmal schaute sie in die beleuchtete Eingangshalle und horchte. Sie zählte bis drei, dann rannte sie leise die Treppe hinunter. Mit jeder Stufe wuchs die Angst, entdeckt zu werden. Endlich waren es nur noch einige Meter bis zu dem weniger einsehbaren Seitentrakt. Mit klopfendem Herzen legte sie die Strecke zurück.

Sie taumelte den Gang entlang zur nächsten Tür. Leider war sie verschlossen. Vanessa probierte es auch bei den anderen, aber sie hatte kein Glück. Erst im hinteren Teil fand sie eine offene Tür mit der Aufschrift »Gäste-WC«. Gerade als sie ihren Körper in den Waschraum schieben wollte, hörte sie schwere Schritte in der Eingangshalle. Nur nicht die Nerven verlieren, dachte sie, nicht so kurz vor dem Ziel. Ehe die Schritte lauter wurden, schloss sie die Tür. Augenblicklich umfing sie vollkommene Dunkelheit. Eilig zog sie die Taschenlampe hervor und leuchtete ihre unmittelbare Umgebung ab. Sie stand in einem kleinen Toilettenvorraum, von dem zwei Kabinen abgingen. Sie lauschte. Die Schritte waren immer noch zu hören, wenn auch etwas leiser. Während sie weiter horchte, schien sich das Geräusch zu verstärken. Kein Zweifel, jemand näherte sich. Nach den schweren Tritten auf den Fliesen zu urteilen, war das der Hausmeister. Ihre Hände wurden feucht, auf ihrer Stirn bildete sich ein Film.

Hastig huschte sie in die rechte Kabine und schob den Riegel vor. Das hält einen Mann wie den Hausmeister kaum auf, schoss es ihr durch den Kopf. In wilder Panik sah sie sich um. Ein winziges, nicht vergittertes Fenster bot die einzige Möglichkeit, zu entkommen. Du musst es versuchen, schrie eine Stimme in ihr. Mit zitternden Knien stieg sie auf den Brillenrand und drehte den Holzgriff herum. Luft strömte herein und kühlte ihre feuchte Stirn. Vanessa stützte ihre Hände auf das

Fensterbrett und zog sich hinauf. Während ihr Oberkörper an dem rauen Rahmen entlangschrammte, blickte sie bestürzt nach unten. Die Höhe hatte sie eindeutig unterschätzt. Der Erdboden erschien ihr viel zu weit entfernt. Bei dem Sprung konnte sie sich alle möglichen Knochen brechen. Sie stellte sich vor, wie der Hausmeister sie völlig wehrlos auf dem Boden finden würde. Eine kalte Hand schien sich um ihr Herz zu legen. Während sie verzweifelt hinunterschaute, stieg ihr das Blut in den Kopf.

Ein Geräusch auf dem Gang. Sie zuckte zusammen. Schweißtropfen perlten von ihrer Stirn. Sie hatte keine Wahl. Mit zusammengebissenen Zähnen rutschte sie weiter nach draußen, dann ließ sie sich mit gestreckten Armen zu Boden fallen. Die aufgelockerte Erde federte ihren Sturz etwas ab. Trotzdem durchfuhr ein höllischer Schmerz ihren linken Arm. Plötzlich hörte sie ein lautes, immer wiederkehrendes Geräusch. Vor ihrem geistigen Auge sah sie den Hausmeister gegen die Tür hämmern. Adrenalin durchflutete ihren Körper und half ihr, sich aufzurappeln. Sie ignorierte das mörderische Stechen in ihrem Arm und rannte los. Dabei keuchte sie wie der Sieger nach einem Marathonlauf. Aber das war mehr die Angst als fehlende Kondition. Endlich lag die Toreinfahrt unmittelbar vor ihr. Nun wagte sie zum ersten Mal, sich umzusehen. Das Portal stand weit offen. Im Lichtschein der Laternen erkannte sie die massige Statur des Hausmeisters. Wie gehetzt rannte sie weiter. Bis sie das Auto erreichte, drehte sie sich nicht mehr um. Völlig außer Atem fiel sie auf den Fahrersitz und versuchte den Motor zu starten. Während sie den Schaltknüppel bediente, durchfuhr der feurige Schmerz sie erneut.

Kapitel 21

Mit feuchter Erde verdreckt und immer noch ein wenig atemlos stand Vanessa auf der Polizeiwache. Das harte Neonlicht brannte in ihren Augen. Die beiden diensthabenden Beamten musterten sie gespannt. Sie stellten sich als Jonas Schmidke und Markus Breitschuh vor.

»Ich bin Zeugin eines Mordes geworden«, schrie Vanessa aufgebracht, nachdem sie zunächst keinen Ton herausbekommen hatte. »Bei der Toten handelt es sich um Cornelia Erickson. Sie wurde von Frau Doktor Mönch im Haus Herbstfrieden mit einer Injektion umgebracht. Sie ist die Leiterin.«

»Nun mal ganz ruhig«, entgegnete Jonas Schmidke. »Wenn ich Sie richtig verstanden habe, ist eine Patientin aus der Seniorenresidenz gestorben.«

»Aber nicht von allein.« Vanessas Gesichts- und Halspartie überzog sich mit rötlichen Flecken.

»Sie meinen, wegen der Injektion«, schaltete sich Breitschuh ein. »Wobei der Zusammenhang ja erst einmal festgestellt werden müsste.« Vanessa wurde bewusst, wie unglaubwürdig ihre Geschichte klang. Jonas Schmidke, der jüngere Beamte, lächelte ihr aufmunternd zu. Im Gegensatz zu seinem düster dreinblickenden Kollegen schien er zu ahnen, dass sie etwas Schlimmes durchgemacht hatte. »Jetzt nehmen wir erst einmal ihre Personalien auf.«

»Wollen Sie nicht ...«

»Alles schön der Reihe nach«, wurde sie von Breitschuh unterbrochen. »Gefahr ist ja nicht im Verzug. Schließlich ist die besagte alte Dame bereits tot oder nicht?« Die hektischen Flecken auf Vanessas Hals verstärkten sich. »Im Übrigen kenne ich die Beschuldigte und ihren guten Ruf. Ich kann mir kaum vorstellen, dass Ihre Anschuldigung einer Überprüfung standhält.«

»Am besten schildern Sie uns den genauen Tathergang.« Im Gegensatz zu seinem älteren Kollegen schien sich Jonas Schmidke wirklich für ihre Aussage zu interessieren.

»Ich habe beobachtet, wie Frau Doktor Mönch Cornelia Erickson eine Injektion verabreicht hat. Und wenig später war Frau Erickson tot.«

»Angenommen, sie ist tatsächlich kurz nach dieser Spritze gestorben«, entgegnete Breitschuh, in dessen Miene sich nichts als Unglauben widerspiegelte. »Wieso führen Sie den Tod auf die Injektion zurück? Und warum unterstellen Sie gleich einen Mord? Das vermeintliche Opfer wird ja nicht umsonst in einer Seniorenresidenz betreut worden sein. Es soll vorkommen, dass Menschen dort auf natürliche Weise sterben.« Seine Stimme triefte vor Ironie.

»Aber so war es nicht!«, schrie Vanessa verzweifelt.

Die beiden Beamten warfen sich einen Blick zu, den sie lieber nicht deuten wollte.

»Jetzt trinken Sie erst einmal etwas Heißes«, bot Jonas Schmidke an. Er schüttete etwas Tee in einen Becher und hielt ihr das Gefäß hin. »Danach erzählen Sie uns, worauf sich Ihr Verdacht gründet. Die Begegnung mit dem Tod kann sehr erschütternd sein. Das kenne ich. Wir werden immer seltener mit dem Sterben konfrontiert. Den meisten Menschen fällt es deshalb schwer, den Tod als etwas Natürliches zu akzeptieren. Ihre Reaktion, von einem Verbrechen auszugehen, ist also durchaus verständlich.«

Markus Breitschuh enthielt sich zwar eines Kommentars, sein Gesichtsausdruck allerdings sprach Bände. Hör bloß auf mit diesem scheißpsychologischen Gesülze, drückte seine Miene aus. Während Schmidke dem missbilligenden Blick seines älteren Kollegen standhielt, nahm Vanessa dankbar die Tasse entgegen. Sie trank zwei hastige Schlucke und stellte sie mit zittriger Hand auf den Schreibtisch zurück.

»Frau Doktor Mönch hat vorher Drohungen ausgestoßen.«

»Was für Drohungen? Hat sie gesagt: Gleich bringe ich Sie mit dieser Spritze um?«

»Nicht so direkt«, gab Vanessa kleinlaut zu. »An den Wortlaut kann ich mich nicht genau erinnern, aber in meinen Ohren waren das eindeutig Drohungen. Es ging um eine Therapie. Frau Erickson wollte sich widersetzen und das gefiel Frau Doktor Mönch nicht.«

»Und deshalb ermordet eine Ärztin ihre Patientin.« Breitschuh schlug sich auf den dicken Oberschenkel. »Das ist fast zu witzig. Tut mir leid, ihre Worte überzeugen mich nicht davon, dass ein Verbrechen vorliegen könnte.« Er schaute vielsagend zu seinem Kollegen hinüber, was dieser jedoch nicht zu bemerken schien, vielleicht auch nicht bemerken wollte.

»Da ist ja noch die Sache mit dem Testament«, erklärte Vanessa und rutschte auf ihrem Stuhl hin und her. »Frau Erickson war deshalb sehr aufgeregt. Sie hat immer wieder gemurmelt, dass sie es nicht ändern will.« Verzweifelt sprudelten nun alle Verdachtsmomente aus ihr heraus. Es bedurfte keines psychologisch geschulten Blickes, um in den Gesichtern der Beamten zu lesen. Die hielten sie für überspannt. Möglicherweise glaubten sie auch, dass sie einfach zu viele Kriminalgeschichten las.

»Wenn ich Sie richtig verstanden habe, waren Sie unerlaubt auf dem Gelände der Seniorenresidenz«, stellte Breitschuh klar, nachdem Vanessa geendet hatte. Dabei zog er die rechte Augenbraue in die Höhe, als wollte er seine Missbilligung dadurch noch unterstreichen »Ich muss Sie leider darauf hinweisen ...«

»Wollen Sie nun etwas unternehmen oder nicht?«, schrie Vanessa lauter als beabsichtigt. »Spätestens die Obduktion wird alles beweisen.«

»Über eine Obduktion haben Sie nicht zu entscheiden. Außerdem könnte Frau Doktor Mönch doch genauso gut behaupten, Sie wären ins Haus Herbstfrieden eingedrungen, um die alte Frau zu ermorden.«

Fassungslos starrte Vanessa ihn an. »Aber warum?«

»Nun, bei Frau Doktor Mönch sehe ich auch kein Motiv.«

»Wir sollten uns zumindest vor Ort informieren«, wandte Schmidke ein.

»Gut«, stimmte Breitschuh widerwillig zu.

Die Fahrt in dem Dienstwagen verlief mehr oder weniger schweigend. Vanessa war froh, als sie endlich vor der Seniorenresidenz hielten. Während sie zu dritt am Eingangsportal warteten, wuchs die Anspannung. Jonas Schmidke seufzte mehrmals und Vanessa kaute auf ihrer Unterlippe herum. Als ihnen eine Nachtschwester schließlich öffnete, zeigten die Polizisten sichtlich verlegen ihren Dienstausweis.

»Wir möchten zu Frau Doktor Mönch«, erklärte Breitschuh.

Sollte die Nachtschwester darüber erstaunt sein, ließ sie sich dies nicht anmerken. Nachdem sie höflich um etwas Geduld gebeten hatte, verschwand sie in dem Seitentrakt. Wenig später erschien die Leiterin der Seniorenresidenz mit einem überheblichen Lächeln auf den Lippen.

»Ich hoffe, Sie haben eine triftige Begründung für den nächtlichen Überfall«, begrüßte Doktor Mönch sie in schneidendem Tonfall.

Vanessa konnte kaum ausmachen, welcher der beiden Polizisten sich unwohler fühlte.

»Frau Halbach hat uns über einen Todesfall informiert«, ergriff Breitschuh das Wort. »Nichts Ungewöhnliches in einem Haus wie diesem, aber die junge Dame behauptet ... also, sie führt den Tod auf eine Injektion zurück, die Sie kurz zuvor verabreicht haben sollen.« Verlegen wischte er sich einige Schweißtropfen fort, die unter seiner Mütze hervorquollen. »Diesen unglaublichen Verdacht wollen wir natürlich schnellstens aus der Welt räumen. Leider gehört es zu unserer Pflicht, auch solch unglaubwürdigen Anschuldigungen nachzugehen.«

»Sicher nur ein Missverständnis«, bekräftigte Schmidke, was Vanessa besonders traf. Offensichtlich stand auch er nicht auf ihrer Seite. Aber konnte sie ihm das wirklich verübeln? *Manchmal kann ich es selbst kaum glauben*, hatte sie zu Carsten gesagt.

»Die Behauptung ist geradezu lächerlich«, erwiderte Frau Doktor Mönch mit ausdrucksloser Miene. »Um welchen Patienten geht es überhaupt? Als verantwortungsbewusste Leiterin dieses Hauses habe ich soeben meinen Rundgang beendet und alle Schützlinge lebend vorgefunden. Selbstverständlich können Sie sich persönlich davon überzeugen. Sie müssen mir nur den Namen verraten.«

»Cornelia Erickson«, stieß Vanessa erregt hervor.

»Dann begleiten mich die Herren bitte in den ersten Stock«, sagte die Ärztin. Es klang wie ein Befehl und in ihrer Stimme schwang eine gehörige Portion Verachtung mit.

Vanessa folgte der kleinen Gruppe, auch wenn Frau Doktor Mönch sie nicht in ihre Aufforderung eingeschlossen hatte. Auf dem Weg zu Cornelia Erickson fragte sich Vanessa, was die Selbstsicherheit der Ärztin zu bedeuten hatte. Lebte Frau Erickson etwa doch noch? Nun, das wäre natürlich die beste Alternative, auch wenn sie sich dadurch lächerlich machte. Je näher sie dem Apartment kamen, desto stärker wurde das Grummeln in ihrem Magen. Als sie den Vorraum betraten, hielt sie die Anspannung kaum noch aus. Angstschweiß lief ihren Rücken hinunter.

Während die anderen direkt auf das Krankenbett zusteuerten, blieb Vanessa schwer atmend im Wohnbereich zurück. Sie war ziemlich sicher, den erneuten Anblick der Toten nicht ertragen zu können.

»Überzeugen Sie sich selbst«, hörte Vanessa Frau Doktor Mönchs Stimme.

»Sie müssen vielmals entschuldigen«, erklärte Breitschuh unterwürfig »Wie gesagt, wir waren verpflichtet, dem nachzugehen. Natürlich wussten wir sofort, dass an der Anschuldigung nichts dran sein konnte.«

Wie betäubt wankte Vanessa zu Frau Erickson. Ihr Gesicht war noch immer ganz weiß, aber die Bettdecke hob und senkte sich fast unmerklich. Mit einem Mal zuckte ihre knochige rechte Hand.

»Bitte nehmen Sie Rücksicht«, flüsterte Frau Doktor Mönch und machte Anstalten, aus dem Zimmer zu gehen. Mit hocherhobenem Haupt führte sie die Besucher wieder in die Eingangshalle hinunter.

Die Erleichterung, die Vanessa beim Anblick der Kranken kurz verspürt hatte, verlor sich sofort wieder. Sie fühlte sich, als hätte sie in einem Kaufhaus etwas mitgehen lassen, ohne zu bezahlen, und der Kaufhausdetektiv hätte sie dabei erwischt.

Jonas Schmidke und Markus Breitschuh schwiegen betreten, nur die Leiterin der Seniorenresidenz schien die Situation zu genießen. Sie ließ sich sogar zu einem leicht ironischen Lächeln herab. »Da Sie schon einmal hier sind«, wandte sie sich an die Polizisten, »möchte ich Sie um einen Gefallen bitten. Wie Sie unschwer feststellen konnten, lebt Frau Erickson. Aber sie befindet sich in einem äußerst kritischen Zustand. Ich kann ihr baldiges Ableben leider nicht ausschließen.«

»Das wird Ihnen niemand mehr anlasten«, versicherte Breitschuh, während Jonas Schmidke zustimmend nickte.

»Trotzdem möchte ich mich nicht wieder infamen Verdächtigungen aussetzen. Darum lehne ich die weitere Betreuung von Frau Erickson ab. Für ihre medizinische Versorgung ist ab sofort Doktor Mertens verantwortlich. Unser Haus zieht ihn ohnehin gelegentlich zurate. Bitte vermerken Sie dies ausdrücklich in Ihrem Protokoll.«

»Wir haben vollstes Verständnis für Ihren Wunsch«, versicherte Breitschuh beflissen, »und kommen ihm selbstverständlich nach.«

»Aber Doktor Mertens könnte doch mit ihr unter einer Decke stecken!«, fuhr Vanessa erregt dazwischen.

Aufgebracht schauten sie zu ihr. Selbst die Miene des jüngeren Beamten spiegelte jetzt keinen Funken Verständnis oder gar Mitleid mehr wider.

»Genug der Verleumdungen«, erwiderte Breitschuh wütend. »Oder wollen Sie sich unbedingt eine Anzeige einfangen?«

»Lassen Sie nur, das wird wenig nützen«, säuselte Frau Doktor Mönch mit honigsüßer Stimme. »Seit diese Person um ihr Erbe fürchtet, hat sie sich anscheinend in den Kopf gesetzt, die Ärzte ihrer Tante in Verruf zu bringen. Sie müssen wissen, Frau Halbach senior spielt mit dem Gedanken, ihren Lebensabend bei uns zu verbringen. Grund genug für ihre Nichte, uns etwas anhängen zu wollen.«

Vanessa registrierte sowohl Frau Doktor Mönchs triumphierenden Augenaufschlag als auch den vielsagenden Blickwechsel zwischen den Beamten. Der Sieg, den die Ärztin soeben davongetragen hatte, war offensichtlich. Mit wenigen Sätzen hatte sie Vanessa von der überspannten jungen Dame in eine skrupellose Erbschleicherin verwandelt. War sie dieser intriganten Frau wirklich gewachsen?

»Wir sind jetzt im Bilde«, unterbrach Schmidke das peinliche Schweigen. »Ich hoffe, Sie verzeihen uns die späte Störung.«

»Sie tun nur Ihre Pflicht, genau wie ich«, erwiderte die Leiterin der Seniorenresidenz mit einem unnatürlichen Lächeln und begleitete die Besucher zum Ausgang.

Während der Rückfahrt im Streifenwagen empfand Vanessa die Atmosphäre noch bedrückender als zuvor. Sie konnte sich an keinen Moment ihres Lebens erinnern, in dem sie sich derart unwohl gefühlt hatte. Als der Wagen endlich vor der Polizeiwache anhielt, atmete sie spürbar auf. Eine halbe Ewigkeit schien vergangen zu sein, seit sie ihren Astra vor der Wache abgestellt hatte. Sie wollte sich ganz schnell verabschieden, aber Jonas Schmidke hielt sie noch einen Augenblick zurück. »In Zukunft hüten Sie sich bitte vor falschen Verdächtigungen. Ansonsten werden Ihnen diverse Unannehmlichkeiten kaum erspart bleiben.«

Vanessa nickte stumm. Ihre Augen füllten sich mit Tränen. In ihrem Hals saß ein dicker Kloß, der jegliches Sprechen unmöglich machte. Wie ein Häufchen Elend kroch sie hinter das Lenkrad ihres Wagens und hatte Mühe, den Motor zu starten. Gleich fragen sie mich auch noch nach meinem Führerschein, dachte sie beschämt.

Kapitel 22

Vanessa kurvte schon eine Weile in ihrem Wagen durch die ruhigen Straßen des alten Ruhrorts. Einige davon hatte sie bereits zum zweiten Mal passiert. Seit sie endlich aus dem Blickfeld der Polizisten verschwunden war, konnte sie kaum einen klaren Gedanken fassen. Erneut fuhr sie in Richtung Neumarkt, wo sich Michael in der Nähe der Ankerbar, Horst Schimanskis ehemaliger Lieblingskneipe, niedergelassen hatte. Er versteht es vortrefflich, dir die Wunden zu lecken, lockte eine innere Stimme.

Als sie tatsächlich wenig später vor seiner Kanzlei parkte, kamen ihr allerdings Zweifel. War er wirklich der richtige Arzt für diese Art von Verletzung? Aber selbst ein weiterer Fehler konnte die ohnehin miese Bilanz des Tages kaum verändern. Sie warf einen sehnsuchtsvollen Blick in die Etage über der Kanzlei. Trotz der späten Stunde waren noch zwei Fenster im ersten Stockwerk erleuchtet. Das Licht erschien ihr wie eine Art Einladung. Entschlossen lief sie auf das Haus zu und läutete. Michael öffnete ihr nur mit einem Schlafanzug bekleidet. Sie musste schmunzeln. Das Muster mit knallroten Tennisschlägern kannte sie noch aus alten Zeiten.

»Je später der Abend, desto unerwarteter die Gäste«, begrüßte er sie erstaunt und gab den Eingang frei.

Ohne weitere Worte liefen sie die steile Treppe hoch, passierten eine gemütliche Diele und landeten dann in dem Wohnzimmer, dessen hell erleuchtete Fenster offensichtlich zur Straße hinausgingen. Auf einer antiken Anrichte bemerkte sie ein nostalgisches Telefon. Der Hörer lag daneben. Während Michael ihr mit der linken Hand einen Platz anbot, ergriff er mit der Rechten den Hörer. »Es ist schon spät. Wir reden morgen weiter«, erklärte er hastig.

Vanessa wunderte sich, wie schnell er das Gespräch beendete, vor allem, dass er die gewohnte, formvollendete Höflichkeit vermissen ließ.

Er setzte sich ihr gegenüber in einen Sessel und musterte ihr Gesicht. »Was um Himmels willen hast du angestellt?«

»Warum fragst du nicht lieber, ob ich einen Drink brauchen könnte?« Kann er mir das Fehlverhalten tatsächlich von der Nasenspitze ablesen, grübelte sie. Oder hatte er nur zufällig ins Schwarze getroffen?

»Darf es ein trockener Weißwein sein oder hat sich dein Geschmack geändert?«

Sie nickte und beobachtete, wie er wenig später eine Flasche entkorkte und den Wein in zwei Gläser goss.

»Auf bessere Zeiten«, prostete er ihr zu.

»Wie passend«, ergänzte sie und leerte das Glas zu seinem Erstaunen bis zur Hälfte. »Ich habe heute einige Dummheiten gemacht. Vermutlich hätten wir uns heute Nachmittag besser nicht getrennt.«

»Ganz meine Meinung!« Während er an seinem Glas nippte, sah er sie erwartungsvoll an.

»Anscheinend besitzt du mehr Menschenkenntnis als ich.« Das letzte Wort spülte sie mit einem Schluck Wein hinunter.

»Worauf willst du hinaus?«

»Noch ein Glas und ich bin zu jedem Geständnis bereit, Herr Anwalt.« Als ob sie diese Aussage noch unterstreichen wollte, trank sie den restlichen Wein in einem hastigen Zug aus.

»Du hast wohl mehr angestellt, als ich dachte«, erwiderte er mit einer Spur Besorgnis in der Stimme.

»Zumindest fühle ich mich wie ein Schüler, den man zu Unrecht verdächtigt, die Schule angezündet zu haben.«

Nach einer Zeit des Schweigens reichte er ihr ein neues Glas. Sie trank, dann lehnte sie ihren Rücken gegen die Polsterung des Sofas. Für einen Moment genoss sie, wie der Alkohol sie entspannte, dann jedoch wirkte Michaels auffordernder Blick wie ein Startsignal und die Ereignisse der letzten Stunden sprudelten aus ihr heraus.

»Hoffentlich ist dir klar, wie viel Glück du hattest«, stöhnte Michael, als sie geendet hatte. »Ein Wunder, dass Frau Doktor Mönch keine Anzeige erstattet hat. Und in Zukunft ...«

»Ich weiß, ich weiß«, schnitt sie ihm das Wort ab, »die Polizei, mein Freund und Helfer, hat mich schon aufgeklärt. Deshalb küsst du mich jetzt lieber.« Sie ignorierte die mahnende Stimme in ihrem Inneren, warf den Kopf erwartungsvoll in den Nacken und schürzte die Lippen zu jenem Schmollmund, dem er früher kaum widerstehen konnte.

»Du weißt, wie gerne ich dein Angebot annehmen würde, aber nicht unter diesen Umständen. Ich möchte nicht, dass du diesen Schritt hinterher bereust. Deshalb schläfst du heute Nacht in meinem Bett und ich benutze das Sofa.«

Vanessa wusste nicht so recht, ob sie seine Reaktion eher enttäuscht oder erleichtert aufnehmen sollte. Ehe sie jedoch weiter darüber nachdenken konnte, forderten die aufreibenden Ereignisse ihren Tribut. Mit einem Mal verspürte sie nur noch bleierne Müdigkeit. Willenlos ließ sie sich von Michael ins Schlafzimmer bringen. Bevor er sie verließ, hauchte er einen zärtlichen Kuss auf ihre Stirn.

Als sie am nächsten Morgen erwachte, fiel ihr Blick zuerst auf das Landschaftsbild an der gegenüberliegenden Wand. Diesen Druck von Monet mit einem Weg zum Strand hatte sie einst in Paris erstanden, als Geschenk zu Michaels achtundzwanzigsten Geburtstag, den sie an der französischen Atlantikküste verbracht hatten. Ärgerlich wischte sie die alten Erinnerungen beiseite. Mit dem Gefühl, die Weichen gestern völlig falsch gestellt zu haben, kroch sie aus dem Bett. Instinktiv spürte sie, dass er die Wohnung bereits verlassen hatte. Ihr war das nur recht. Wird nicht einfach sein, ihm ohne Schuldgefühl in die Augen zu blicken, dachte sie. Aber wie würde sie sich erst fühlen, wenn er nicht Schlimmeres verhindert hätte? Sie war nicht an einer Neuauflage ihrer Beziehung interessiert und für die ausschließliche Befriedigung ihrer sexuellen Bedürfnisse war Michael zu schade.

Sie suchte eilig ihre Sachen zusammen und verließ fluchtartig seine Wohnung in der oberen Etage. Bedrückt schlich sie durch das Treppenhaus. Im Erdgeschoss schielte sie unentschlossen zur Tür der Kanzlei. Wann benehme ich mich endlich wie ein erwachsener Mensch, überlegte sie. Nur weil sie die Erinnerung an den gestrigen Abend kaum ertrug, durfte sie sich nicht vor einem Abschied drücken. Das wäre nicht fair. Ruckartig drückte sie die Klinke herunter.

»Guten Morgen«, begrüßte sie die Anwaltsgehilfin, »wenn Sie zu Herrn Jansen möchten, haben Sie leider kein Glück. Er nimmt einen wichtigen auswärtigen Termin wahr. Darf ich etwas ausrichten?«

»Nein, nicht nötig«, erwiderte sie erleichtert.

Kapitel 23

Das Telefon läutete wahrscheinlich schon länger, aber Vanessa nahm das Klingelzeichen erst wahr, nachdem sie das Duschwasser abgestellt hatte. Unwillig warf sie einen Bademantel über und rannte auf nassen Füßen ins Wohnzimmer.

»Das wurde aber auch langsam Zeit«, polterte Sabine am anderen Ende der Leitung. »Weißt du eigentlich, wie oft ich versucht habe, dich zu erreichen? Nicht einmal bei deiner Tante wusste jemand, wo du steckst. In meiner Phantasie habe ich dich schon als Opfer dieser Ärztin gesehen.«

»Moment, ich rufe gleich zurück«, erwiderte Vanessa freudig überrascht. »Ich ziehe mir nur schnell was an.«

Eilig huschte sie ins Bad, kleidete sich an und machte es sich auf dem Sofa bequem. Sicher würde der umfangreiche Bericht etwas Zeit in Anspruch nehmen. »Du wirst es kaum glauben«, begann sie mit einer Formulierung, die seit Neuestem anscheinend zu ihrem Standardvokabular gehörte. Danach sprudelten die Ereignisse des gestrigen Abends nur so aus ihr heraus. Anfangs wurde sie noch durch die ein oder andere Zwischenfrage unterbrochen, doch nach und nach verschlug es selbst der redseligen Sabine die Sprache.

»Ganz schön peinlich«, brachte ihre Freundin schließlich hervor, »aber wenigstens bist du mit heiler Haut davongekommen.«

»Nett, wieder daran erinnert zu werden«, bemerkte Vanessa ohne Spur von Ironie. »Dass mir die Flucht geglückt ist, habe ich nämlich inzwischen ganz aus den Augen verloren.

Ich kreise nur noch um alle Umstände, die sich gegen mich verschworen haben. Es ist einfach verrückt, je mehr belastendes Material ich entdecke, desto weniger glaubt man mir.«

»Dieses Spiel dürfte aber nur solange anhalten, wie Frau Doktor Mönch einen untadeligen Ruf besitzt. Doch damit ist jetzt Schluss.«

»Was bedeutet das?«, fragte Vanessa, während sie vor Aufregung nicht mehr still sitzen konnte.

»Jens hat mich angerufen. Die Sache ist echt der Knüller. Ich bin fast ein wenig stolz auf meinen Ex. Er ist auf einen Artikel in der *Abendzeitung* gestoßen, aber du weißt ja, die Namen von Tatverdächtigen werden nie angegeben. Nur Vorname und vom Nachnamen der erste Buchstabe. Julia M. und Ärztin. Da ist er hellhörig geworden. Jens kennt jemanden bei der Polizei und hat sofort mal nachgehakt.«

»Nun erzähl schon!«

»Gegen diese saubere Frau Doktor wurde schon einmal ermittelt.«

Vanessa hatte Mühe, nicht laut aufzuschreien, und wollte mehr hören.

Doch Sabine spannte sie auf die Folter, machte eine kunstvolle Pause, die Vanessas Pulsschlag erhöhte. »Sie wurde beschuldigt, einen Patienten ermordet zu haben. Und zwar aus Habgier.« Vanessas Finger kneteten ihren Unterarm, bis er schmerzte. »Sie hat damals in einer Klinik bei München gearbeitet«, fuhr Sabine fort, »Ein Pfleger soll sie kurz vor dem Tod eines Patienten an dessen Bett gesehen haben. Dabei hatte sie gar keinen Dienst, und soviel er wusste, hatte das Opfer sie als Alleinerbin eingesetzt. Er hat also Anzeige erstattet und die Staatsanwaltschaft hat darin einen begründeten Verdacht gesehen und Ermittlungen eingeleitet.«

»Das kann ja noch nicht ewig her sein, die Frau ist ja nicht sehr alt. Wieso läuft sie dann schon wieder frei herum?«, fragte Vanessa aufgebracht.

»Es ist gar nicht zum Prozess gekommen. Der Verdacht ließ sich nicht erhärten. Der Pfleger war sich plötzlich nicht mehr sicher, wann genau er die Beschuldigte im Zimmer des Mannes gesehen hat.«

»Konnte man denn nicht beweisen, dass er keines natürlichen Todes gestorben ist?«

»Da der Pfleger sehr schnell seine Aussage sozusagen zurückgezogen hat, kam es nicht mehr zu einer Obduktion«, erwiderte Sabine.

»Das darf doch nicht wahr sein!«

»Na ja, der Mann war krank und ohne hinreichende Verdachtsmomente ... Für alle Beteiligten war das sicher am einfachsten, zumal die Mönch behauptet hat, sie hätte nicht einmal etwas von dem Testament geahnt.« Sabine räusperte sich. »Da die Anklage fallengelassen worden ist, hätte sie das Erbe allerdings antreten können.«

»Sie hat also richtig Geld auf dem Konto?«

»Das weiß ich nicht. Sollte es so sein, so stammt es nicht aus dieser Erbschaft, die hat sie abgelehnt. Jens' Informant bei der Polizei geht davon aus, sie habe das gemacht, um sicherzugehen, dass die Ermittlungen auf keinen Fall wiederaufgenommen werden. Außerdem vermutet er, dass sie den Pfleger unter Druck gesetzt hat, aber das steht auf einem anderen Blatt. Und natürlich, dass du mit diesem Wissen die Chance besitzt, Misstrauen zu säen und weiter zu recherchieren.« Sabine schwieg kurz und fuhr dann fort. »Der Mann heißt übrigens Bastian Holler und war zu der Zeit in München in der Milbertshofener Straße gemeldet. Die Hausnummer weiß ich leider nicht. Erreicht hat Jens ihn auch noch nicht und inzwischen reist unser Starjournalist schon wieder in der Welt herum.«

Nach dem Telefonat mit Sabine fuhr Vanessa den Computer hoch und gab Bastian Holler in die Suchmaschine ein. Zwar existierten zahlreiche Personen mit diesem Namen, aber niemanden, zu dem die anderen Daten passten. Wenn doch nur die vollen Namen von Verbrechern in Zeitungen stünden, dann hätte sie etwas Schriftliches über den Verdacht gegen die Mönch in der Hand gehalten. So blieb ihr nichts anderes übrig, als diesen Holler persönlich aufzusuchen.

Kapitel 24

Während die Novembersonne ihr Bestes gab, den gelb getönten Wohnraum aufzuhellen, musterte Vanessa Brigitte mit kritischem Blick. Sie saß, von zwei Kissen gestützt, in ihrem Lieblingssessel. Vanessa hatte Brigitte eine ganze Weile davon zu überzeugen versucht, dass die Anstellung einer Pflegerin die bessere Alternative zu einem Umzug in die Seniorenresidenz sei. Leider hatte ihre Tante sich strikt geweigert, das einzusehen.

»Du solltest dich wenigstens von weiteren Ärzten untersuchen lassen«, erklärte Vanessa nun. »Allein im Ruhrgebiet wimmelt es von Spezialisten.«

»Lass uns nicht wieder wegen des leidigen Themas streiten«, entgegnete Brigitte sehr bestimmt. »Auch wenn du meine Entscheidung für falsch hältst, weiche ich nicht davon ab. Ich akzeptiere sowohl mein Alter als auch meine Krankheit. Mit allen Konsequenzen.«

»Trotzdem könntest du hier wohnen bleiben und eine Pflegerin engagieren«, wagte Vanessa einen letzten Versuch.

»Darüber haben wir bereits genug diskutiert und ich möchte kein weiteres Wort mehr darüber verlieren.«

Vanessa fügte sich nur widerwillig. Zu verlockend war die Aussicht, Frau Doktor Mönchs tadellosen Ruf endlich infrage zu stellen. Dennoch scheute sie das Risiko, diesen Trumpf wirkungslos verpuffen zu lassen. Ehe sie ihn effektvoll ausspielen konnte, wollte sie einfach mehr in der Hand haben als eine Zeugenaussage, die zurückgezogen worden war. Vielleicht gelang es ihr doch noch, Holler aufzuspüren, um mehr von ihm zu erfahren. Aus Zeitmangel hatte Jens womöglich nicht alles versucht. Notfalls würde sie einen Detektiv einschalten.

Während Vanessa ihre Teetasse zum Mund führte, fiel ihr wieder ein, dass Cornelia Erickson ein Testament erwähnt hatte. Mit etwas Phantasie konnte man ihren Worten entnehmen, dass sie in helle Aufregung versetzt war, weil sie es ändern sollte. Wie hatte sie noch gemurmelt? »Niemals!« Genau das hatte sie gesagt. »Gustavs Ideale nicht verraten … niemals verraten … niemals!« Sie musste unbedingt mehr über Cornelias Testament erfahren.

»Bei meinem Besuch im Haus Herbstfrieden hat Cornelia von ihrem verstorbenen Gatten erzählt«, lenkte Vanessa das Gespräch in die gewünschte Richtung. »Sie erwähnte ein Testament und irgendetwas von Walters Idealen. Aus ihren Worten bin ich nicht recht schlau geworden. Welche Ideale kann sie gemeint haben? Ich habe ihn nur als Unternehmer gekannt, der fast ausschließlich für die Firma gelebt hat. Cornelia hat sich oft genug darüber beschwert.«

»Nun, das stimmt so nicht ganz«, antwortete Brigitte. »Etwa zwei Jahre vor seinem Tod hat er eine Hilfsorganisation ins Leben gerufen, um behinderte indische Kinder zu fördern. Walter hat seine Jugend nämlich in Indien verbracht. Sein Vater hat dort eine pharmazeutische Fabrik geleitet. Erst später gründete er zusammen mit deinem Großvater Halbach & Erickson.«

»Und was hat sein Engagement mit dem Testament zu tun?«, fragte Vanessa, obwohl sie die Antwort bereits zu kennen glaubte.

»Es war sein Wunsch, dass das gesamte Vermögen nach Cornelias Tod an diese Hilfsorganisation fließt. Cornelia hat das, so hat sie es uns erzählt, in ihrem Testament festgelegt.«

In Vanessa keimte ein schrecklicher Verdacht. Nein, er existierte längst und hatte nur neue Nahrung erhalten. Die gestammelten Worte *Testament, Änderung, Walters Ideale* und *Verrat* ergaben in diesem Fall einen Sinn. Die Frage war nur, wie Frau Doktor Mönch Cornelia Erickson dazu bringen wollte, ihr Testament zu ändern. Während sich Vanessas Gedanken überschlugen, fielen Brigitte die Lider zu. Wenig später kippte ihr Kopf zur Seite.

»Bitte nicht!«, schrie Vanessa entsetzt.

Brigitte öffnete zwar noch einmal die Augen, aber sie erschien Vanessa nicht wirklich wach oder aufnahmefähig.

»Ich suche Frau Grubenhauer«, sagte Vanessa, obwohl sie nicht sicher war, ob die Tante sie verstand. »Dann bringen wir dich gemeinsam ins Bett.«

Kapitel 25

Vanessa hatte Michaels Drängen nach einem Treffen in der City nachgegeben. Denn sie erhoffte sich, ihm dabei Information über das Testament von Cornelia Erickson zu entlocken. Nachdenklich stieg sie aus der U-Bahn und lief in einer Traube von Menschen die nächste Treppe hoch. Von hier waren es nur noch wenige Schritte bis zu Kö-Café Dobbelstein. Die Temperaturen waren heute angenehm und die gemütlichen Korbsessel der Gartenterrasse zur Königstraße luden zum Verweilen ein. Michael hatte dieses Café mit dem ansprechenden Ambiente allerdings eher ausgewählt, da er im nahen Amtsgericht zu tun hatte. Sie hatte sich noch nicht ganz entschieden, wen sie hier treffen wollte. Den Juristen oder den Freund? Vielleicht auch ein Art Beichtvater, bei dem sie ihr schlechtes Gewissen erleichtern konnte.

Inzwischen stand sie vor dem Eingang und schaute zum Lifesaver-Brunnen von Niki de Saint Phalle. Früher hatte sie geglaubt, die Figur passe nicht recht zu einer Industriestadt, heute sah sie das anders. Schließlich zeichnete sich Duisburg gerade durch seine Vielfältigkeit aus. Die Wasserfontänen, die aus Kopf und Flügel des fabelhaften adlerähnlichen Vogels spritzten, ließen sie einen Moment lang ihre Sorgen vergessen und vor sich hin lächeln. Als Vanessa sich umwandte, erkannte sie Michael. Er kam am Rande eines Pulks junger Mädchen direkt auf sie zu. Nach seinem Blick zu urteilen, hatte er sie auch schon bemerkt.

»Anscheinend hast du allen Verlockungen der Geschäfte in der City widerstanden?«, begrüßte er sie. »Jedenfalls hast du keine stylische Tragetasche in der Hand.«

»Shopping war eh nie mein Ding.« Sie lachte. »Aber du bist schon mit einer Tüte bewaffnet.«

»Vor dem Gerichtstermin war ich noch kurz in einem Fotogeschäft, um ein vergrößertes Bild abzuholen.«

»Darf ich mal sehen?«

»Klar, aber jetzt gehen wir erst mal zur Kuchentheke und suchen uns etwas für die Gschleckerten aus«, erklärte er.

»Ist das Bayerisch?«, fragte sie lachend.

»Jedenfalls habe ich das Wort zum ersten Mal auf der Speisekarte im Münchener Ratskeller gelesen.«

Gemeinsam betraten sie das Kö-Café Dobbelstein. Vanessa war überwältigt von der Auswahl der Torten und Kuchen.

»Diät hin oder her, nur nicht heute«, erklärte Michael und verdrehte genüsslich die Augen.

Nachdem sie eine *Dobbelstein Schwarzwälder Spezial* mit heller und dunkler Sahne und eine *Duisburger Knuspertorte* ausgewählt hatten, setzten sie sich nach draußen. Sie nahmen in zwei Korbsesseln nahe der Hauswand mit den großen Fensterscheiben Platz und bestellten Cappuccino.

»Darf ich jetzt endlich das Foto sehen?«, fragte Vanessa.

Schmunzelnd überließ Michael ihr die Tüte.

»Hast etwa du die Aufnahme geschossen?« Ihr Blick wirkte skeptisch.

»Das ist ein Tempel auf Bali. Kurz nach unserer Trennung bin ich mit dem Rucksack durch Indonesien getingelt.«

Stumm vor Erstaunen starrte sie auf die Fotografie. »Wieso erfahre ich das erst jetzt?«

»Damals hättest du dich kaum dafür interessiert«, erklärte er nachdenklich. »Du warst viel zu beschäftigt mit deinem neuen Glück.«

Hätte sie bloß nicht nachgefragt! Am liebsten hätte sie sich für ihre unbedachte Neugier geohrfeigt. Die Sorge um die Verwandtschaft hob ihr Leben genug aus den Angeln. Im Moment war wirklich kein geeigneter Zeitpunkt, sich mit einem unliebsamen Kapitel ihrer Vergangenheit auseinanderzusetzen.

»Wie geht es deinen Tanten?«, wechselte Michael das Thema, als hätte er wieder einmal ihre Gedanken erraten.

Automatisch tauchte Frau Doktor Mönch vor Vanessas geistigem Auge auf, aber sie wusste nicht, ob sie Michael wirklich schon über das Ermittlungsverfahren gegen die Mönch informieren sollte. Sicher war es besser, weitere Informationen abzuwarten. Die herannahende Bedienung gab ihr Zeit, die nächsten Worte bewusst zu wählen.

»Ich hoffe, Brigitte macht Fortschritte«, antwortete sie, während sie sich etwas Milchschaum von der Lippe wischte und Michael genüsslich noch eine Gabel *Knuspertorte* verspeiste. »Wir haben heute lange über alte Zeiten geplaudert.« Jetzt ist die Gelegenheit, mit der Frage herauszurücken, überlegte sie. »Übrigens hat Brigitte dabei von einer Hilfsorganisation erzählt, die Walter Erickson gegründet haben soll. Cornelia hat ihr erzählt, dass behinderte Kinder in Indien später ihr Vermögen erben. Weißt du davon?«

»Zumindest, dass Walter einen Teil seiner Jugend in Indien verbracht hat. Über sein Vermächtnis kann ich dir allerdings keine Auskunft geben.«

»Wegen deiner Schweigepflicht?«

»Nicht doch!«, rief er lachend. »Das Ehepaar Erickson hat mich ganz einfach nicht mit seinen Erbangelegenheiten betraut.«

»Und wenn Frau Erickson gegen den Willen ihres Mannes ihr Testament ändern würde?«, fragte sie erregt. »Um Frau Doktor Mönch beispielsweise als Haupterbin einzusetzen?« Michael taxierte sie mit einem Anflug von Ärger im Blick, sie ignorierte es. »Bekomme ich nun eine Antwort oder nicht?«

»Rein juristisch ist nichts dagegen einzuwenden, wenn du darauf abzielst. Sofern es sich nicht um ein gemeinsames Testament handelt, das die Ericksons vor Walters Tod haben aufsetzen lassen. Das könnte dann auch nur noch von beiden zusammen geändert werden. Dafür wäre es jetzt zu spät, weil er ja tot ist. Damit wäre das Testament in Stein gemeißelt. Nach allem, was ich darüber gehört habe, ist aber die Witwe Alleinerbin des gesamten Vermögens gewesen. Sie gilt als geschäftsfähig. Damit steht es ihr frei, ob sie das Werk ihres Mannes in ihrem Testament bedenkt und damit seinem Wunsch folgt oder nicht. Und vielleicht steht die Ärztin ihr näher als namenlose Kinder. Zumal Frau Erickson meines Wissens im Gegensatz zu ihrem Mann niemals in Indien war.«

»Als ich Cornelia das letzte Mal besucht habe, hat sie immer wieder davon gesprochen, sogar im Halbschlaf, dass sie ihr Testament nicht ändern möchte. Doch anscheinend setzt die Mönch sie unter Druck«, entgegnete Vanessa aufgebracht.

»Schon wieder ein unbewiesener Verdacht!«

»Ist ein klarer Verstand und damit die Geschäftsfähigkeit nun Voraussetzung für eine testamentarische Verfügung oder nicht? Das hast du doch eben erwähnt.«

»Und?«

»Frau Erickson wird mit Beruhigungsmitteln vollgepumpt. Die Mönch könnte diesen Zustand ausnutzen und sie zur Änderung ihres Testaments veranlassen. Das wäre dann aber nicht rechtens, verdammt!«, ereiferte sich Vanessa.

Peinlich berührt schweifte Michaels Blick über die Nachbartische. »Nicht so laut. Die Leute schauen schon zu uns herüber.«

»Ehe dieser Streit ausartet, gehe ich dann wohl besser.« Vanessa erhob sich abrupt.

»Bitte bleib. Lass uns nicht in dieser Stimmung auseinandergehen«, bat er. »Wenn du möchtest, erkundige ich mich auch nach dem Notar von Frau Erickson. Der darf mir natürlich selbst unter Kollegen nicht verraten, was im Testament steht, aber vielleicht kann ich ihm wenigstens einen kleinen Hinweis entlocken.«

Vanessa zögerte. »Ich verreise für einige Tage«, erklärte sie schließlich im Stehen. »Sicher kennst du Anna noch. Sie hat mich zu sich nach Nürnberg eingeladen.« Tatsächlich hatte sie überlegt, ob sie auf dem Weg nach München nicht auch bei ihrer alten Studienkollegin vorbeischauen sollte. »Falls du mir einen Gefallen tun möchtest, könntest du während meiner Abwesenheit einmal nach Brigitte sehen. Ich habe ein ungutes Gefühl und lass sie jetzt ungern mit Frau Grubenhauer allein. Die braucht vielleicht auch mal eine Auszeit.« Als Friedensangebot legte sie ihm kurz eine Hand auf die Schulter. Ehe sie den Außenbereich des Cafés verließ, drehte sie sich noch einmal um. »Das nächste Mal zahl ich«, sagte sie, weil ihr eingefallen war, dass sie ihre Rechnung nicht beglichen hatte.

Kapitel 26

Die meisten Gäste des Websters unterhielten sich mehr oder weniger angeregt und genossen die Spezialitäten der Hausbrauerei. Nur Vanessa war in ihren Gedanken versunken. Vor ihr stand ein *Webster blond*, das sie zur Hälfte geleert hatte. Wie oft hatte sie sich fern der Heimat nach dieser vertrauten Atmosphäre gesehnt und jetzt hob nicht einmal das gute Bier ihre Laune. Früher hatte sie hier ohnehin meistens Wein getrunken, aber heute war ihr das zum ersten Mal unpassend vorgekommen.

Nachdenklich schaute sie zu den riesigen Braukesseln aus Kupfer hinüber. Mit René hatte sie hier mal ein Bierseminar besucht. Kurz vor dem Antritt der Stelle in New York hatte sie Tante Brigitte, Frau Erickson, Tante Gabriele und Carsten zum sonntäglichen Brunch ins Webster eingeladen. Dieses Ereignis erschien ihr nun Lichtjahre entfernt.

Vanessa schaute auf die Uhr. Wo Sabine nur blieb? Sie war seit einer Viertelstunde überfällig, obwohl sie normalerweise zu den eher pünktlichen Zeitgenossen zählte. Vanessa seufzte und nahm dann einen großen Schluck aus ihrem Glas.

»Was ziehst du für ein Gesicht?«, fragte ihre Freundin, die plötzlich an ihrem Tisch auftauchte. »Der große Durchbruch steht mit den neuen Informationen doch bevor. Sobald du diesen Holler aufgetrieben hast ...«

Während Sabine ihr gegenüber Platz nahm, gab Vanessa ein Geräusch von sich, das entfernt nach einem Schnauben klang. »Bisher habe ich ihn von Duisburg aus ja nicht kontaktieren können. Selbst wenn es mir gelingen sollte, ihn bei meinem Besuch in München aufzuspüren, bleibt es fraglich, ob er mir gegenüber auspacken wird.«

»Es wird dir gelingen, ihn zu finden. Es ist ja leichter, wenn du vor Ort bist. Und dann setze ich voll auf dein Verhandlungsgeschick«, entgegnete Sabine. »Notfalls kannst du ihm die Auskunft immer noch mit ein paar Scheinchen schmackhaft machen. Wie ich dich kenne, wärst du bereit, einiges Geld zu investieren.«

»Damit liegst du zwar richtig, trotzdem werde ich ein ungutes Gefühl nicht los«, erwiderte Vanessa. »Ich weiß Brigitte nur ungern allein. Frau Grubenhauer kann auch nicht rund um die Uhr bei ihr sein. Vielleicht wäre ich besser geflogen. Die Autofahrt kostet Zeit.«

»Aber du wolltest doch Anna in Nürnberg besuchen.«

»Ich habe ihr abgesagt, weil ich so schnell wie möglich nach Duisburg zurückkehren möchte.«

»Du und dein schlechtes Gewissen«, stöhnte Sabine. »Als ob ein bisschen Abwechslung ein Verbrechen wäre.«

Endlich huschte der Anflug eines Lächelns über Vanessas ernste Miene. »Anscheinend kennst du dich in meinem Gefühlsleben bestens aus.«

»Du kannst Brigitte doch ohnehin nicht dauernd bewachen. Außerdem wird diese Mönch sich erst einmal keinen Mucks mehr leisten, bei dem Staub, den du aufgewirbelt hast.« Vanessa lächelte dankbar. Sabine besaß einfach die Fähigkeit, alle Probleme auf ein überschaubares Maß zurechtzustutzen. »Wie haben Carsten und Michael eigentlich auf deine Reisepläne reagiert?«

»Michael weiß nur von Annas Einladung. Den wahren Grund habe ich beiden verschwiegen. Die schütteln doch nur verständnislos den Kopf, sobald ich den Mund aufmache.«

»So viel zu den Männern«, seufzte Sabine, wobei sie die Augen verdrehte. »Und jetzt bestelle ich mir erst mal ein Webster, ordere die Speisekarte und dann wechseln wir das Thema.«

Kapitel 27

Vanessas Hotel in der Münchener Innenstadt wirkte von außen recht unscheinbar, vielleicht sogar etwas verwohnt, aber
dafür lag es verkehrsgünstig. Zudem besaß es einen eigenen
Parkplatz, was angesichts der zentralen Lage nicht unbedingt
selbstverständlich war. »Guten Tag«, begrüßte Vanessa die
Dame an der Rezeption, »ich habe auf den Namen Halbach ein
Zimmer bestellt.«

»Is scho recht ...«, antwortete die Frau hinter dem Tresen,
deren mächtiger Busen in dem Dirndlkleid besonders gut zur
Geltung kam.

Vanessa fand das Outfit seltsam, konnte sich an keinen
Hotelangestellten in Tracht erinnern, obwohl sie schon öfter
beruflich in München übernachtet hatte. Allenfalls in be-
stimmten Traditionslokalen war das üblich.

Nachdem die Dame ihr den Schlüssel ausgehändigt hatte,
fuhr Vanessa in die zweite Etage. Ihr kleines, gemütliches Ein-
zelzimmer roch leicht nach Farbe. Es war offensichtlich frisch
renoviert und auch sonst sehr sauber. Auf einem runden
Tischchen an der rechten Wand stand sogar ein Strauß fri-
scher Blumen. Leider verspürte Vanessa keine Ruhe, hier länger zu verweilen. Ungeheure Anspannung trieb sie hinaus.
Sie sprang kurz unter die Dusche, dann brach sie auf.

Vanessa verließ die U-Bahn und orientierte sich stadtein-
wärts. Holler schien in keinem der nobleren Stadtteile von
München zu wohnen. Mit dem nicht gerade üppigen Gehalt
als Krankenpfleger konnte er auch kaum die Miete für eine

bevorzugte Lage aufbringen. Den Weg zur Milbertshofener Straße hatte sie ohne Probleme gefunden, aber dann stand sie vor der Frage, in welche Richtung sie sich wenden sollte. Zu dumm, dass sie Hollers Hausnummer nicht kannte. Seufzend bog sie rechts ab und schaute sich Hauseingang für Hauseingang die Namen auf den Klingeln an. Warum schien die Straße kein Ende zu nehmen? Anfangs hatte sie sich vorgestellt, einfach irgendwo zu schellen und nach Holler zu fragen, aber die hohen Mietshäuser wirkten sehr anonym. Nach langer erfolgloser Suche hieß die Straße plötzlich anders und Vanessa kehrte auf der gegenüberliegenden Seite zum Ausgangspunkt zurück. Anscheinend war sie in die falsche Richtung gegangen. Vanessas Fußsohlen schmerzten. Den Weg, den sie in ihren Pumps zurücklegen musste, hatte sie eindeutig unterschätzt. Nachdem sie umgekehrt war und die linke Straßenseite bis zum Ende samt der ersten Häuser gegenüber vergeblich abgesucht hatte, begann ihre Zuversicht zu sinken. Vielleicht wohnte Holler inzwischen nicht mehr hier? Die Vorstellung, Brigitte möglicherweise umsonst allein gelassen zu haben, ergriff nach und nach von ihr Besitz.

Vanessa hatte die Hoffnung bereits aufgegeben, da entdeckte sie endlich seinen Namen. Er lebte in einem gelblich angestrichenen Mietshaus mit vier Etagen. Das Dachgeschoss war zusätzlich als Wohnraum ausgebaut, wie sie an den Gardinen in den Gauben erkannte. Als sie auf Hollers Klingel drückte, zitterte ihre Hand. Instinktiv hielt sie die Luft an. Vanessa wartete vergeblich auf den Summer. Sie presste ihren Zeigefinger immer wieder und mit zunehmendem Druck auf den Klingelknopf, aber niemand rührte sich.

Plötzlich öffnete sich die Haustür und eine korpulente Frau

mit kurzen schwarzen Haaren trat heraus. »Kennen Sie Herrn Holler?«, fragte Vanessa schnell, ehe sie an ihr vorbeilaufen konnte.

Die Frau schüttelte nur den Kopf und beeilte sich, auf den Gehweg zu gelangen. Die Tür hatte sich noch nicht ganz geschlossen und Vanessa huschte ins Treppenhaus. Auf wackeligen Beinen stieg sie die Stufen zum ersten Stock hoch, wo sie Hollers Wohnung vermutete. Jetzt befand sie sich kurz vor dem Ziel, dennoch hatte sie das Gefühl, zu scheitern. Sie klingelte erneut. Da niemand reagierte, hämmerte sie verzweifelt gegen das abgenutzte Holz. »Herr Holler, hören Sie mich?«, schrie sie. »Ich muss dringend mit Ihnen reden! Ich flehe Sie an!« Während sie mit den Fäusten weitertrommelte, schienen sich alle angestauten Gefühle der letzten Tage zu entladen.

»Warum veranstalten Sie hier einen solchen Lärm?«, fragte eine Stimme hinter ihr. Vanessa drehte sich um und starrte auf eine alte Frau mit einem dichten Knoten aus grauem Haar und einer randlosen Brille. »Ich glaub nicht, dass Herr Holler aufmacht, egal welchen Radau sie machen.«

»Wie meinen Sie das? Ist er zur Arbeit gegangen?«

»Ja mei, ich glaube, arbeiten tut der im Moment nicht.« Die Nachbarin schien nach den richtigen Worten zu suchen. »Also, ich hab den schon lang nicht mehr gesehen. Ich hab sogar Post aus seinem Brieffach gezogen, weil dauernd was heraushing. Liegt alles auf dem Schränkchen in meiner Diele. Wenn sie eine Verwandte sind ...« Sie stoppte ihren Redefluss und musterte Vanessa. »Was red i denn? Dann würden Sie ihn ja nicht siezen und wüssten vielleicht, wo der Bastian sich aufhält.« Ihre Miene verdüsterte sich. »Die Treppe hat er auch seit Wochen nicht mehr geputzt.«

»So lange haben Sie ihn schon nicht mehr gesehen?«, fragte Vanessa erstaunt. »Als vermisst gemeldet haben Sie ihn nicht, nehme ich an.«

»Ich? Wie käme ich denn dazu? Vielleicht hat er irgendeine Dame kennengelernt. Und die füttert ihn jetzt durch.«

»Kennen Sie jemanden, der ihm nahesteht oder zumindest öfter mit ihm zu tun hat?«

Die Nachbarin legte ihre Stirn in Falten . Ihr Blick schien durch die randlose Brille in die Ferne zu starren. »Wartens amal. Ein Stück weiter die Straße runter gibt es einen Laden für Zeitschriften und Rauchwaren. Da hat der Holler immer Zigaretten geholt und Lottoscheine abgegeben. Ich glaube, mit dem Besitzer hat er sich öfter unterhalten.«

»Vielen Dank für die Auskunft«, brachte Vanessa mühsam hervor. Sie gab sich Mühe, ihre Enttäuschung und die fehlende Hoffnung zu verbergen, dass die neue Information zum Ziel führen würde. Hastig drehte sie sich um und lief die Treppenstufen hinunter.

Vanessa erstand in dem Geschäft Wasser und eine Zeitschrift. Beim Bezahlen fragte sie nach Holler.

»Klar kenn ich den Bastl«, erwiderte der Kassierer, der wahrscheinlich auch der Besitzer des winzigen Ladens war. »Hab ihn aber lang nicht mehr gesehen.«

»Und Sie haben keine Ahnung, wo er jetzt sein könnte?«

Der Mann schüttelte den Kopf. »Bastl wollte für ein paar Tage verreisen. Geschäftlich hat er gesagt. Irgendwo in den Norden. Eigentlich hätte er schon längst zurück sein müssen.« Mit der Rechten kratzte er sich am Ohr. »Aber wenn er zurück wär, hätt der sich bei mir mit Zigaretten eingedeckt. Garantiert.«

»Darf ich Ihnen meine Telefonnummer dalassen?« Vanessa lächelte ihn an. »Falls Ihnen noch etwas einfällt. Wo Herr Holler genau hinwollte, zum Beispiel. Ich muss dringend mit ihm reden.«

»Warum nicht?« Der Mann lächelte zurück.

Vanessa zog aus einem Seitenfach ihrer grauen Ledertasche Visitenkarten heraus. Sie strich die Nummer, unter der sie im Büro zu erreichen war, reichte ihm die Karte und verließ das Geschäft.

Draußen schlug ihr eisiger Wind entgegen, aber darauf achtete sie nicht. Zu sehr war sie mit ihren Gedanken beschäftigt. Wo hielt sich Holler nur auf? Die Vermutung seiner Nachbarin, dass eine neue Freundin hinter seinem Verschwinden steckte, mochte sie nicht recht teilen. In diesem Fall hätte er zwischendurch seine Wohnung aufgesucht, um frische Kleidung zu holen und nach der Post zu sehen. Bestimmt hätte er in dem Laden vorbeigeschaut und vielleicht jemandem im Haus Bescheid gegeben. Ihm war doch wohl nichts zugestoßen? Das seltsame Gefühl, dass sie die ganze Zeit über in der Magengegend verspürt hatte, verstärkte sich. Nein, das durfte nicht sein. Holler war ihre letzte Hoffnung.

Kapitel 28

Heißer Dampf schlug sich an den kühlen beigen Kacheln des Bades nieder. Immer wieder ließ Vanessa den harten, ein wenig zu heißen Wasserstrahl auf ihre gerötete Haut prasseln, als könnte sie so alle unangenehmen Gedanken vertreiben. Der kurze Ausflug nach München hat mir nur Ärger eingebracht, dachte sie missmutig. Wahrscheinlich wäre es sinnvoller gewesen, bei Brigitte zu bleiben. Dabei ahnte sie nicht, wie schnell sich diese Einschätzung als richtig erweisen würde.

Gerade als sie, ihren schlanken Körper in ein buntes Duschlaken gehüllt, aus dem Badezimmer schlüpfte, ertönte die Klingel. Sie drückte auf den Türöffner, hörte aber nicht, dass jemand die Treppe hochkam. Neugierig schaute sie durch den Spion und staunte nicht schlecht. Vor der Tür stand Michael Jansen. Ihn hätte sie nicht hier erwartet. Trotz der spärlichen Bekleidung bat sie ihn sofort herein. Es wäre geradezu lächerlich gewesen, ihn warten zu lassen, da er sie oft genug mit wesentlich weniger Stoff bekleidet gesehen hatte.

»Hallo«, grüßte er in Vanessas Augen irgendwie verlegen. Zumindest hielt er den Kopf leicht gesenkt.

»Nimm schon mal im Wohnzimmer Platz«, forderte sie ihn auf. »Ich ziehe mir nur rasch etwas über.« Zuerst hatte sie geglaubt, sein merkwürdiges Benehmen sei auf ihre spärliche Bekleidung zurückzuführen, aber während sie sich hastig anzog, drängte sich ihr ein Gedanke auf: Michael war nicht zum Spaß hier. Als sie voll böser Vorahnung das Wohnzimmer betrat, bestätigte die angespannte Atmosphäre ihre Vermutung.

»Du erwartest jetzt sicher eine Erklärung«, begann er das Gespräch. Der ernste Tonfall steigerte ihre Angst. »Ich möchte verhindern, dass du den Stand der Dinge von anderen erfährst, und fühle mich verpflichtet, es dir persönlich zu sagen. Deine Tante ... sieh mich bitte nicht so an ... damit machst du es mir unglaublich schwer. Also, Brigitte hat das Haus verkauft und den Mietvertrag für eine Wohnung im Haus Herbstfrieden unterschrieben.«

Vanessa stieß einen spitzen Schrei aus. »Das ist unmöglich! Man verkauft doch kein Haus von einem Tag auf den anderen. Selbst wenn es nichts zu verhandeln gibt, es braucht ein paar Tage, bis alle nötigen Unterlagen zusammen sind.«

»Ich weiß, wie du dich jetzt fühlst. Du kannst mich natürlich verdammen. Aber vielleicht beruhigt es dich auch, dass ich die notarielle ...«

»Du wagst es, von Beruhigung zu reden«, stieß sie hervor, während die anfängliche Blässe in Zornesröte überging. »Du hinterhältiger Schuft. Mir fehlen die Worte, um dein mieses Verhalten zu beschreiben. Das muss doch von langer Hand ...«

»Brigitte hat mich gebeten, als Notar zu fungieren«, unterbrach er sie.

»Mit deiner Hilfe steuert sie ihrem Ende entgegen. Weißt du eigentlich, was für ein Urteil du damit unterschrieben hast?«

»Vanessa, bitte!«

»Auch wenn du mir nicht glaubst, hättest du mir nicht in den Rücken fallen dürfen.«

»Ich verstehe deinen Zorn, aber mir blieb keine andere Wahl.«

Ihr Schluchzen verhinderte zunächst eine weitere Erklärung. Tröstend legte er den Arm um sie, aber sie schob ihn mit aller Kraft von sich. Eine Mischung aus Angst, Wut und Enttäuschung braute sich in ihrem Inneren zusammen, entlud sich in einem Trommelwirbel ihrer Fäuste gegen seine Brust.

Nachdem sich die nervliche Spannung gelegt hatte, fielen ihre Arme schlaff herunter. Auf einmal verspürte sie nur noch Einsamkeit. Hatte sich denn alle Welt gegen sie verschworen? Selbst Sabine und Jens hatten ihr letztendlich nicht geholfen. Wenn die beiden ihr nicht Hollers Adresse beschafft hätten, wäre sie zur rechten Zeit am rechten Ort gewesen und nicht im fernen München. Ich bin ungerecht, dachte sie im nächsten Moment zerknirscht. Früher oder später hätte mich diese scheinheilige Ärztin sowieso ausgetrickst.

»Das ist kein Zufall«, schrie sie so plötzlich, dass er erschreckt zusammenzuckte. »Ausgerechnet während meiner Abwesenheit haben sie zugeschlagen. Bis ins Detail war alles geplant. Die wussten genau, wann ich nicht dazwischenfunken würde. Aber woher?«

»Du darfst nicht vorschnell urteilen. Wenigstens einige Minuten Gehör musst du mir schenken. Deswegen bin ich doch extra hergekommen.«

Sie nahm die Stimme des Mannes, den sie tatsächlich einmal geliebt hatte, wie aus der Ferne wahr. Am liebsten hätte sie ihn einfach aus der Wohnung geworfen, aber die angestaute Wut hatte sich bereits entladen und war Resignation gewichen. Obwohl sie genau spürte, wie wenig sie ihm – unabhängig von seinen Erklärungen – verzeihen würde, fühlte sie sich wegen ihrer Faustschläge zum Einlenken verpflichtet. »Fünf Minuten gebe ich dir, dann werfe ich dich hinaus.«

»Glaub mir, ich wollte nicht gegen dich handeln. Kurz nach deiner Abreise hat mich Brigitte angerufen. Zunächst überraschte mich das nicht sonderlich. Sie redete auch nicht lange um den heißen Brei herum. Nach reiflicher Überlegung habe sie sich entschlossen, ihr Haus aufzugeben. Sie bat mich inständig, bei den Verträgen als Notar zu fungieren. Ihre Bitte hat mich in den größten Konflikt gestürzt, an den ich mich erinnern kann. Ich habe versucht ihr das klarzumachen, habe sie an deine Einstellung erinnert, alle möglichen Konsequenzen aufgezeigt. Aber sie war überzeugt, deine Abwesenheit nutzen zu müssen. Sie meinte, du würdest sie sonst zu stark beeinflussen.«

»Ich habe immer nur ihr Bestes im Auge!«

»Genau das habe ich ihr auch versichert. Doch dann hat sie mich schließlich überzeugt. Sie hat mir noch einmal vor Augen geführt, dass nur ihr das Entscheidungsrecht zustünde. Ihren eindringlichen Worten konnte ich nichts entgegensetzen. Wie hätte ich dagegen angehen können, zumal sie einen überaus klaren Eindruck machte? Besitzen wir wirklich das Recht, ihren Willen zu ignorieren, selbst wenn sich die Entscheidung als Fehler entpuppt?«

Vanessa schwieg betroffen.

»Wir dürfen einem erwachsenen Menschen keine Vorschriften machen«, fuhr er fort, ohne ihren Kommentar abzuwarten. »Davon abgesehen hätte ich den Vertragsabschluss kaum verhindern können.«

»Du bist doch der Jurist!«

»Falls man deine Tante in irgendeiner Form übervorteilt hätte, wäre ich unverzüglich dagegen angegangen. Vielleicht siehst du meinen Part deshalb als Vorteil an.«

»Ganz so, wie Brigitte es beabsichtigt hat«, versuchte sie ihn nachzuäffen.

»Sie hat im vollen Besitz ihrer geistigen Kräfte unterschrieben. Das kann ich dir höchstpersönlich versichern. Ich hätte sonst wirklich alles hingeschmissen.«

Vanessa starrte vor sich hin und brachte keinen Ton heraus.

»So sehr ich deine Sorge verstehe«, setzte er nach, »du musst ihre Entscheidung akzeptieren. Rein juristisch gesehen hast du keine Chance, gegen ihren Willen anzugehen. Eine Entmündigung strebst du ja wohl kaum an.«

Ruckartig sprang sie aus ihrem Sessel auf. »Du verstehst überhaupt nichts. Sehen wir mal davon ab, dass es heutzutage keine Entmündigung mehr gibt, darüber hast du mich vor Kurzem persönlich unterrichtet, merkst du überhaupt nicht, wer meine Tante tatsächlich entmündigt? Ganz andere Kräfte manipulieren ihren Willen. Völlig aufgegeben hat sich die Ärmste. Ihr Leben lang war sie ein Muster an Selbstdisziplin, ihr Optimismus unerschütterlich. Ich erkenne sie kaum noch wieder. Dabei war ich nur ein paar Monate fort.«

»Sie leidet schließlich an einer schweren Krankheit.«

»So, so, du musst es ja wissen. Vielleicht auch, mit welchen Mitteln man diese herbeigeführt hat, sodass ihr Verhalten im Gegensatz zu ihrer Persönlichkeit steht.«

»Deine Vorwürfe sind ungeheuerlich und entbehren jeder Grundlage.«

»Die fünf Minuten sind um«, erklärte sie schneidend.

»Ich fürchte, du wirst weiter kämpfen«, stöhnte er. »Du gibst wohl niemals auf?«

»Nein!« Ihre Stimme klang eisig.

Ein kurzer Blick in ihre wutverzerrte Miene schien ihn zu überzeugen, dass er endgültig verloren hatte. »Überlege dir noch einmal in Ruhe, ob es die Sache wert ist. Ich finde allein hinaus.«

Sie rührte sich nicht vom Fleck, bis die Wohnungstür hinter ihm ins Schloss gefallen war. Verzweifelt vergrub sie das Gesicht in den Händen und quälte sich mit Selbstvorwürfen. Vielleicht wäre die Sache anders verlaufen, wenn sie Michael gegenüber etwas offener gewesen wäre. Sicher hätte er die Angelegenheit mit anderen Augen betrachtet, wenn er die Details aus Doktor Julia Mönchs Vergangenheit gekannt hätte. Selbst heute hatte sie darüber geschwiegen. Es war jedoch kein Wunder, dass sie keine Lust verspürte, sich alle Argumente juristisch widerlegen zu lassen. Für ihn war ein Angeklagter unschuldig, bis seine Schuld eindeutig bewiesen war. Nein, sie hätte es jetzt wirklich kaum ertragen, wenn er diese Verbrecherin auch noch verteidigt hätte.

Kapitel 29

Während Vanessa zu Brigitte fuhr, wurde ihr in aller Deutlichkeit noch einmal bewusst, wie sehr sich die Lage seit ihrem letzten Besuch verschlechtert hatte, angefangen bei der vergeblichen Hoffnung, von Holler Informationen zu bekommen, über das gespannte Verhältnis zu Michael, den sie bislang gern als möglichen Verbündeten betrachtet hätte, bis zu Brigittes besiegeltem Umzug. Tief in ihre Gedanken versunken hatte sie nicht einmal den Wagen von Doktor Mertens bemerkt. Erst als Brigittes Hausarzt ihr entgegenkam, nahm sie ihre Umgebung wieder wahr.

»Guten Tag, Frau Halbach«, grüßte er freundlich, dann sah er sich nach Doktor Julia Mönch um, die zu ihrem Erstaunen aus der Villa zu ihnen eilte.

»*Gut* können Sie streichen«, entgegnete Vanessa mit sarkastischer Stimme. »Das gilt allenfalls für Sie. Im Gegensatz zu mir haben Sie Ihr Ziel erreicht. Meine Tante zieht demnächst ins Haus Herbstfrieden um.«

»Auch wenn Sie es nicht glauben, ist es die beste Lösung«, erwiderte Mertens und die herannahende Ärztin nickte mit falschem Lächeln.

»Aber nicht für meine Tante und deshalb gebe ich nicht auf. Ich werde so lange nach dem richtigen Argument suchen, bis ich sie überzeugen kann.«

Während er leicht mit den Schultern zuckte, zog Doktor Mönch nur ihre linke, zu einem dünnen Strich gezupfte Augenbraue hoch. Wortlos ließen sie Vanessa stehen.

Frau Grubenhauer öffnete ihr mit betretener Miene. Die Haushälterin wusste also Bescheid. »Tut mir leid«, erklärte sie. »Ich weiß ja, was Se von der Seniorenresidenz halten.«

»Und Sie?«

»Klar, ich geb meine Stellung hier nur ungern auf. Die vertraute Umgebung, all die gemeinsamen Jahre. Aber ich darf mich nicht beschweren. Ich erhalte eine großzügige Abfindung.«

»Ein schwacher Trost!«

»Natürlich mach ich mir Sorgen um meine Zukunft. Ich bin ja auch nicht mehr die Jüngste. Aber jetzt gehen Se ers einmal zu Ihrer Tante. Der Umzug kommt für Sie wohl auch überraschend«, schickte Frau Grubenhauer hinterher.

Vanessa nickte und wandte sich eilig zur Treppe. Ihre Augen schimmerten feucht.

»Lieb von dir, mich so schnell zu besuchen«, wisperte Brigitte, als Vanessa das Schlafzimmer betrat. »Dabei bist du sicher böse auf mich.«

Vanessa schwieg. Auf Michael war sie weitaus wütender als auf ihre Tante.

»Ich wollte endlich eine Entscheidung fällen.« Sie schien nach den richtigen Worten zu suchen. Ein Schweißtropfen trat auf ihre Stirn. »Obwohl ich weiß, wie du über … also die Sache denkst.« Offensichtlich fiel es Brigitte schwer, die Seniorenresidenz beim Namen zu nennen. Verbargen sich dahinter etwa Zweifel?

»Ich habe kein Recht, dir Vorschriften zu machen«, räumte Vanessa ein. »Ich nehme die Sache eher einem gewissen Herrn Jansen übel.«

»Aber er trägt keine Schuld. Ich habe unterschrieben.«

»Die Verträge waren also schon vorbereitet?«

»Wie man es nimmt«, erklärte Brigitte.

»Und was heißt das genau?«

»Lass uns jetzt nicht mehr darüber reden. Mich strengt das alles zu sehr an.« Eine Weile war es totenstill im Raum. Jeder schien seinen Gedanken nachzuhängen oder nach den richtigen Worten zu suchen. »Du hast dich mit Michael überworfen, nicht wahr? Das tut mir so leid.«

»Das muss es nicht. Unsere Beziehung war sowieso recht locker.«

»Einer alten, kranken Frau wie mir brauchst du nichts vorzumachen. In Wirklichkeit bist du enttäuschter, als du zugeben möchtest.«

»Ich habe jetzt ganz andere Probleme«, erwiderte Vanessa eine Spur barscher als beabsichtigt. Sie war nicht gewillt, ihre Beziehung zu Michael weiter zu erörtern. Schließlich hatte sie die Tante nicht aufgesucht, um sich Lobeshymnen auf ihren Ex-Freund anzuhören. »Jedenfalls kannst du auf mich zählen, falls du deine Entscheidung bereust«, fuhr Vanessa fort. »In der Zwischenzeit werde ich weitere Beweise sammeln. Wenn man von deinem verstorbenen Bruder und Carsten absieht, sind alle Besitzer von Halbach & Erickson aus heiterem Himmel ans Bett gefesselt. Das kann doch kein Zufall sein?«

Für den Bruchteil einer Sekunde glaubte Vanessa einen betroffenen, wenn nicht gar erschrockenen Ausdruck in Brigittes Miene zu erkennen, ganz so, als habe sie den Finger auf die geheimsten Ängste ihrer Tante gelegt.

»Kannst du mir einen plausiblen Grund für dein Misstrauen nennen? Welchen Nutzen sollte Doktor Julia Mönch zum Beispiel aus unserer Krankheit ziehen?«

»Ich kann mir gleich zwei Gründe vorstellen«, entgegnete Vanessa aufgebracht. »Vielleicht ist sie Mitinhaberin der Klinik, in der noch etliche Apartments auf hohe Mieteinnahmen warten. Oder sie hilft dem Eigentümer und kassiert dafür ordentlich ab.«

»Leider ähnelst du manchmal deinem Vater«, erwiderte Brigitte. »Mit der Kritik an meinem seligen Bruder habe ich mich immer zurückgehalten, besonders in deiner Gegenwart. Aber jetzt muss ich dir sagen, dass du genauso verbohrt bist wie er. Wenn er von einer fixen Idee besessen war, konnte man ihn auch nicht davon abbringen. Und wohin hat das geführt? Alle Warnungen hat er in den Wind geschlagen. Selbst deine Mutter war auf unserer Seite. Aber nein, dein Vater hat seinen Dickschädel durchgesetzt und seinen Firmenteil verkauft, um alles in windige Geschäfte zu stecken. Für seinen Eigensinn hat er allerdings teuer bezahlt. Auf einen Schlag war er arm wie eine Kirchenmaus.« Vanessas Gesichtszüge waren zu einer undurchschaubaren Maske erstarrt.

»Und wie hat dein Vater reagiert?«, fuhr Brigitte fort, während Vanessa sich am liebsten die Ohren zugehalten hätte. »Anstatt sich von mir und Onkel Christian helfen zu lassen, hat er seine Familie mit Gelegenheitsarbeiten über Wasser gehalten. Deine Mutter war da zum Glück vernünftiger. Wir haben ihr oft Geld zugesteckt. Davon durfte dein Vater natürlich nichts erfahren. Und nun stelle ich die gleiche Verbohrtheit an dir fest. Lass dir das Beispiel deines Vaters eine Warnung sein!«

Auf Brigittes Stirn hatten sich unzählige Schweißperlen gebildet. Um ihre Worte zu unterstreichen, hatte sie sich zwischendurch mühevoll aufgerichtet. Nun sank sie erschöpft in ihre Kissen zurück. Doch der Kraftaufwand war völlig umsonst. Alle lang zurückgehaltenen Enthüllungen verfehlten ihre Absicht. Vanessa verspürte plötzlich eine ungeahnte Solidarität mit ihrem toten Vater. Nach Brigittes Vergleich hatte sie den dringenden Wunsch, sein Ansehen zu rehabilitieren, indem sie mit ihrem ererbten Dickschädel richtig lag. Deshalb musste sie weiter forschen, bis man ihr endlich glaubte.

Aufgewühlt verließ Vanessa den Raum und schüttete sich im benachbarten Bad kaltes Wasser ins Gesicht. Anschließend befeuchtete sie einen Waschhandschuh und kehrte damit zu Brigitte zurück. Die Tante jedoch schlief bereits. Während Vanessa sanft Brigittes Stirn abtupfte, schlug sie noch einmal kurz die Augen auf, ohne von ihr Notiz zu nehmen. Vanessa schluckte. Der seltsame, unnatürlich starre Blick ließ sie immer noch erschauern.

Vanessa wollte gerade das Haus verlassen, da klingelte ihr Handy. Der Anruf kam von Carsten. »Frau Erickson ist tot«, erklärte er ohne Vorwarnung. »Die Seniorenresidenz hat gerade bei uns angerufen.«

»Wie ... wieso bei euch?«, stammelte Vanessa, als ob das eine Bedeutung hätte. Ihr wurden die Knie weich, und sie ließ sich auf dem Korbstuhl nieder, der neben einer wuchtigen Kommode in der Diele stand. Fassungslos umklammerte ihre linke Hand die Lehne.

»Bei Tante Brigitte haben sie sich bestimmt auch schon gemeldet.«

»Nein, ich bin gerade hier. Niemand hat angerufen.«

»Ich weiß, dass dich das aufwühlt, aber für Frau Erickson ist das sicher besser so.« Seine Stimme klang einfühlsam, dennoch tröstete Vanessa das nicht. »Was hat sie denn noch vom Leben gehabt?«

»Die Frage ist eher, was sie noch vom Leben hätte haben können, wenn sie nicht Doktor Julia Mönch in die Hände gefallen wäre«, schrie sie plötzlich aufgebracht. Tränen liefen ihre Wangen hinunter.

»Beruhige dich.«

»Frau Erickson wurde wahrscheinlich umgebracht und ich soll mich beruhigen?«

»Was du dir da zusammenreimst, geht gar nicht. Du kannst doch nicht jemanden grundlos verleumden.« Inzwischen klang seine Stimme äußerst ärgerlich.

Vanessa atmete mehrmals tief ein und aus. So schwer ihr das auch fiel, durfte sie jetzt nichts Unüberlegtes mehr von sich geben. Sie brauchte Carstens Unterstützung und wollte sich keinesfalls mit ihm überwerfen. »Wird sie obduziert?«, fragte sie, um das Gespräch auf eine sachliche Ebene zu ziehen.

»Ich denke nicht. Niemand wird das für nötig halten ... niemand, außer dir.«

»Ich werde eine Obduktion beantragen, wenn das möglich ist.«

»Du gehst wohl über Leichen, was?« Er lachte kurz, was in ihren Ohren äußerst pietätlos klang. »Es kann doch nicht jeder daherkommen und einfach einen Menschen aufschneiden lassen. Vanessa, du bist nicht einmal eine Verwandte. Wenn du mir nicht glaubst, frag Michael. Als Jurist hat er sicher mehr Ahnung davon, wie das abläuft.«

»Vielen Dank für den Rat«, entgegnete sie ironisch. Sie wusste genau, dass Michael ihr nicht helfen würde.

Sie beendete das Telefonat und beeilte sich, Brigittes Villa zu verlassen.

Vanessas Hand zitterte so stark, dass sie kaum den Schlüssel zu ihrer Wohnung in die Tür stecken konnte. Achtlos warf sie ihren Mantel über einen Sessel und plumpste auf das Sofa. Am liebsten hätte sie nur noch geheult, aber das gestattete sie sich nicht. Sie musste dringend mit einem vertrauten Menschen reden. Dabei fiel ihr im Moment nur Sabine ein.

»Hier Vanessa, kannst du vorbeikommen?«

»Normalerweise gerne, aber in etwa einer Stunde muss ich aufbrechen. Wichtiges Kundengespräch. Vielleicht kann ich dir am Telefon weiterhelfen. Oder ich komme nach dem Termin vorbei, wenn er nicht zu lange dauert.«

»Nee, lass mal, schon gut.«

»Nix is gut. Ich möchte jetzt schon wissen, was los ist. Sonst male ich mir die ganze Zeit die schlimmsten Dinge aus.«

»Womit du sicher nicht ganz falschliegen würdest.« Als hätte sich ein Schleusentor geöffnet, sprudelten aus Vanessa die neusten Ereignisse nur so heraus. Nachdem sie geendet hatte, blieb es am anderen Ende der Leitung erst einmal still. »Bist du noch dran?«, fragte Vanessa.

»Das ist schon starker Tobak«, antwortete Sabine. »Und was hast du jetzt vor? Weiter nach Holler forschen?«

»Wenn ich wüsste, wo? Einfacher wäre ein weiterer heimlicher Besuch in der Seniorenresidenz. Da wüsste ich genau, wo ich suchen müsste.«

»Das ist doch viel zu riskant. Wenn diese saubere Frau Doktor nur halb so viel auf dem Kerbholz hat, wie du glaubst, ist das geradezu lebensgefährlich.«

»Ich weiß mir sonst nicht mehr zu helfen.«

»Vielleicht solltest du deinen Fokus lieber auf die Firma lenken. Du weißt doch überhaupt nicht, was da läuft. Wenn die Besitzer erst einmal außer Gefecht gesetzt sind ...«

»Oder im Testament ihren Anteil der falschen Person vermachen«, ergänzte Vanessa. »Leider habe ich mit dem Werk offiziell nichts mehr zu tun. Mein Nachforschen könnte deshalb erschwert und vor allem falsch ausgelegt werden.«

»Dann holst du eben Carsten ins Boot. Du kannst dich sowieso nicht mit allen überwerfen.«

»Gar nicht so einfach. Der ist jetzt wahrscheinlich ganz schön sauer auf mich.«

Kapitel 30

Vanessa hatte Sabines Rat beherzigt und Carsten zur Versöhnung zum Essen eingeladen. Sie hatte aufgeräumt, eingekauft und alles versucht, um vor sich selbst den Anschein von Normalität zu erwecken. Gelungen war es ihr nicht. Vanessa warf einen kurzen Blick in den Spiegel. Obwohl sie in der letzten Zeit schlecht geschlafen hatte, war sie mit ihrem Aussehen zufrieden. Als die Klingel ertönte, schreckte sie zusammen. Die unerfreulichen Ereignisse der jüngsten Vergangenheit hatten offensichtlich tiefe Spuren hinterlassen.

»Bin ich froh, dass du so schnell kommen konntest«, empfing sie Carsten und umarmte ihn.

»Wo du mich so dringend gebeten hast, konnte ich kaum ablehnen«, erwiderte er mit einem Blick, den sie nicht zu deuten vermochte.

»Setz dich schon mal an den Esstisch im Wohnzimmer. Ich hole eben den Wein.«

»Darf ich?«, fragte er und griff nach der Flasche, mit der sie zurückgekehrt war.

Während er den Wein einschenkte, tauchte sie die Suppenkelle in die Terrine. Anschließend nahm sie ihm gegenüber Platz und musterte ihn verstohlen. Seine hellblauen Augen wirkten nicht so unbeschwert wie sonst. Vielleicht ging ihm der Tod von Cornelia Erickson näher, als er zugeben wollte.

»Die Gemüsesuppe schmeckt ausgezeichnet«, lobte er, nachdem er zwei Löffel probiert hatte. »Aber bitte rück vor dem zweifellos ebenfalls köstlichen Dessert damit raus, warum du mich eingeladen hast.«

»Also gut.« Vanessa seufzte. »Die Lage ist sehr ernst, machen wir uns nichts vor. Als ich ins Ausland gegangen bin, habe ich eine heile Welt zurückgelassen. Inzwischen ist Frau Erickson verstorben, vorher schon dein Vater. Tante Brigitte und deine Mutter leiden unter merkwürdigen Krankheiten. Alle Betroffenen sind oder waren Inhaber von Halbach & Erickson. Glaubst du wirklich an Zufall?«

»Verdächtigst du etwa mich?« An seinem Hals trat eine bläulich schimmernde Ader hervor und seine Finger trommelten auf der Tischplatte herum. »Das könnte ich gleich zurückgeben. Wie ich Brigitte einschätze, wird sie dich bestimmt in ihrem Testament als Haupterbin einsetzen.«

»Lass uns nicht wieder streiten«, bat sie und legte eine Hand auf seinen Arm. »Wir sollten gemeinsam überlegen, wer von dem Tod und der Krankheit der Betroffenen profitiert. Ich bin sicher, Doktor Julia Mönch gehört dazu. Auf die eine wie auf die andere Weise. Womöglich hat Cornelia Erickson ihr das Vermögen vermacht, das nach ihrem Tod der Hilfsorganisation ihres verstorbenen Mannes zukommen sollte. Mich würde es jedenfalls nicht wundern, wenn die bedürftigen Kinder leer ausgingen.« Vanessa strich eine vorwitzige Locke aus der Stirn. »Oder sie hat sehr viel Geld für ihre Unterbringung in der Seniorenresidenz berappen müssen, sittenwidrig viel.«

»Das sind erst einmal nur Vermutungen, sonst nichts«, entgegnete Carsten.

»Gegen die Mönch wurde aber schon einmal ermittelt, weil sie einen Patienten ermordet haben sollte, der ihr sein Vermögen vermacht hat«, spielte sie endlich ihren Trumpf aus.

Carsten stutzte. Irritiert zog er die Brauen hoch. »Wie? Was genau meinst du damit und woher hast du das?«

»Ein Journalist hat mir bei der Recherche geholfen.«

»Und warum kann sie dann so einfach weiter praktizieren?«

»Die Ermittlungen mussten eingestellt werden, weil der Hauptzeuge auf einmal nicht mehr sicher war, was er wann gesehen hatte.«

»Na, dann ist an der Sache vielleicht wirklich nichts dran. Sonst hätte die Polizei doch bestimmt nachgeforscht.«

»Für mich ist das Ermittlungsverfahren, auch wenn es später eingestellt werden musste, Grund genug, anzunehmen, dass die Mönch Frau Erickson dazu gebracht hat, das Testament zu ändern. Ich bin sicher, dass Cornelia deshalb sterben musste.«

Carstens Löffel klatschte in den Teller und etliche Spritzer Suppe landeten auf der lindgrünen Damastdecke. »Du bist mit Verdächtigungen schneller bei der Hand als ein Cowboy mit der Pistole«, stieß er hervor und verdrehte die Augen. »Aber jetzt gehst du eindeutig zu weit. Für den angeblichen Mord besitzt du doch nicht einen einzigen aussagekräftigen Beweis, der vor Gericht standhalten würde.«

Ein dünner Schweißfilm bildete sich auf ihrer Stirn. Jetzt redete er schon in demselben geschwollenem Juristendeutsch wie Michael. Sichtlich enttäuscht beobachtete sie, wie er die Flecken auf dem Tischtuch mit seiner Serviette abtupfte. »Wenn du mir schon nicht glaubst, so hilf mir wenigstens«, flehte sie ihn an. »Brigitte darf nicht in diese dubiose Seniorenresidenz ziehen. Du musst sie davon abhalten. Zumindest solange mein Verdacht besteht.«

Carstens Miene verriet Skepsis. »Brigittes Umzug in ein Haus, das übrigens einen erstklassigen Ruf besitzt, werde ich kaum verhindern können. Der Vertrag steht doch. Wo soll sie übrigens nach deinen Vorstellungen leben, wenn der neue Eigentümer sein Haus bewohnen will? Und wie ich dir bereits geraten habe«, er schaute sie durchdringend an, »reaktiviere deinen guten Draht zu Michael Jansen.«

»Erwähne den Namen dieses Manns nie wieder«, presste sie mühsam beherrscht hervor. »Hast du vergessen, wie schamlos er meine Abwesenheit ausgenutzt hat?«

Carsten leerte sein Weinglas in einem Zug, als wollte er die leidige Diskussion damit beenden. Auch die hektische Art, in der er mehrmals über sein Kinn strich, deutete auf einen baldigen Aufbruch hin. »Gibt es sonst noch was?«, fragte er tatsächlich.

»Ich möchte unbedingt die Firma besichtigen«, wagte Vanessa ihre Bitte anzubringen. »Du könntest vielleicht einen kleinen Besuch arrangieren. Bei dir würde niemand Anstoß nehmen.«

»Du willst mich also benutzen. Mit dem netten Cousin im Schlepptau wundert sich keiner, wenn du da ein bisschen herumschnüffelst.«

»Darf ich das als Zustimmung werten?«

»Auf der Besichtigungstour langweile ich mich sicher zu Tode«, erwiderte er und verdrehte dabei erneut die Augen. »Und jetzt keine weiteren Attentate, sonst überlege ich mir das Angebot noch einmal.«

Immerhin ein Teilerfolg, dachte sie, auch wenn ich mein Image als überspannte Neurotikerin heute gründlich zementiert habe. »Noch etwas Wein?«

»Nein danke, ich bin noch verabredet.« Er musterte sie mit seltsamem Blick und erhob sich. »Du gibst wohl nie auf.«

»Nein«, erwiderte sie nachdenklich. Den Satz hatte sie kürzlich doch schon einmal gehört. Anscheinend strahlte sie diese Botschaft aus, seit sie von München zurückgekehrt war.

Nachdem sie hinter ihm abgeschlossen hatte, atmete sie erleichtert auf. Die Fortsetzung dieser gezwungenen Konversation hätte ihr gerade noch gefehlt und eine lockere Gesprächsatmosphäre hätte sich heute nicht mehr eingestellt, das fühlte sie genau. Vanessa zog sich mit dem Weinglas in ihren Lieblingssessel am Fenster zurück. Von dort starrte sie traurig in den dunklen, durch wenige Sterne erleuchteten Himmel. Mir bleiben nur zwei Möglichkeiten, grübelte sie. Entweder finde ich in der Likörfabrik irgendeinen Hinweis auf Vorgänge, die nicht im Interesse der Eigentümer sein können, oder ich muss mich ein weiteres Mal in die Seniorenresidenz wagen, um an die Patientenakte von Cornelia Erickson heranzukommen. Denn darin, da war sie sicher, steckte der Beweis, dass sie mit einem nicht zugelassenen Medikament behandelt worden war.

Kapitel 31

Vanessa hatte das Treffen mit Sabine nachgeholt. Dabei war es spät geworden. Während Vanessa nach Hause fuhr, schaltete sie gegen ihre Müdigkeit das Radio an. Yesterday, schallte ihr der bekannte Beatles-Song aus den Lautsprecherboxen entgegen. Normalerweise hätte sie mitgesungen, aber seit sie wieder in ihrer alten Heimat weilte, war ihr die Lust an Musik und Singen vergangen. Gewalt und Umweltschäden in den folgenden Nachrichten besserten auch nicht gerade ihre Laune. Dass ein gefährlicher Serientäter innerhalb weniger Monate bereits drei junge Frauen im Ruhrgebiet überfallen und zwei davon umgebracht hatte, ließ sie erschauern.

In ihrem Wagen zeigte die rote Zapfsäule im Display an, dass sie bald tanken müsste. Nach wenigen Kilometern tauchte die nächste Tankstelle auf, und Vanessa beschloss, sie anzufahren. Hoffentlich hatte sie um diese späte Uhrzeit noch geöffnet. Die beleuchtete Preistafel signalisierte ihr, dass sie Glück hatte. Während sie ausstieg, schlug ihr eisiger Wind entgegen. Dafür war es in dem Kassenraum wohlig warm. Hinter einer abgenutzten Theke saß ein Mann mittleren Alters und strahlte sie an. Wahrscheinlich empfand er Kundschaft zu dieser späten Stunde als willkommene Abwechslung.

»Lausig kalte Nacht heute«, begrüßte er sie. »Hoffentlich fällt die Heizung nicht aus wie im letzten Winter mal. Hab hier einige Tage mit einem kleinen Heizlüfter zugebracht.«

»Im Moment haben Sie es jedenfalls schön warm hier«, bemerkte Vanessa, während sie ihre Kreditkarte zückte.

»Sie sehen auch ganz verfroren aus. Wenn Sie möchten, können Sie sich etwas aufwärmen. Ich braue uns eine heiße Tasse Kaffee oder Tee.«

»Nein danke! Ich habe es wirklich eilig.«

»Aber das können Sie bald gebrauchen«, sagte er und schenkte ihr zum Abschied eine Dose Enteiserspray. »Der Winter kommt bestimmt. Da ist man besser vorbereitet.«

Nachdem sie sich bedankt und den Kassenraum verlassen hatte, warf sie die Spraydose achtlos auf den Beifahrersitz. Bleierne Müdigkeit überfiel sie. Die Hektik und Sorgen der letzten Tage forderten anscheinend ihren Tribut. Zum ersten Mal seit Langem freute sie sich auf ihr Bett. Vanessa gähnte und stellte erneut das Radio an. Aus den Boxen dröhnte »Wish you were here« in einer Phonstärke, die sie unter normalen Umständen als ohrenbetäubend empfunden hätte, jetzt hielt sie Vanessa wach. Zum ersten Mal wurde ihr bewusst, dass es in dem Lied um Trauer ging. Trauer um einen Freund, der fortgegangen ist. Und wer würde mir am meisten fehlen, forschte sie in den Untiefen ihrer verletzten Seele. Sie entschied sich für Sabine.

Während der Astra durch die Einfahrt zur Tiefgarage ihres Apartmentkomplexes rollte, stutzte sie. Etwas kam ihr verändert vor. Etwa die Dunkelheit? Ja, die Garage war viel spärlicher beleuchtet als sonst. Wahrscheinlich eine Energiesparmaßnahme, überlegte sie. Trotz dieser logischen Begründung machte sich ein ungutes Gefühl in ihren Eingeweiden breit. Krampfhaft umklammerten ihre feuchten Handflächen das Lenkrad. Das Gefühl verstärkte sich, je näher sie ihrer Parkbucht kam. Als sie den Motor ausschaltete, bildete sich Angstschweiß auf ihrer Stirn. Sie blieb regungslos sitzen, obwohl ihr der Verstand riet, schnellstens aus dieser dunklen Tiefgarage zu verschwinden. Warum fiel ihr ausgerechnet jetzt dieser Serientäter ein, von dem der Nachrichtensprecher im Radio vorhin berichtet hatte?

Vergeblich versuchte sie, über ihre Ängste zu lachen. Schließlich gab sie sich einen Ruck und öffnete den Wagen. War da nicht ein verdächtiges Geräusch? Sie wich in den Sitz zurück. Plötzlich tauchte eine vermummte Gestalt aus der Dunkelheit auf. Sie wollte aufschreien, brachte jedoch keinen Laut über ihre Lippen. Sie wollte aus dem Auto springen und fortlaufen, fühlte sich aber wie gelähmt. Eine Sekunde später war die maskierte Person schon zu nah, um die Autotür zuzuschlagen. Sie beugte sich zu ihr in den Wagen. Vanessa schrie. Der Schrei erstickte. Eine behandschuhte Hand drückte ihr den Mund zu.

Im schwachen Schein der Innenbeleuchtung registrierte sie Augen, die sie aus den Sehschlitzen einer Maske anfunkelten. Entsetzt starrte Vanessa auf ein riesiges Messer. In wilder Panik wich sie nach hinten. Auf dem Beifahrersitz stieß sie gegen etwas Hartes. Die Spraydose, schoss es durch ihren Kopf. Während sie versuchte, der Messerklinge auszuweichen, schnellte ihr Knie instinktiv in die Höhe und traf den Hüftknochen des Angreifers. Der stöhnte kurz auf und fasste sich mit der Linken an die schmerzende Stelle. Schnell, schnell, dröhnte eine Stimme in ihr. Mit zitternder Hand riss sie die Schutzkappe der Spraydose ab und zielte. Ein dumpfer Aufschrei hallte durch die Tiefgarage. Das Messer fiel klirrend auf den Boden. Die Gestalt hatte sich beide Hände reflexartig vor die Augen gepresst.

Ich muss hier raus, hämmerte es hinter Vanessas schweißnasser Stirn. Die einzige Fluchtmöglichkeit bot die Beifahrertür. Verzweifelt stieß sie die Tür auf, sprang aus dem Auto und rannte. Während sie die hochhackigen Pumps von den Füßen schleuderte, rotierten ihre Gedanken. Zunächst hatte sie den Aufzug erreichen wollen, doch nun änderte sie ihr Ziel. Der Lift konnte ihr zu leicht zur Falle werden. Ohne sich noch einmal umzusehen, hetzte sie ins Treppenhaus. Auch hier gab es offensichtlich nur eine Notbeleuchtung, sodass sie die Stufen kaum erkennen konnte. Ihre Füße verfehlten sie mehrmals. Kurz bevor sie das Erdgeschoss erreicht hatte, landete sie mit beiden Knien auf dem harten Beton. Sie verdrängte den stechenden Schmerz und stolperte weiter. Noch war sie nicht in Sicherheit.

Sie hörte Schritte, wollte laut um Hilfe schreien. Nein, nur das nicht! Sie würde ihren Standort verraten. Wahrscheinlich wäre der Maskierte schneller bei ihr als die Anwohner des Hauses. Sie flüchtete weiter nach oben. Aus einem inneren Impuls heraus steuerte sie nicht ihre Wohnung an. Erst in der dritten Etage stoppte sie abrupt. Die Erkenntnis, warum sie es vermieden hatte, Zuflucht in ihrem Apartment zu suchen, ließ sie frösteln. Hinter der Maske verbarg sich nicht der Serienmörder. Nein, die Gestalt hatte es auf sie persönlich abgesehen.

Vanessa hielt den Atem an, um sich besser auf die Geräusche konzentrieren zu können. Schlich da jemand die Treppen hoch? Mit pochendem Herzen stürzte sie zur nächsten Wohnungstür und drückte auf die Klingel. Während sie ängstlich nach hinten blickte, hörte sie plötzlich ein lautes Knarren. Anscheinend bewegte sich der Aufzug nach oben. In wilder Panik hämmerte sie nun gegen die Tür. Dabei starrte sie wie gebannt auf die leuchtende Zwei neben dem Aufzug. Nur noch ein Stockwerk, schrie es in ihr. Angstvoll presste sie ihren Körper an das Holz der Tür. Der Aufzug erreichte die dritte Etage, hielt kaum drei Meter von ihr entfernt. Sie wollte gerade laut um Hilfe rufen, da geriet sie ins Stolpern, und taumelte in den Flur der Wohnung. Herr Janning hatte die Tür geöffnet. Mit wirrem Blick pendelten ihre Augen zwischen ihm und dem Aufzug hin und her. Unerwartet ruckte der Lift und fuhr weiter nach oben.

»Was ist denn mit Ihnen?«, fragte Herr Janning erstaunt und zog den Gürtel seines Bademantels enger.

Am liebsten wäre sie ihm wortlos um den Hals gefallen. Erschöpft, wie sie war, brachte sie keinen Ton heraus. Vielleicht war das sogar besser so. Sie hatte sich ja noch keine plausible Geschichte zurechtgelegt, warum sie ihn mitten in der Nacht belästigte. »Jetzt kommen Sie erst einmal herein«, half er ihr aus der Verlegenheit. Sein freundliches Gesicht wirkte eher mitfühlend als neugierig. Während er sie ins Wohnzimmer führte und ihr einen Platz in einem gemütlichen Sessel anbot, überschlugen sich ihre Gedanken.

»Tut mir schrecklich leid, dass ich Sie so spät noch störe«, sagte sie kleinlaut. »Ich hatte solche Angst. Ein ehemaliger Verehrer hat mir in der Tiefgarage aufgelauert. Leider neigt der Bursche zur Gewalttätigkeit. Nur mit viel Glück konnte ich ihm entwischen.«

»So, wie Sie zittern, hat dieser Typ Sie ganz schön erschreckt.«

»Wahrscheinlich wartet er jetzt vor meinem Apartment.«

»Ich kann Sie begleiten«, bot Herr Janning an. »Aber vielleicht verständige ich besser zuerst die Polizei.«

»Nein, nein, das ist wirklich nicht nötig«, erwiderte Vanessa eilig. Die Polizei hatte ihr gerade noch gefehlt. »Die Nacht möchte ich auf keinen Fall in meiner Wohnung verbringen. Ich kann sicher bei einer Freundin unterkommen, wenn ich sie nur schnell anrufen dürfte. Leider liegt mein Handy noch in meinem Wagen.«

»Wie Sie wünschen.«

Nachdem er ihr das Telefon gereicht hatte, erschien auch Frau Janning. Vanessa hatte ihr einmal geholfen, den Kinderwagen hochzutragen, als der Aufzug ausgefallen war. »Ich habe halb mitbekommen, was passiert ist«, erklärte sie. »Lassen Sie sich nicht stören! Ich hole Ihnen inzwischen etwas zu trinken. Sie sehen immer noch ganz blass aus.«

Während sie in die Küche lief, versuchte Vanessa, Sabines Telefonnummer zu wählen. Vor lauter Aufregung brauchte sie dazu mehrere Anläufe. Dann lauschte sie. Mit jedem Freizeichen wippte ihr rechter Fuß auf und ab und ihre Miene verdüsterte sich.

»Hallo?«, meldete sich endlich eine verschlafene Stimme.

»Du musst mich unbedingt abholen!«, schrie Vanessa ohne ihren Namen zu nennen. »Ich kann die Nacht nicht in meiner Wohnung verbringen.«

»Was um Himmels willen ist denn los, Vanessa?« Immerhin schien Sabine sie an der Stimme erkannt zu haben.

»Ich kann jetzt nichts erklären. Hol mich so schnell wie möglich hier ab. Bei Familie Janning, sie wohnen eine Etage über mir. Wann kannst du ...«

»Bin schon unterwegs!«, unterbrach Sabine sie.

Die Nachbarin war inzwischen mit einem Glas Wasser zurückgekehrt. »Das wird Ihnen guttun«, sagte sie mitfühlend.

»Danke.« Vanessa seufzte laut. »Ich hoffe, Sie haben nichts dagegen, wenn ich hier warte, bis meine Freundin kommt.«

»Wir sind froh, Ihnen helfen zu können. Mein Mann hat mir inzwischen auf die Schnelle mehr erzählt. Sobald Ihre Bekannte anklingelt, begleitet er Sie zum Wagen. Und machen Sie sich keine Gedanken wegen der Uhrzeit. Wir werden nachts oft geweckt. Noah schläft ja immer noch nicht durch.«

»Ihren Sohn erkenne ich sicher kaum wieder«, entgegnete Vanessa, um von ihrem Problem abzulenken, »es muss ein Jahr her sein, dass ich ihn zuletzt gesehen habe.«

Die Rechnung ging auf. Als Sabine erschien, kannte sie jede einzelne Entwicklungsphase von Noah. Während Herr Janning Vanessa wie versprochen zum Auto begleitete, spähte sie wachsam umher, konnte jedoch niemanden im Treppenhaus oder im Vorgarten entdecken.

»Spann mich nicht länger auf die Folter«, forderte Sabine und trat das Gaspedal durch. »Wie du ausschaust, ist etwas Schreckliches passiert.«

»Wenn ich jetzt blass aussehe, liegt das an deiner Fahrweise«, entgegnete Vanessa. »Ich bin dem Tod doch nicht entkommen, um als bandagierte Gipsmumie auf einer Unfallstation zu landen.«

»Das hört sich ganz nach Schock an. Am besten bringe ich dich in ein Krankenhaus. Natürlich ganz vorsichtig.«

»Nein, nein!«, schrie Vanessa lauter als beabsichtigt. »Nur keine Mediziner! Die stehen bei mir nicht gerade hoch im Kurs. Ich glaube, Doktor Mönch hat versucht, mich umzubringen oder umbringen zu lassen. Jemand wollte mich mit einem Messer töten.«

»Wieso bist du so sicher, dass sie dahintersteckt? Vielleicht hat dich dieser wahnsinnige Typ überfallen, der seit Tagen durch die Presse geistert.«

»Das ist sicher kein Zufall. Dieser Serienmörder sucht doch nicht ausgerechnet mich als Opfer aus, indem er mir in der Tiefgarage auflauert. Die Frauen, die er getötet hat, waren Zufallsopfer.«

»Okay«, erwiderte Sabine und schwieg eine Weile. Vanessa hatte das Gefühl, unzählige Fragen türmten sich zwischen ihnen auf. In angemessenem Tempo chauffierte Sabine den Wagen durch die Nacht.

»Aber das ist doch nicht der Weg zu dir«, sagte Vanessa plötzlich, als sie aus dem Fenster sah.

»Ganz recht, ich fahre nämlich zur Polizei.«

»Auf keinen Fall«, protestierte sie. »Ich bin jetzt wirklich nicht in der Verfassung, noch einmal die gleiche Szene wie neulich auf dem Revier durchzustehen.«

Sabine schien zu überlegen. »Gut, warten wir damit bis morgen. Unter einer Bedingung. Du redest dir die Angst von der Seele, gehst jede Einzelheit noch einmal mit mir durch.«

Vanessa nickte. Schweigend legten sie die Fahrt zu Sabines Wohnung zurück. Vanessa war dankbar, dass die Freundin im Moment keine Fragen mehr stellte. Sie war einfach noch nicht so weit, alles in Worte zu fassen, musste Abstand gewinnen.

Vanessa sank auf das Sofa. Kasimir lugte unter einem Sessel hervor, tapste heran und sprang schließlich auf ihren Schoß. Seine Anhänglichkeit rührte Vanessa. Die körperliche Nähe des Katers tat ihr gut. Gedankenverloren kraulte sie sein Fell.

»Also, was genau ist passiert?«, hörte sie Sabines Stimme

wie aus der Ferne. Die Freundin war unbemerkt ins Zimmer getreten. Sie hielt zwei gefüllte Gläser in der Hand, reichte ihr eines und nahm ihr gegenüber Platz.

»Ja, was genau ist passiert?«, wiederholte Vanessa seufzend. »Am besten beginne ich mit dem Enteiserspray von der Tankstelle ...«

Als ihre Geschichte endete, reichte ihr Sabine statt eines zweiten Glases Wein einen gut gefüllten Cognacschwenker. Normalerweise konnte Vanessa hochprozentigem Alkohol nicht viel abgewinnen, aber jetzt ließ sie den aromatischen Cognac durch ihre Kehle rinnen.

»Du hast den Angreifer also nicht erkannt«, stellte Sabine noch einmal mit ernster Miene fest.

»Nein, aber ich bin ziemlich sicher, dass die Mönch dahintersteckt.«

»Und du meinst, sie wollte den Verdacht ganz geschickt auf den Serienmörder lenken. Die ausgeklügelte, hinterhältige Art passt zu ihr. Du musst zur Polizei, ehe sie es wieder versucht.«

»Ich halte das nicht durch, wenn sie mich morgen so behandeln wie beim letzten Mal. Nachher bekomme ich einen Nervenzusammenbruch und dann ist meine Glaubwürdigkeit erst recht dahin.«

»Das muss ja nicht immer so sein. Vorerst wohnst du bei mir. Und deine Wohnung betrittst du nicht mehr ohne Begleitung. Jede Widerrede ist zwecklos. Du weißt ja, dass ich in unserer Firma als äußerst durchsetzungsstark und hartnäckig verschrien bin.« Sabine sah sie eindringlich an. »Nun erhol dich erst mal von dem Schock, dann bist du morgen für die Polizei gewappnet.«

»Die interpretieren den Überfall in der Tiefgarage garantiert anders als ich. Leider gibt es keinen einzigen Zeugen für meine Version. Zuerst muss ich nachdenken. Vielleicht fällt mir noch etwas Wichtiges ein. Ich könnte im Moment ja nicht einmal sagen, ob hinter der Vermummung ein Mann oder eine Frau gesteckt hat. Es war so dunkel und alles ging viel zu schnell. Ohne konkrete Hinweise gehe ich jedenfalls nicht mehr zur Polizei. Ich kann nämlich genauso hartnäckig sein wie du, auch wenn sich das in unserer Firma bisher nicht herumgesprochen hat.«

»Und dann beschwerst du dich über den Starrsinn deiner Tante.«

Vanessa schmunzelte kurz und schaute Kasimir hinterher, der soeben von ihrem Schoß gesprungen war und sich aus dem Zimmer schlich, als sei ihm diese Diskussion zuwider.

»Versprich mir wenigstens, dich auf keinen Fall allein in die Höhle des Löwen zu begeben. Und damit meine ich nicht das Polizeirevier. Morgen holen wir tagsüber erst einmal die nötigsten Sachen aus deinem Apartment.«

»Dein Angebot in Ehren, aber mir geht es wirklich nur um diese eine Nacht. Deine Wohnung ist doch viel zu winzig für uns zwei.«

»Übermorgen trete ich eine mehrtägige Reise für unsere Firma an«, wischte Sabine dieses Argument sofort vom Tisch.

»Aber hier bin ich doch auch nicht sicher. Bestimmt findet die Mönch meinen Aufenthaltsort heraus. Deshalb kann ich genauso gut in mein Apartment zurückkehren. Ich muss nur einige Sicherheitsvorkehrungen treffen. Und die Tiefgarage ist sowieso tabu. Ich verschleiße garantiert eine Horde Psychologen, ehe ich mich dort noch einmal blicken lasse.«

»Glaubst du ernsthaft, das beruhigt mich? Ich wünschte wirklich, du wärst wieder in New York.«

»Genau das will diese saubere Frau Doktor doch erreichen. Einen größeren Gefallen könnte ich ihr gar nicht tun.« Vanessa stürzte den restlichen Cognac hinunter und stieß einen lang gezogenen Seufzer aus.

»Gehen wir schlafen und reden morgen weiter«, schlug Sabine vor, nachdem sie beide eine Weile geschwiegen hatten. »Und vorher versprichst du mir, keine waghalsigen Aktionen während meiner Dienstreise zu starten.«

»Im Kampf *Aufregung gegen Müdigkeit* steht es eins zu null für den Cognac«, erwiderte Vanessa, ohne darauf einzugehen.

Kapitel 32

Philipp Voss führte Vanessa und Carsten in ein sehr elegantes Büro. Ein Standregal unterteilte den riesigen Raum. Der Arbeitsbereich auf der linken Seite wurde von einer u-förmigen Tischplatte aus Marmor beherrscht, die sie nur deshalb als Schreibtisch identifizierte, weil Monitor und Tastatur eines Computers darauf standen. Die schwarze Sitzgruppe auf der rechten Seite dagegen wirkte regelrecht wohnlich. Über der breiten Ledercouch hingen zwei Landschaftsbilder in zarten Pastelltönen. Vanessa erkannte sofort die geradezu meisterhafte Pinselführung eines genialen Malers. Der Geschäftsführer von Halbach & Erickson hatte dafür sicher ein kleines Vermögen ausgegeben, schätzte sie, während sie zu dritt auf die herrlichen Aquarelle zusteuerten.

»Bitte nehmen Sie hier schon einmal Platz«, bat Herr Voss freundlich. »Ich sorge nur schnell für Kaffee und Erfrischungsgetränke.«

Nachdem er sich entfernt hatte, sah Carsten sie erwartungsvoll an. »Zufrieden?«, fragte er spöttisch. »Mir ist jedenfalls nichts Verdächtiges aufgefallen.«

Ihr blieb nur ein kurzes Kopfnicken als Antwort, dann kehrte Herr Voss zurück. Eine ältere Sekretärin in rostrotem Kaschmirpullover begleitete ihn. Ihr Gesicht war nicht wirklich schön, strahlte jedoch eine gewisse Würde aus.

»Das Besichtigungsprogramm war sicher anstrengend«, sagte Voss. »Da haben die Herrschaften eine kleine Stärkung verdient. Die selbst gebackenen Mandelplätzchen müssen

Sie einfach probieren. Ich würde meine bessere Hälfte glatt zu Frau Reck in den Backkurs schicken, wäre ich verheiratet.«

Trotz des scherzenden Tonfalls leuchteten die Augen der Sekretärin. »Sie übertreiben«, erwiderte sie verlegen und zog sich diskret zurück.

»Ich hoffe, Sie haben von unserem Werk einen guten Einblick erhalten. Die alte, bewährte Rezeptur kommt bei den Käufern zum Glück immer noch an. Wir verwenden ausschließlich heimische Kräuter und isolieren ihre wichtigen Bestandteile wie ätherische Öle und Flavonoide, um nur einige zu nennen, mittels Alkohol. Manche Inhaltsstoffe auch durch Wasserdampfdestillation.«

»Schon gut«, unterbrach Carsten ihn, »verschonen Sie mich mit weiteren Details. Davon verstehe ich sowieso nichts. In der Schule zählte Chemie nicht gerade zu meinen Lieblingsfächern.«

Vanessa verfolgte die Ausführungen mit großem Interesse und beobachtete dabei Herrn Voss. Bei ihm verließ sie das Gespür für Menschen. Warum konnte sie ihn nicht eindeutig als sympathisch einordnen oder wenigstens als das Gegenteil? Nur seine Kompetenz stellte sie nicht infrage. Für seinen verantwortungsvollen Posten erschien er ihr zwar recht jung, aber sie traute ihm überdurchschnittliche Fähigkeiten zu.

»Ich fand Ihre Erläuterungen äußerst interessant«, bemerkte sie laut.

»Es war mir ein Vergnügen«, erwiderte Voss. »Für weitere Fragen ...« Das Klingeln des Telefons unterbrach ihn. »Bitte entschuldigen Sie«, sagte er und er nahm den Anruf an. »Julia, ich bin gerade in einer Besprechung. Ich rufe später zurück.«

Bei dem Namen kam Vanessa sofort eine Person in den Sinn. Auch wenn sicher einige Frauen so hießen. Nein, was sie sich jetzt zusammenreimte, war nun wirklich weit hergeholt. Obwohl ... ausschließen würde sie es nicht. Vielleicht ergab sich hier eine neue Spur.

»Vielen Dank«, fuhr Carsten in ihre Gedanken und lachte. »Mein Bedarf an Information ist vorerst gedeckt.«

»Ehe ich das vergesse, bestellen Sie Ihrer Tante viele Grüße! Sie kann mich jederzeit in ihrem Haus besuchen. Vielleicht möchte sie noch einmal durch die vertrauten Räume schlendern, und im Frühjahr mit mir Kaffee in dem herrlichen Garten trinken.«

»Richten wir aus«, versprach Carsten, während Vanessa stumm und starr in ihrem Sessel saß. Die Verarbeitung dieser Information fiel ihr nicht leicht. Erst als sich Carsten erhob, riss sie sich zusammen und stand ebenfalls auf.

»Hast du gewusst, dass er Brigittes Haus gekauft hat?«, fragte sie Carsten schockiert beim Verlassen des Werksgeländes.

»Klar! Aber was machst du für ein Gesicht? Er ist bestimmt nicht die schlechteste Wahl. War doch ein netter Zug, sie einzuladen.«

»Ich war nur ein wenig überrascht. Bisher habe ich keinen Gedanken an den neuen Besitzer verschwendet. Dabei fällt mir wieder das Testament von Cornelia ein. Kennst du eigentlich den oder die Erben?«

»Leider nein, aber ich halte dich auf dem Laufenden, wenn ich darüber etwas höre.«

»Bis demnächst also und danke. Dieser *Einsatz* ist dir sicher nicht leicht gefallen.«

»Habe es so gerade überlebt«, erwiderte er mit einem breiten Grinsen.

Sie verabschiedete sich mit einem flüchtigen Kuss auf seine Wange. Dabei kreisten ihre Gedanken um das verkaufte Haus und um die Anruferin mit dem Namen Julia. Ob Frau Doktor Mönch dahintersteckte, würde sie vorerst kaum erfahren. Da die Besichtigung der Firma nicht einen Hinweis auf Unregelmäßigkeiten erbracht hatte, blieb ihr keine andere Wahl, als die Seniorenresidenz noch einmal heimlich aufzusuchen.

Kapitel 33

Vanessa war diesmal gut auf den Einbruch vorbereitet. Sie hatte sogar ein ganzes Sortiment an Spezialschlüsseln besorgt.

Seufzend blickte sie auf ihre Armbanduhr. Die Anspannung hatte sie viel zu früh aus dem Haus getrieben. Dabei hatte sie sich erst zu vorgerückter Stunde in die Seniorenresidenz wagen wollen. Jetzt musste sie wohl oder übel noch etwas Zeit totschlagen. Ärgerlich schaltete sie das Autoradio ein. Ein Sprecher verlas die Nachrichten. Da sie in Gedanken schon vor dem geheimnisvollen Aktenschrank stand, verfolgte sie die Ereignisse des Tages mit wenig Interesse. Erst als der Sprecher den berüchtigten Frauenmörder erwähnte, horchte sie schlagartig auf. In einem Dortmunder Vorort hatte man ihn endlich gefasst. Jetzt muss sich Frau Doktor Mönch wohl eine neue Methode einfallen lassen, um mich loszuwerden, dachte sie in einem Anflug von Galgenhumor. Eine seltsame Mischung aus Lachen und Aufschrei drang aus ihrer Kehle.

Vanessa schaltete das Radio aus. Aus Sorge, die einsetzende Musik könnte nach außen dringen. Sicher war ihre Befürchtung unbegründet, dadurch schon bei der Anfahrt zu dem Gelände entdeckt zu werden. Aber die Aktion zerrte an ihren Nerven. Angespannt passierte sie die Parkanlage von Haus Herbstfrieden. Sie bog in einen kleinen Waldweg ein und stellte ihren Wagen im Schutz der Bäume ab. Ihre Angst wurde beinahe übermächtig, sodass sie am liebsten umgekehrt wäre. Reiß dich zusammen, ermahnte sie sich, diese Aktion ist deine einzige Chance.

Vanessa lief bis zum Tor der Seniorenresidenz. Kurz dahinter wandte sie sich von der großen Auffahrt ab, die geradeaus zum Haupteingang führte. Weil dieser Weg gut einsehbar war, nahm sie lieber einen kleinen, versteckten Trampelpfad, der nach ihrer Berechnung direkt zu dem Seitentrakt mit Doktor Julia Mönchs Büro führen musste.

Sie erreichte das Gebäude ohne Probleme. Verwundert stellte sie fest, dass die Außenbeleuchtung heute nicht eingeschaltet war. Das war ihr nur recht. Angestrengt suchte sie die Fensterreihe ab. Welches gehörte nun zu dem gesuchten Büro? Von innen hatte sie ungehindert in die Parkanlage gesehen. Die Gardine musste also recht kurz gewesen sein. Zum Glück gab es davon nur zwei Fenster. Eines davon lag eindeutig zu weit im vorderen Bereich. Leider hatte sie vergessen, dass dieses Haus ein Hochparterre hatte. Ohne Leiter würde sie kaum in das Fenster einsteigen können. Verzweifelt sah sie sich auf dem Gelände um. Die einzig brauchbaren Hilfsmittel bestanden aus herumliegenden Säcken, in denen sich offensichtlich zusammengefegtes Laub befand. Eilig sammelte sie einige der blauen Plastiksäcke zusammen und stapelte sie vor dem Fenster. Als sie den kleinen Berg bestieg, sackte das Laub unter ihrem Gewicht nach unten. Dennoch reichte die Höhe aus, um einen Blick ins Innere zu werfen.

Sie zog eine Taschenlampe aus ihrer Jacke hervor und drückte diese gegen die Scheibe. Der kleine Lichtkegel fiel auf einen Druck von Salvador Dali. Erleichtert atmete sie auf. Dieses Bild hing in Frau Doktor Mönchs Büro, daran erinnerte sie sich genau. Während sie sich mit einer Hand auf der Fensterbank abstützte, griff sie mit der anderen in einen Beutel, der an ihrer linken Schulter baumelte. Sie holte einen Glasschneider sowie das kleine Gerät hervor, das sich auf Glas festsaugen konnte, um die Scherbe gefahrlos herauszulösen, und legte beides auf die Fensterbank. Als sie an ihre ersten Versuche zu Hause dachte, musste sie lächeln, doch dann wurde sie sofort wieder ernst. Hier operierte sie schließlich nicht in trauter Umgebung, sondern auf gefährlichem Terrain. Trotzdem arbeitete sie zügig und präzise. Nur einmal drohten ihre Füße von dem Laubsack abzurutschen. Um in fast akrobatischer Stellung das Gleichgewicht zu halten, beugte sie ihren Oberkörper so weit wie möglich nach vorn. Vorsichtig zog sie das Bruchstück heraus und ließ es auf den weichen Erdboden gleiten. Danach schob sie die Hand durch das Loch in der Scheibe, drehte den Griff am Fenster herum und drückte es nach innen. Sie stützte sich mit beiden Händen auf der Fensterbank ab, zog ihren Körper hoch und kletterte ins Haus. Vanessa landete relativ sanft auf dem Boden in Frau Doktor Mönchs Büro. Nun habe ich mich endgültig von der braven Bürgerin in eine zwielichtige Gestalt verwandelt, überlegte sie und schnitt eine Grimasse. Sie knipste die Taschenlampe an und beleuchtete die gegenüberliegende Wand mit dem Aktenschrank. Zu ihrer Überraschung ließ sich die Tür mit einem der Spezialschlüssel öffnen. Ihr Blick fiel auf zwei Reihen mit Aktenordnern und drei große Schubfächer. Während der Lichtkegel der Taschenlampe zunächst an den Ordnern entlangwanderte, klopfte ihr Herz wie wild. Plötzlich schien es für einen Moment auszusetzen. Einer trug tatsächlich die Aufschrift RX19. Eilig riss Vanessa ihn an sich und verstaute ihn in ihrem Rucksack.

Jetzt fehlte nur noch die Patientenakte von Frau Erickson, die sich vermutlich in einer der drei unteren Schubladen mit einer Hängevorrichtung befand. Sie überlegte kurz, dann zog sie das linke Schubfach auf. Ein quietschendes Geräusch ließ sie zusammenfahren. Wie sie vermutet hatte, waren die Mappen alphabetisch geordnet. Zu ihrer Freude war die von Frau Erickson dabei. Sie geriet in Versuchung, die Akte schnell durchzublättern, aber dann entschied sie sich dagegen. Höchste Zeit, von diesem gefährlichen Ort zu verschwinden. Sie verstaute auch diesen Fund im Rucksack, knipste die Taschenlampe aus und schlich auf leisen Sohlen zum Fenster.

Mit angehaltenem Atem spähte sie in die Nacht hinaus. Da sie nichts Verdächtiges entdecken konnte, kletterte sie auf die Fensterbank. Vanessa drehte sich, schwang die Beine nach außen und presste den Bauch gegen den äußeren Mauervorsprung. Vorsichtig glitt sie an der Wand entlang nach unten, bis ihre Fußspitzen die Laubsäcke berührten, und war mit einem Schritt rückwärts wieder auf festem Boden.

Dann eine Bewegung hinter ihr. In Panik drehte sie sich um und starrte fassungslos in das Gesicht von Doktor Julia Mönch. Die hielt einen dicken Ast in ihrer Rechten, in der Linken etwas Helles. Vanessa verharrte vor Schreck auf ihrem Platz. Ehe sie sich rühren konnte, sauste der Ast auf ihren Kopf. Etwas presste sich auf Mund und Nase. Sie nahm einen stechenden Geruch wahr, dann verlor sie das Bewusstsein.

Vanessa erwachte mit dröhnendem Schädel, ihre Zunge klebte an dem trockenen Gaumen. Mühsam hob sie die Lider und sah sich um. Über ihr brannte eine einzelne nackte Glühbirne. Gegenüber befand sich ein vergittertes Kellerfenster, hinter ihr eine Tür aus Stahl. Von den Wänden blätterte der Putz. Der Raum war leer, es gab keinen Stuhl, keinen Schrank, nicht einmal ein Bild – nur dieses Gestell, auf dem sie lag. Eine fahrbare Trage, deren Metallgestell von Roststellen übersät war. Oder war es eine Bahre, auf der früher Tote bis zu ihrem Abtransport durch einen Bestatter gelagert worden waren?

Bei diesem Gedanken gruselte es Vanessa. Sie versuchte sich aufzurichten. Vergeblich. Ihre Hände waren fixiert. Das Denken fiel ihr schwer, dennoch begriff sie, in welcher Gefahr sie schwebte. Niemals zuvor hatte sie sich derart wehrlos gefühlt. Sie musste hier raus, so schnell wie möglich, bevor jemand kam, um sich um sie zu »kümmern«. Vanessa zerrte an den Gurten, mit denen ihre Handgelenke an dem Metallgestell festgebunden waren, aber die gaben nicht nach. Nur der Schmerz in ihrem Kopf verstärkte sich.

Plötzlich hörte sie ein Geräusch. Schritte, die näher kamen. Die Tür knarrte. Jemand betrat den Raum. Vanessa schloss blitzschnell die Augen. Frau Doktor Mönch sollte nicht wissen, dass sie erwacht war. Dass die Ärztin an ihrem Bett stand, erkannte sie an dem Geruch. Vanessa nahm dasselbe Parfüm wahr wie bei ihrem ersten Besuch in der Seniorenresidenz. Die Ärztin beugte sich über sie und verdeckte die Lampe.

»Sie können die Lider ruhig öffnen«, sagte sie mit ironischer Stimme. »Ich weiß ohnehin, dass sie wach sind. Mich täuschen Sie nicht so schnell.«

»Was ... was haben Sie davon, meine Tanten und Frau Erickson krank zu machen?«

»Sollten Sie sich nicht lieber fragen, warum Sie so hohe Risiken eingegangen sind?« Sie lachte höhnisch. »Haben wir Sie nicht genug gewarnt?«

»Wen meinen Sie mit *wir*?«

Doktor Julia Mönch verzog wütend das Gesicht. »Ich stelle hier die Fragen.« Um ihrer Aussage Nachdruck zu verleihen, schlug sie Vanessa auf die Wange. In Vanessas ohnehin schmerzenden Schädel dröhnte es, als wollte er explodieren. »Wer weiß, dass Sie hier eindringen wollten?«

»Niemand«, hauchte Vanessa und bereute sofort ihre schnelle Reaktion. Sie musste überlegen, welche Antwort am wenigsten gefährlich war, aber zu einem sorgsamen Abwägen war sie kaum in der Lage.

Die zornige Miene der Ärztin änderte sich zugunsten eines Grinsens, das zunehmend diabolisch wirkte. »Ich bin gespannt, ob Sie bei dieser Version bleiben.« Ihre Rechte verschwand in der Tasche ihres weißen Kittels und kam mit einer länglichen Schachtel wieder zum Vorschein. Doktor Julia Mönch klappte sie auf und holte eine aufgezogene Injektion heraus. Während sie die Schutzkappe entfernte, zerrte Vanessa an den Bandagen und bäumte sich auf. Erst nachdem sie den Einstich in ihrem Oberarm gespürt hatte, sackte sie kraft- und mutlos auf die harte Unterlage der Trage zurück. Sie blickte noch einmal in eiskalte Augen, dann war nur noch Nacht um sie.

Vanessa fühlte sich, als trennte sie eine Nebelwand vom Rest der Welt. Beugte sich ein Schatten über sie oder bildete sie sich das nur ein? Jemand schien an ihren Armen zu zerren und ihren Körper hochzureißen. Hinter einem Berg aus Watte vernahm sie eine Stimme, konnte aber kein einziges Wort verstehen. Plötzlich klatschte etwas Nasses auf ihre Stirn. Vanessa schlug die Augen auf und sah in das breite Gesicht des Hausmeisters. Ehe sie einen Laut ausstoßen konnte, presste sich eine fleischige Hand auf ihren Mund. Nur in Gedanken flehte sie noch um Hilfe, auch wenn das nichts nützen würde. Sie war verloren.

»Ruhig«, flüsterte er, »ganz ruhig. Ich will Ihnen nur helfen.« Ungläubig schaute Vanessa in sein grobes Gesicht mit einer hässlichen Narbe auf der Wange. »Ich habe ihre Fesseln gelöst.« Sie versuchte die Arme anzuheben und schaffte es tatsächlich, sie zu bewegen. »Wir müssen schnell fort«, vernahm sie seine rauchige Stimme wie aus der Ferne. »Wenn sie uns findet, haben wir beide keine Chance. Können Sie stehen?«

Bevor Vanessa antworten konnte, fielen ihr die Augen zu. Erneut klatschte ihr etwas Nasses ins Gesicht. Ihre Gedanken rotierten. Hatte sie gerade geträumt? Mühsam hob sie die Lider. Sie erblickte den Hausmeister direkt vor sich. Also war es kein Traum gewesen. In seiner Miene spiegelte sich Angst. Schweiß tropfte von seiner Stirn.

Vanessa versuchte, sich aufzurichten, fiel aber wieder auf die Trage zurück. Seufzend zerrte er sie hoch und hob sie bäuchlings auf seine Schulter. Vanessa ließ es geschehen. Sie hatte keine Kraft, sich zu wehren. Was blieb ihr auch übrig, als ihm zu vertrauen? Vorsichtig öffnete er die Tür. Es quietschte leise.

»Sie wird uns beide umbringen«, flüsterte er, während er einen dunklen Gang entlangschlich. »Und die Polizei wird ihr glauben.«

Der Satz hallte in Vanessas Schädel nach. Durch die Bewegung schien sie wacher zu werden. »Was?«, fragte sie leise.

»Notwehr. Sie wird es so drehen ...«

Der Hausmeister verstummte abrupt. Offensichtlich hatte auch er das Geräusch gehört. Trotzdem lief er weiter. Nach wenigen Schritten bog er um eine Ecke. Vanessas Arm schrammte an der Kante entlang. Es tat weh und sie stöhnte kurz auf. Der Mann behielt das Tempo bei, auch wenn seine Schulter bestimmt schmerzte und seine Beine sicher langsam erlahmten. Als sie eine Treppe erreichten, hielt er an und ließ sie hinuntergleiten.

»Können Sie sich am Geländer hochziehen?«, fragte er. Vanessa nickte, obwohl sie es gar nicht wissen konnte. Sie ergriff die Metallstange und setzte den rechten Fuß auf die unterste Stufe. Der Hausmeister griff unter ihren linken Arm und zog sie mit sich. Oben ließ er sie los und schloss die Tür auf. Vanessa stolperte nach draußen, dann sackte sie zusammen. Er schulterte sie erneut und rannte los.

Die Polizei wird ihr glauben, hämmerte es immer wieder in Vanessas ohnehin dröhnendem Schädel. Der Satz wechselte sich mit dem Wort *Notwehr* ab. Oder würde die Mönch ihren Tod dem ebenfalls ermordeten Hausmeister in die Schuhe schieben? Vanessa hob den Kopf und erkannte in großer Entfernung das Eingangstor. In ihrer Verfassung erschien es ihr kaum erreichbar. Der Mann keuchte und taumelte auf das nächste Gebüsch zu. Dort ließ er Vanessa von seiner Schulter gleiten.

»Das Herz«, stöhnte er. »Gleich geht es wieder.«

Vanessas Kreislauf stabilisierte sich langsam, sie fühlte ein wenig Kraft zurückkommen und machte zwei kleine Schritte. »Ich laufe selbst«, erklärte sie.

»Gut, gehen Sie vor.« Er musterte sie mit verzweifeltem Blick. »Und nutzen Sie jede Deckung. Doktor Mönch darf uns nicht bemerken, bevor wir das Tor erreicht haben.«

»Warum rufen Sie nicht die Polizei?«, fragte Vanessa. Sie war froh, endlich einen klaren Gedanken fassen zu können.

»Weil Sie mich in der Tiefgarage überfallen haben?«

»Nein«, entgegnete er verwundert. »Davon weiß ich nichts. Und mein Handy finde ich nicht. Vielleicht hat es die Hexe an sich genommen.«

Vanessa glaubte ihm. Während sie unter großer Mühe vorwärtsschlich, schaute sie immer wieder zum Haus zurück. Als in einem Fenster der oberen Etage Licht aufflammte, zuckte sie zusammen. Sie näherte sich dem Ziel, doch dann versagten ihre Beine und sie musste sich setzen. Tränen traten in ihre Augen. Sie besaß keine Kraft mehr aufzustehen.

Plötzlich hörte sie ganz in der Nähe ein Knacken. Der Schweiß brach ihr aus, sie sah den Hausmeister dicht hinter sich. Adrenalin überflutete ihren Körper. Es half ihr, wieder auf die Beine zu kommen. Gemeinsam schafften sie es bis zum Tor. Sie wollten gerade das Gelände verlassen, da heulte ein Motor auf. Ein schwarzer Wagen aus Richtung Seniorenresidenz näherte sich ihnen in hohem Tempo. Vanessa rettete sich hinter einem der steinernen Torpfosten. Der Hausmeister jedoch lief mitten auf die Fahrbahn der Straße und stoppte einen kleinen Lkw, der in diesem Moment das Anwesen passieren wollte. Fluchend verließ der Fahrer das Fahrzeug. Während der schwarze Wagen in der anderen Richtung davonfuhr, beeilte sich Vanessa, den Lkw zu erreichen.

»Wir ... wir müssen zur Polizei«, stieß sie hervor.

»Allerdings«, entgegnete der junge Bursche, der sie und den Hausmeister wütend musterte.

Kapitel 34

Vanessa starrte auf Fahndungsfotos, den einzigen »Schmuck«
an sonst kahlen Wänden. Neben ihr saß Paul Kessel. Seit er
den Beamten, die auch schon bei ihrem letzten Besuch Dienst
gehabt hatten, seine Personalien angegeben hatte, kannte sie
den Namen ihres Retters. Ärztliche Hilfe hatte sie vorerst abgelehnt. Die Untersuchung musste so lange warten, bis die
Anzeige vollständig aufgenommen worden war.

»Könnte sich alles nicht auch ganz anders abgespielt haben?«, fragte Markus Breitschuh, der ältere der beiden Beamten, mit ironischem Unterton Paul Kessel. »Vielleicht hat das
vermeintliche Opfer Sie engagiert, um Frau Doktor Mönch zu
belasten. Nach unseren Informationen ist Frau Halbach daran
gelegen, den Ruf der Ärztin zu schädigen. Womöglich hat sie
Ihnen eine hübsche Summe dafür gezahlt. Und wie wir inzwischen festgestellt haben, sind Sie nicht abgeneigt, sich Geld
auf illegale Weise zu verdienen.«

»Aber ich sage die Wahrheit«, polterte Kessel plötzlich los
und fuhr von seinem Stuhl hoch.

»Und wir sehen kein Motiv, warum Frau Doktor Mönch
der jungen Frau Halbach nach dem Leben trachten sollte«,
entgegnete Jonas Schmidke. »Wegen übler Nachrede etwa?
Weil sie Frau Erickson angeblich ermordet haben soll?«

»Die eine Woche später friedlich entschlafen ist«, ergänzte
der ältere Polizist ironisch.

»Mit Frau Erickson liegen Sie sicher falsch«, widersprach

217

Paul erregt. »Das kann ich zwar nicht beweisen, aber dafür den Mord an Holler. «

»Nun mal langsam!« Breitschuh zog die Brauen hoch. »Welcher Holler?«

»Bastian Holler?«, fragte Vanessa irritiert.

»Ja, er hat Frau Doktor Mönch erpresst. Sie hat sich vor einiger Zeit mit ihm getroffen. Im Duisburger Zoo. Hinterher hat sie erzählt, dass er nun für immer Ruhe geben würde. Dabei hat sie siegessicher gelächelt.«

Vanessa hielt sich die Hand vor den Mund. Sie wollte so vieles dazu sagen, brachte aber nicht einen Ton hervor.

»Und das soll jetzt ein Beweis sein?« Breitschuh verdrehte die Augen. »Diese schreckliche Geschichte mit der zerstückelten Leiche, deren Knochen man im Raubtierkäfig gefunden hat, haben Sie doch bestimmt aus der Presse. Und Sie wollen uns jetzt weismachen, dass die von einem Bastian Holler stammen?« Er wandte sich zu seinem Kollegen um. »Ich finde, das wird jetzt immer witziger. Die Kripo müht sich ab, das Opfer der Tragödie zu identifizieren, und der Herr Kessel meint, die Identität zu kennen.«

»Auch wenn das noch so unwahrscheinlich klingt, sollten wir der Sache nachgehen.« Schmidke rückte seine leicht getönte Brille mit Metallrahmen zurecht. Er warf Breitschuh einen undefinierbaren Blick zu, dann verließ er eilig den Raum.

Vanessa hatte sich inzwischen gefangen, nur ihr Kopf dröhnte noch. »Es ist so furchtbar, aber ich glaube, Herr Kessel hat Recht. Bastian Holler ist verschwunden. Ich habe vergeblich nach ihm gesucht. Niemand weiß, wo er geblieben ist.«

Breitschuh drehte sich schwungvoll zu seinem Rechner, tippte auf der Tastatur herum, bediente die Maus, starrte dabei auf den Bildschirm und wandte sich dann wieder zu Vanessa und Kessel um. »Es gibt keinen Vermissten mit diesem Namen.«

»Weil ihn bisher niemand als vermisst gemeldet hat«, entgegnete Vanessa lauter als beabsichtigt. »Er hat keine Familie, die Nachbarn wundern sich, doch niemand fühlt sich zuständig, die Polizei zu informieren.«

Jonas Schmidke kehrte mit gerötetem Gesicht zurück.

»Du wirst es kaum glauben«, wandte er sich an Breitschuh. »Gegen eine Doktor Julia Mönch ist tatsächlich vor sieben Jahren ermittelt worden. Sie wurde von einem Bastian Holler des Mordes an einem Patienten beschuldigt. Allerdings hat er seine Zeugenaussage später mit der Begründung zurückgezogen, er könne sich nicht genau erinnern.«

»Da sehen Sie es!« Ruckartig sprang Vanessa vom Stuhl hoch, dann wurde ihr schwarz vor Augen.

Kapitel 35

Als Vanessa die Augen aufschlug, stieß sie einen gellenden Schrei aus. Das Bett mit dem sterilen Laken, in dem sie lag, ließ nur einen Schluss zu: Sie war im Haus Herbstfrieden gefangen.

»Geht es Ihnen gut?«, fragte eine Frau in Schwesterntracht, die mit einem Mal neben ihr stand. »Sie sehen ja blasser aus als bei Ihrer Einlieferung.«

»Bei Ihrer Methode, mich hier ans Bett zu fesseln, soll es mir gut gehen? Was hat Frau Doktor Mönch mit mir angestellt?«

»Hier bist du in Sicherheit«, erklärte Michael Jansen, der plötzlich im Türrahmen auftauchte.

»Nicht in der Seniorenresidenz?«

»Das hat wohl noch einige Jährchen Zeit.« Während er sich schmunzelnd dem Bett näherte, verschwand die Krankenschwester mit einem vielsagenden Blick. »Hätte ich dir nur eher geglaubt, dann wärst du nie in diese Gefahr geraten.«

»Und wieso glaubst du mir jetzt?« Vanessa drehte den Kopf ein wenig zur Seite und starrte aus dem Fenster.

»Weil ich mitbekommen habe, dass Doktor Julia Mönch verhaftet wurde«, antwortete Michael und schob einen Stuhl ans Bett.

»Akteneinsicht als ihr Rechtsbeistand?«

Er schüttelte amüsiert den Kopf, wurde jedoch sofort wieder ernst. »Nein, ich bin nicht ihr Anwalt, keine Angst. Es stand heute Morgen in der Zeitung. Keine Ahnung, wie die Journalisten das so schnell herausgefunden haben. Danach habe ich selbst recherchiert und dabei einiges über das Testament von Frau Erickson erfahren. Tatsächlich hat Cornelia das Testament kurz vor ihrem Tod zugunsten von Brigitte und Gabriele geändert.«

»Doktor Mönch ist nicht die Erbin?«, fragte Vanessa erstaunt. »Und woher weißt du das überhaupt?«

»Die Testamentseröffnung hat bereits stattgefunden. Der Notar ist ein alter Bekannter von mir. Ich habe ihn über die Verhaftung der Mönch informiert. Daraufhin hat er mir verraten, wie die Testamentsänderung abgelaufen ist. Cornelia Erickson habe einen seltsamen Eindruck auf ihn gemacht. Deshalb wollte er den Termin sogar verschieben. Allerdings habe die anwesende Leiterin der Seniorenresidenz ihm versichert, dass sie voll geschäftsfähig sei.«

»Trotzdem hat er sich darauf eingelassen?«

»Nun, er hat der Einschätzung einer angesehenen Ärztin vertraut. Warum sollte er ihr Urteil anzweifeln? Zumal sie selbst in dem neuen Testament nicht begünstigt wurde.«

»Was ist mit Frau Erickson?«, fragte sie. »Wurde sie obduziert?«

»Nein, aber eine Obduktion wurde inzwischen angeordnet. Und zwar äußerst knapp, einen Tag später wäre sie verbrannt worden.«

Die Krankenschwester betrat fast lautlos wieder das Zimmer und unterbrach ihr Gespräch. In den Händen hielt sie ein Tablett mit dem Abendessen.

»Sie können Frau Halbach gerne noch bei der Mahlzeit Gesellschaft leisten, aber danach würde ich Sie bitten, zu gehen.«

Nachdem sie das Tablett auf den Nachttisch gestellt hatte, wandte sie sich zur Tür.

»Und was gedenkst du für meine baldige Entlassung zu unternehmen?«, fragte Vanessa, als sie wieder alleine waren.

Michael verdrehte die Augen.

»Auch wenn der Herr Anwalt mir nicht hilft, halten mich ab morgen keine zehn Krankenschwestern mehr hier fest. Nur eine Art Frau Doktor Mönch brächte das fertig. Aber die sitzt hoffentlich hinter Gittern.«

Kapitel 36

Wie in Trance betrat Vanessa das Gefängnis. Sie hatte viele Albträume erlebt, wäre fast zu Tode gekommen, aber dass sie ihren Cousin hinter Gittern besuchen würde, hätte sie sich niemals vorstellen können. Sie hatte die üblichen Sicherheitschecks durchgestanden und saß Carsten nun gegenüber. Sein Gesicht wirkte bleich, die Wangen eingefallen. Das jugendliche Lächeln war verschwunden.

»Warum?«, fragte sie mit erstickter Stimme. »Ich kann es immer noch nicht fassen. Wie konntest du zum Mörder werden?«

Seiner Kehle entfuhr ein Ton, der nach einer Mischung aus Lachen und Aufschrei klang. Reagierte man so, wenn man damit konfrontiert wurde, dass man eine heile Welt zum Einsturz gebracht hatte?

»Warum?« Sie war hergekommen, um Antworten zu finden und nicht, um sich das theatralische Gehabe eines Verbrechers anzuschauen.

Wortlos wich er ihrem Blick aus, als graute ihm davor, sie aufzuklären. »Alles fing mit dem Testament meines Vaters an«, begann er plötzlich mit belegter Stimme. »Ja, wir hatten uns oft gestritten, aber ich dachte, das wäre normal zwischen Vater und Sohn. Meist ging es um die Firma. Angeblich habe ich zu wenig Interesse gezeigt. Allerdings hätte ich niemals für möglich gehalten, dass er mich enterbt. Ja, der Schuft hat mich tatsächlich mit dem Pflichtteil abgespeist und den Rest meiner Mutter vermacht. Dadurch hatte ich noch weniger

Einfluss, gerade in einer Zeit, als ein namhaftes Unternehmen, unserem Werk ein lukratives Übernahmeangebot unterbreitet hatte.« Plötzlich schaute er ihr direkt ins Gesicht. »Sicher fragst du dich, was mir ein paar Prozente mehr genützt hätten, ich hätte, auch wenn er mich nicht enterbt hätte, nur ein Sechstel an der Firma besessen. Es ging weniger um den Anteil als um die Symbolik. Der Alte hat mich enterbt und damit meine Pläne verworfen, verstehst du? Damit waren meine Einflussmöglichkeiten gleich null, man hat mich nicht mehr ernst genommen als Partner. Mir war klar, dass sich Brigitte und die Erickson, sogar meine Mutter nun unwiderruflich seiner Meinung anschließen würden. Dabei hatte ich gehofft, sie nach seinem Tod von dem Verkauf überzeugen zu können. Das Angebot ist wirklich gut. Den Erlös hätte ich sofort in den Händen gehalten. Ich will mein Geld jetzt für ein gutes Leben ausgeben. In einer Firma festliegendes Kapital nutzt mir nichts.«

»Deshalb bringt man einen Menschen um und macht zwei weitere krank?«, entgegnete Vanessa. »Die Obduktion von Cornelia Erickson hat jedenfalls ergeben, dass sie an einer Überdosis von Barbituraten gestorben ist.«

»Das wollte ich nicht, das musst du mir glauben«, flehte er. »Ich wollte nur ...«

Vanessa fand sein Denken naiv und ihr lagen etliche Erwiderungen auf den Lippen, sie schluckte sie jedoch hinunter. Auf keinen Fall wollte sie riskieren, dass er sein Geständnis abbrach. »... dass sie dem Verkauf der Firma zustimmt«, ergänzte sie.

»Ja. Meine Mutter hat aber meinem Vater auf dem Totenbett versprechen müssen, dem niemals zuzustimmen. Er hat sich tatsächlich für die Mitarbeiter verantwortlich gefühlt. Aus Angst, sie könnten nach der Übernahme ihren Job verlieren, kam die Sache für ihn nicht infrage. Leider haben die anderen Eigentümer das ähnlich gesehen.«

Vanessa fiel wieder ein, dass Brigitte das Angebot ihr gegenüber erwähnt hatte, doch sie hatte ihm keine Bedeutung beigemessen, zumal sie zu der Zeit mit ihrem Umzug nach New York beschäftigt gewesen war. »Trotzdem verstehe ich nicht ganz, was danach passiert ist.«

Carsten starrte an ihr vorbei an die Wand, als könne er dort die Antwort ablesen. »Schicksalhaft sind zwei Dinge zusammengetroffen«, erklärte er und lachte, was seltsam hysterisch klang. »Ich habe Julia Mönch kennengelernt. Auf einer Ausstellung in der Villa Hügel. Wie du weißt, fällt mir bei schönen Frauen die Zurückhaltung schwer. Wie alle meine Beziehungen war auch diese eher locker und diskret. Ich bin nicht der Typ, der mit seinen Bettgeschichten prahlt.« Carsten verzog das Gesicht zu einem missglückten Grinsen. »Kurz darauf hat Brigitte ihre neue Hüfte und danach dieses postoperative Delir bekommen. Natürlich hatte ich mich auch mit Julia über meinen Wunsch unterhalten, das Unternehmen zu verkaufen, und ihr erklärt, dass zu meinem Bedauern die große Mehrheit der Anteilseigner dagegen sei. Sie hat mir geraten, Brigittes Zustand auszunutzen, um sie für meine Pläne zu begeistern. Man könne ihn notfalls mit entsprechenden Mitteln verlängern. Julia hat bei einer Medikamentenstudie mitgearbeitet und dabei herausgefunden, dass die Arznei zusammen mit Beruhigungsmitteln verabreicht eine tiefe Trance erzeugt. Dadurch konnte sie ihre Patienten manipulieren, was sie dem Pharmakonzern gegenüber natürlich verschwiegen hat.«

»Die Mönch hat dem Auftraggeber also falsche Einverständniserklärungen vorgelegt«, entgegnete Vanessa aufgebracht. »Um Brigitte besser unter Kontrolle zu bekommen, hat sie ihr als ersten Schritt suggeriert, sie solle in die Seniorenresidenz ziehen, so war es doch? Und Cornelia Erickson hat man eilig dort untergebracht, weil sie ja unter einer unheilbaren Krankheit gelitten haben soll. Die Mönch hat ihr dieselbe *Therapie* verpasst wie Brigitte, um eine Änderung des Testaments zu bewirken. Allerdings nicht, wie ich gedacht habe, zugunsten von dieser verbrecherischen Ärztin, sondern von Brigitte und deiner Mutter. Beide sollten mithilfe dieser Medikamente dazu gebracht werden, ebenfalls in die Seniorenresidenz zu ziehen, um sie von ihrem Umfeld zu isolieren und besser manipulieren zu können.« Vanessa ballte ihre Hände zu Fäusten. Während sie Carsten musterte, hatte sie das Gefühl, sie sähe ihn zum ersten Mal. »Bei deiner Mutter hättet ihr sicher leichtes Spiel gehabt. Ich nehme an, sie hat schon längst verfügt, dass du ihr Betreuer wirst. Wenn ihr sie dann genug verwirrt gehabt hättet ...«

»Sie sollte einfach nur dem Verkauf der Firma zustimmen«, wandte Carsten ein. »Nichts weiter.«

»Ist dir bewusst, dass ein Mensch wegen eurer Geldgier gestorben ist?« An ihrem Hals bildeten sich rote Flecken. »Vielleicht sogar zwei?«

»Wieso?« Carsten wirkte irritiert.

»Bastian Holler aus München.«

Carsten schüttelte den Kopf. »Nie gehört. Wer soll das sein?«

»Der Fall wird noch untersucht, aber wie es aussieht, hat Doktor Mönch ihn ermordet.«

»Davon weiß ich wirklich nichts. Ich kenne diesen Holler nicht und kann mir auch nicht vorstellen, weshalb ich ihn hätte umbringen oder bei der Tat helfen sollen.«

»Immerhin hat er deine Geliebte erpresst und damit euren sauberen Plan gefährdet.« Vanessas Stimme triefte vor Ironie.

»Bitte glaub mir, Julia hat mit mir nicht darüber gesprochen.«

»Davon musst du den Richter überzeugen und nicht mich.« Sie seufzte. »Was ist mit Doktor Mertens? Hat der auch mitgemacht?«

»Nein.«

»Er muss doch etwas gemerkt haben.«

»Möglicherweise wollte er das nicht«, antwortete Carsten nachdenklich. »Er ist verliebt in Julia. Hat ihr den Hof gemacht. Da kommt es nicht gut an, wenn er sie wegen ihrer Behandlungsmethoden kritisiert. Außerdem ist er überzeugt von ihrer Kompetenz.«

»Hatte Frau Erickson einen Tumor oder stimmte die Diagnose auch nicht?«

Carsten sah an ihr vorbei, schien sich um eine Antwort zu drücken.

»Bei der Obduktion kommt das sowieso heraus.«

Carsten zuckte mit den Schultern. »Ich weiß nur, dass Julia die Untersuchung veranlasst hat. Ob sie Mertens gefälschte Röntgenaufnahmen vorgelegt hat, entzieht sich meiner Kenntnis.«

»Aber, du vermutest es.«

»Ich ... ich habe wirklich nicht gewollt, dass jemand stirbt«, stöhnte er mit belegter Stimme. »Das musst du mir glauben. Die drei sollten doch alle nur irgendwie umgepolt werden, mehr nicht. Ich wollte einmal in meinem Leben erfolgreich sein, nachdem mein Vater mich immer für einen Versager gehalten hat. Einmal eine ebenso große wie richtige Entscheidung treffen.«

»Es hat dir also nicht gereicht, dich zum Ausgleich mit hübschen Frauen zu umgeben.«

»Irgendwie hatte ich nie das Gefühl, um meiner selbst willen geliebt zu werden. Bei Julia war das anders. Sie gab erst gar nicht vor, mir gegenüber tiefe Gefühle zu hegen. Genau das machte sie ungeheuer attraktiv. Ihre herablassende Art hat mich angespornt. Und sie hat mir Anerkennung gezollt, wenn mir etwas gelungen ist.«

Gelungen, dachte Vanessa und verzog angewidert das Gesicht. Was er als *gelungen* bezeichnet, hat viel Leid über andere Menschen gebracht. Sie wollte etwas entgegnen, aber in dem Moment trat der freundliche Vollzugsbeamte, der sie hierherbegleitet hatte, auf sie zu und räusperte sich.

»Die Besuchszeit endet gleich«, erklärte er mit sonorer Stimme.

Vanessa erhob sich, froh, das Gespräch nicht fortführen oder selbst abbrechen zu müssen. In ihrem Kopf rotierten die Gedanken und sie sehnte sich danach, sie in Ruhe zu ordnen.

Epilog

Vanessa und Michael saßen in bequemen Sesseln auf Tante Brigittes Terrasse und genossen die letzten Strahlen der herbstlichen Sonne.

»Schaut nur, wie schön sich das restliche Laub an den Sträuchern gefärbt hat!«, rief Brigitte entzückt. »Dass ich diese Pracht noch einmal erleben darf. Ich hänge an meinem Garten. Dabei hätte ich ihn um ein Haar aufgegeben. Und natürlich das Haus.«

Dafür hätten sie dich zu Tode gepflegt, dachte Vanessa im Stillen.

»Ich bin euch wirklich sehr dankbar«, fuhr Brigitte fort.

Michael winkte ab, während er sich Frau Grubenhauers selbst gebackenen Apfelkuchen schmecken ließ.

»Und Sabine hat jetzt tatsächlich deinen Posten in New York?«, fragte Brigitte.

Vanessa seufzte. »Wenigstens ist mir der Verzicht dadurch etwas leichter gefallen. Und Michael hat mir versprochen, sie mit mir zu besuchen.«

»Vorher hat mir Vanessa aber die Pistole auf die Brust gesetzt«, ergänzte er und knuffte sie in die Seite.

Brigitte lächelte verschmitzt, dann wich das Lächeln einer ernsten Miene. »Um Gabriele mache ich mir ziemliche Sorgen. Sie hat sich leider immer noch nicht richtig von dem Nervenzusammenbruch erholt.«

»Es muss furchtbar sein, erst verliert sie ihren Mann und anschließend in gewisser Weise auch ihr Kind«, erklärte Vanessa nachdenklich. »Der Sohn, den sie zu kennen glaubte und geliebt hat, ist ein ganz anderer als der, den sie nun im Gefängnis besucht.«

»Ich denke, sie braucht eine neue Aufgabe«, wandte Michael ein, nachdem er sein drittes Stück Kuchen verzehrt hatte. »Die Hilfsorganisation der Ericksons könnte ihre Mitarbeit gut gebrauchen.«

»Und natürlich trauere ich noch um Cornelia«, fuhr Brigitte fort. »Mir geht auch nicht aus dem Kopf, wie sie zu Tode gekommen ist. Natürlich war es Mord, wegen der Überdosis an Barbituraten, die man nachgewiesen hat. Aber was ist mit dem Tumor? Wäre sie damit nicht sowieso bald gestorben?«

»Definitiv nicht«, antwortete Michael. »Anscheinend hat die Mönch auch Mertens hintergangen und ihm eine falsche Röntgenaufnahme von einem angeblichen Spezialisten präsentiert.« Michael verdrehte die Augen. »Die Frau ist ein echtes Schwerkaliber, wenn man bedenkt, dass sie drei Menschen umgebracht hat.«

»Wieso drei?« Brigitte runzelte irritiert die Stirn.

»Frau Erickson und vorher schon einen Patienten in der Münchener Klinik und Bastian Holler, der sie deswegen angezeigt hat. Leider hat Doktor Julia Mönch einen Weg gefunden, ihn unter Druck zu setzen. Sie hatte beobachtet, dass er Medikamente entwendet hatte. Er musste befürchten, entlassen zu werden und als Süchtiger keine Arbeit mehr als Pfleger zu bekommen. Deshalb hat er seine Aussage leider zurückgezogen.«

»Und wieso hat sie ihn trotzdem ermordet?«

»Ein paar Jahre später ist er durch einen Kollegen aufgeflogen. Nach der Entlassung fehlte ihm Geld und er hat nach Doktor Julia Mönch geforscht. Als Leiterin der Seniorenresidenz schien es ihr gutzugehen, und er hat versucht sie zu erpressen. Seine Arbeit hatte er ja ohnehin schon verloren. Damit konnte sie ihn nicht mehr unter Druck setzen. Das war sein Todesurteil.«

»Das wusste ja nicht einmal ich«, entgegnete Vanessa erstaunt.

»Ich habe es auch erst heute erfahren. Anscheinend stand das so in einem Brief, den man in Hollers Wohnung gefunden hat.«

»Zum Glück sitzt die Mörderin jetzt hinter Gittern.«

ENDE

Mein Dank

für Anregung, konstruktive Kritik und Korrektur gilt:

Dr. Michaela Bach
Karin Kolbe
Sabrina Komoßa
Joachim Scharenberg

und besonders meiner Lektorin Dr. Anette Kleszcz-Wagner.

Einmal morden ist nicht genug
Pielkötters neunter Fall
Paperback, 207 Seiten, ISBN 978-3-95475-207-2

Aus dem Nichts
Pielkötters zehnter Fall
Paperpack, 218 Seiten, ISBN 978-3-95475-242-3

Näher als du glaubst
Kriminalroman
Paperback, 247 Seiten, ISBN 978-3-95475-222-5

Norderney-Krimis von Irene Scharenberg

Tödliches Bad
Pielkötters siebter Fall
Paperback, 238 Seiten, ISBN 978-3-95475-167-9

Stirb zweimal
Pielkötters achter Fall
Paperback, 208 Seiten, ISBN 978-3-95475-198-3

Im Schatten des Leuchtturms
Kriminelle Geschichten
Paperback, 184 Seiten, ISBN 978-3-95475-172-3